SWB

MAUD SCHWARZ

TEMPUS

Roman

SWB

Verlag

Umwelthinweis:
Dieses Buch wurde auf chlor- und
säurefreiem Papier gedruckt

1. Auflage 2012

Lektorat und Korrektorat: Maria Konstantinidou, Stuttgart

Titelfotos: Ronny Senst / pixelio.de, heinz dahlmanns / pixelio.de
Titelgestaltung: Sig Mayhew / www.mayhew-edition.de

Satz: Julia Karl / www.juka-satzschmie.de

Druck und Verarbeitung: E. Kurz + Co., Druck und
Medientechnik GmbH, Stuttgart www.e-kurz.de
Printed in Germany
ISBN: 978-3-942661-90-4

www.swb-verlag.de

Für meine Mutter und meinen Vater.

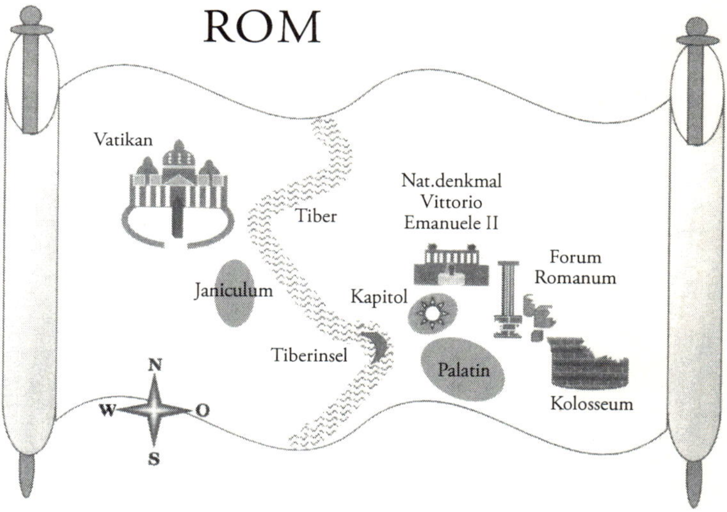
ROM
Vatikan
Tiber
Nat.denkmal
Vittorio
Emanuele II
Forum
Romanum
Janiculum
Kapitol
Tiberinsel
Palatin
Kolosseum
N
W
O
S

Wir wissen noch nichts vom Leben,
wie könnten wir etwas über den Tod wissen?

(Konfuzius)

PROLOG

Es fällt schwer, zu akzeptieren, dass der Mensch, den man am meisten liebt, einen verlassen hat. Man bleibt allein zurück – verzweifelt und verloren. Die Erde steht plötzlich still, um einen herum nur Abgrund. Der Sturz in die Tiefe ist unvermeidbar. Ein kurzes Nachgeben und man beginnt zu fallen, immer schneller und immer tiefer. Trotzdem will der Sturz kein Ende nehmen. Wie lange wird es dauern, bis man endlich unten aufschlägt? Um für alle Ewigkeit zerschmettert liegen zu bleiben oder um sich ganz langsam wieder an den Aufstieg zu machen? Die Zeit wird es zeigen. Die Zeit.

DER SCHWUR

Er schmiegte sich wie ein kleines Kind an mich. Seine Arme umklammerten meinen Körper. Es war so dunkel, dass ich sein Gesicht nicht sehen konnte. Umso deutlicher hörte ich seine Stimme. Ganz leise sprach er, obwohl es keinen Grund dafür gab. Wir waren allein. Niemand konnte uns hören, trotzdem flüsterte er. Worte, die ich nie vergessen würde; vielleicht auch, weil er sie nicht laut aussprach, sondern sie mir in verschwörerischem Ton zuraunte.

Und ich? Ich flüsterte zurück. Wir waren wieder zwei Kinder, die ein Geheimnis hatten und es mit keinem Menschen auf der Welt teilen wollten.

»Ich werde dich für immer lieben«, sagte Harry. »Versprich mir, dass du mich auch für immer lieben wirst!«

»Ja, ich werde dich auch für immer lieben«, gelobte ich feierlich.

»Wir werden bis zu unserem Tod zusammenbleiben«, hörte ich ihn dicht an meinem Ohr sagen. Ich konnte seine Lippen spüren. »Versprich es mir!«

»Ich verspreche es. Bis zu unserem Tod und darüber hinaus«, antwortete ich und fühlte mich so glücklich wie nie zuvor. Harry zog mich noch dichter an sich heran und küsste mich. Damit war unser Versprechen besiegelt.

Schon wenige Wochen später musste ich es brechen.

Es war ein Sonntagmorgen – heiß und drückend. Ganz in der Nähe zankten sich kreischend ein paar Affen. Wir saßen auf unserer Veranda beim Frühstück, als Hedda und Erik mir in wenigen Sätzen eröffneten, dass wir nach Schweden zurückkehren würden. Kenia sei ihnen politisch zu unsicher geworden, hörte ich sie wie aus der Ferne sagen. Ich sah, dass sich ihre Münder bewegten. Mit ein wenig Verspätung drangen ihre Worte an mein Ohr. Nach und nach begriff ich, dass meine Eltern ihren Job im Krankenhaus bereits gekündigt und vollendete Tatsachen geschaffen hatten. Das Stückchen

Marmeladenbrot, das ich gerade abgebissen hatte, blieb mir im Hals stecken. Ich war vor Entsetzen wie gelähmt.

Irgendwann später fand ich mich in meinem Zimmer wieder. Hedda und Erik kamen abwechselnd herein, setzten sich zu mir ans Bett und versuchten, mit mir zu reden. Aber ich wollte ihre Argumente nicht hören und auch nicht ihren Trost, den es für mich sowieso nicht gab. Ich weinte, tobte, schluchzte, verfiel in Apathie. Es nützte nichts. Meine Eltern hatten längst über meinen Kopf hinweg entschieden. Meine Aufgabe war es, zu nicken und das zu machen, was sie wollten.

Fast mein ganzes Leben hatte ich in Kenia zugebracht. Die afrikanische Steppe war mein Zuhause. Unzählige Male war ich mit Hedda und Erik an ihren freien Tagen über Schotterpisten von Dorf zu Dorf gefahren, wo sie kranke Menschen in mehr oder weniger provisorischen Gesundheitsstationen behandelten. Mit alldem sollte nun Schluss sein. Hedda und Erik wollten ihre afrikanischen Patienten aufgeben, und mich zwangen sie, mit meinen Freunden dasselbe zu tun. Dabei hatte ich Harry gerade erst ein Versprechen gegeben. Doch das zählte jetzt nicht mehr.

Mitte Juni verabschiedeten wir uns. Es war der schrecklichste Moment meines Lebens. Harry und ich standen vor dem Haus seiner Eltern. Wir umarmten uns so fest, wie in der Nacht unseres feierlichen Schwurs. Seit meinem fünften Lebensjahr waren wir unzertrennlich; nun riss man uns auseinander. Meine Welt zerbrach in tausend Stücke – und auch mein Herz. Niemals hätte ich es für möglich gehalten, dass etwas so schmerzen konnte. Harry ging es ebenso.

»Geh nicht«, murmelte er.

»Ich wünschte, ich könnte bleiben«, schluchzte ich.

»Wann kommst du wieder?«

»Sobald ich kann.«

»Ich werde auf dich warten.«

»Wenn ich erst wie du achtzehn bin, können mir meine Eltern nichts mehr verbieten. Dann komme ich wieder.«

»Ich werde auf dich warten. Zwei Jahre und, wenn es sein muss, auch länger.« Harry lächelte traurig.

Ich schaffte es nicht, mich aus seinen Armen zu lösen. Es war Hedda, die schließlich dafür sorgte, indem sie durch das halb heruntergelassene Autofenster rief: »Elina, komm jetzt, wir verpassen unseren Flieger!« Damit war alles vorbei. Wie in Trance fuhr ich mit meinen Eltern zum Flughafen in Nairobi. Als ich wieder einen klaren Gedanken fassen konnte, waren wir bereits in Schweden. Regen und Sturm empfingen uns.

MAILS AUS AFRIKA

Die ersten Monate nahm ich mein neues Zuhause in Helsingborg wie durch einen Schleier wahr. Das Einzige, für das ich lebte, waren die Mails von Harry. Die Tage bestanden daraus, auf sie zu warten, sie abzurufen. Morgens gleich nach dem Aufstehen, nachmittags wenn ich aus der Schule kam, abends bevor ich ins Bett ging – und so oft wie möglich zwischendurch. Immer und immer wieder, obwohl es mich langsam zermürbte. Die ständige Anspannung, wenn ich an den Computer ging, die Enttäuschung, wenn er sich nicht gemeldet hatte und die wahnsinnige Freude, wenn ich eine Nachricht vorfand. Seine Mails machten mich glücklich, zumindest für kurze Zeit. Ansonsten funktionierte ich. Ich aß, ging zur Schule, schlief und wartete darauf, dass die Zeit verging bis ich endlich achtzehn würde und zu Harry zurückkonnte. Alles andere interessierte mich nicht. Freunde hatte ich in Helsingborg keine. Ich war zu sehr mit Warten beschäftigt, auf Mails wie diese:

Hallo Engelchen,
ich vermisse dich sooooooo!!!!!
Ohne dich ist es hier überhaupt nicht mehr schön.
Du musst unbedingt bald wiederkommen!!!!
Alles klar bei dir? Wie läuft's in der Schule?
Mein neuer Job ist ganz schön anstrengend.
Muss gleich wieder hin.

Dicker Kuss,
Harry

Irgendwann wurden seine Nachrichten seltener und kürzer. Ich bekam häufig nur noch Einzeiler, manchmal schrieb er lediglich etwas in die Betreffzeile, wie zum Beispiel *Grüße aus Kenia* oder *Schlaf gut!* Eigentlich hätte ich gewarnt sein müssen, dennoch traf mich seine letzte Mail wie ein tödlicher Schlag. Ich saß betäubt vor dem Computer, in mir nur Leere und Kälte.

So also fühlt sich Sterben an, dachte ich. Ich war gar nicht mehr da; lediglich mein Körper, der aufstand, zum Fenster wankte, die Gardinen zuzog und sich mit dem Rücken an die Heizung setzte, die sich unterhalb des Fensters befand und selbst jetzt Anfang Mai noch lief. Die Wärme tat mir gut. Ansonsten war mir mein Zimmer auch nach fast einem Jahr noch so fremd, dass es kaum Schutz bot. Als es an der Tür klopfte, hatte ich keine Stimme, um zu antworten. Hedda kam wenig später trotzdem herein.

»Was ist los? Warum sitzt du im Dunkeln auf der Erde?«

Schweigend starrte ich vor mich hin. Tote können nicht sprechen; das sollte sie als Ärztin eigentlich wissen.

»Elina, was ist denn schon wieder? Hat sich Harry immer noch nicht gemeldet?«, fragte sie mit Blick auf meinen Computer, der auf dem Schreibtisch stand und leise vor sich hinsurrte.

»Elina!«

Schweigen. Starre. Kälte.

»Elina, rede mit mir!«

Immer noch keine Reaktion. Hedda gab auf und verließ mein Zimmer. Ich wusste, was als Nächstes passieren würde.

Tatsächlich klopfte Erik wenig später der Form halber an die Tür, um im selben Moment die Klinke mit Schwung runterzudrücken und ins Zimmer zu stürzen. »Kleines, Mami sagt, dir geht es schlecht?!« Seine Stimme klang alarmiert.

Eigentlich wollte ich böse auf ihn sein, genauso wie auf Hedda. Schließlich waren sie an allem schuld. Aber ich schaffte es nicht. Leise schluchzte ich auf.

»Elina, was ist denn?!«

Mein Blick wanderte von Erik zum PC.

»Neuigkeiten von Harry?«

Mein Kopf nickte mechanisch.

»Schlechte Neuigkeiten?«

Wieder nickte mein Kopf.

»Was schreibt er denn?«

»Is' egal.«

»Magst du es mir nicht sagen?«

»Es ist vorbei. Endgültig.« Meine Stimme hörte sich fremd an, so als wäre sie nicht meine.

»Das tut mir leid. Kann ich irgendetwas für dich tun?« Erik hockte sich vor mich auf den Boden. Seine blauen Augen hinter der randlosen Brille guckten besorgt, aber nicht überrascht.

»Nein.«

»Kommst du mit runter zum Essen?«

»Hab keinen Hunger.«

»Okay. Bis später«, sagte Erik und verließ mein Zimmer.

Ich starrte ihm hinterher. Es dauerte eine Weile, bis ich mich aufraffte, zum Schreibtisch hinüberging und die Maus bewegte. Auf dem Bildschirm leuchtete die Mail von Harry auf. Von Anfang an hatte ich geahnt, wie schwierig es sein würde, eine Fernbeziehung zu führen. Mit einer solchen Nachricht hatte ich dennoch nicht gerechnet. Nach wie vor konnte ich kaum glauben, was ich las:

Hi Elina,
ich hätte es dir gern persönlich gesagt. Aber das ist wegen der Entfernung ja nicht möglich. Gestern bin ich Vater geworden. Katie ist 48 cm groß und wiegt 3485 Gramm. Sie ist unglaublich süß. Ihr und Susan geht es sehr gut. Nachher werde ich die beiden aus dem Krankenhaus abholen. Susan (du erinnerst dich bestimmt noch an sie) und ich haben vor sechs Wochen geheiratet. Du weißt schon, damit Katie nicht unehelich auf die Welt kommt und so. Tut mir echt leid, Elina. Ich hätte es dir, wie gesagt, gern persönlich erzählt. Ich vermisse dich. Ich werde dich immer vermissen, ehrlich. Aber ich denke, es ist besser, wenn wir uns jetzt nicht mehr schreiben. Pass auf dich auf.

Harry

Er hatte ein Kind bekommen. Harry. Von Susan. Die beiden hatten geheiratet und ein Kind bekommen. Mein Harry, der mir in der Dunkelheit versprochen hatte, dass wir uns für immer lieben und bis zu unserem Tod zusammenbleiben wollten. Er hatte sein Versprechen gebrochen. Es war nicht der Tod, der uns getrennt hatte, sondern Susan. Und ein Kind. Ich konnte es noch immer nicht fassen, es war so unvorstellbar – wie in einem schlechten Film.

Ich rief den Ordner mit Harrys Mails auf. Gleichzeitig versuchte ich, mir mit aller Kraft sein Gesicht in Erinnerung zu rufen. Jedes Detail, so genau wie möglich, bis es schmerzte. Ich wollte mich abhärten für alle Zeiten und dann nie wieder leiden müssen.

Ich sah das Blau seiner Augen, die übermütigen Blitze darin, sein Lachen und seine blonden Haare, die in der untergehenden afrikanischen Sonne golden glänzten. Wie geblendet schloss ich die Augen und drückte die Löschtaste.

FREMDES LAND

Mein Leben in Helsingborg war jetzt erst recht die Hölle. Eine, in der es allen Klischees zum Trotz ständig regnete, stürmte und kalt war. Ich hasste das Wetter. Und alles andere auch. Nach Harrys Mail gab es nichts mehr, woran ich mich klammern konnte. In der Schule war ich eine Außenseiterin. Ich kam aus Afrika und sprach perfekt Englisch, was offenbar Grund genug war, um mich wie eine Aussätzige zu behandeln. Dass die Mädchen hinter meinem Rücken tuschelten und mir abschätzige Blicke zuwarfen, daran hatte ich mich inzwischen gewöhnt. Eine ganz andere Geschichte war das mit Ole, Malte, Dennis und seiner Freundin Linn, die das Schuljahr wiederholten.

Als die vier in der Pause auf mich zukamen, schwante mir sofort nichts Gutes.

»He, Elina, alles klar bei dir?« Dennis baute sich vor mir auf und verschränkte die Arme.

Ich nickte nur. Der Geruch von Linoleum, Putzmitteln und abgestandener Luft schnürte mir die Kehle zu.

»Bist du eigentlich auch bei unserer Schülerplattform angemeldet?«, wollte er wissen.

»Nein, noch nicht.«

»Musst du unbedingt machen«, sagte Linn. »Wir sind da alle. Das macht echt Spaß.« Sie grinste.

Bevor ich etwas erwidern konnte, läutete die Schulglocke und wir mussten zum Unterricht.

»An deiner Stelle würde ich mir die Seite nicht so genau ansehen.« Agnes, die fast genauso unbeliebt war wie ich und sich in den Pausen meist zu mir gesellte, hielt mich am Jackenärmel fest.

»Warum nicht?«, fragte ich gedehnt.

»Ach, da stehen oft bescheuerte Sachen«, winkte Agnes ab.

»Was für bescheuerte Sachen?«

»Bescheuerte Sachen eben.«

»Geht's etwas genauer?«

»Wenn du es unbedingt wissen willst: Sie schreiben fiese Sachen über einen und so. Von dir haben sie ein Foto online gestellt. Auf dem Bild bist du fast nackt. Du trägst nur so einen komischen Rock aus Bananen.«

»He????« Ich guckte Agnes verständnislos an.

»Du hast echt keine Ahnung, oder?«, meinte sie mitleidig. »Das Foto haben sie mit einem Handy von dir auf dem Schulhof aufgenommen. Danach hat irgend so ein Photoshop-Freak deinen Kopf auf den Körper einer afrikanischen Tänzerin montiert, die nur einen Bananenrock trägt.«

Ich schnappte nach Luft. Es dauerte einen Augenblick, bis ich begriff, was sie mir gerade erzählt hatte. Manchmal hatte ich das Gefühl, nicht nur in einem fremden Land zu sein, sondern auch in einer fremden Zeit. In einer, in der ich nichts verloren hatte. Ich kannte zwar die Möglichkeiten des Internets, in Kenia hatten Computer und Handys allerdings keine so große Rolle gespielt. Mein Leben hatte überwiegend im Freien stattgefunden. Meistens mit Harry. Hier in Schweden herrschten andere Spielregeln, von denen ich viele nicht kannte.

Ich beschloss, Agnes' Rat zu befolgen und mir die Schülerseite nicht anzusehen. Anders als der Website konnte ich dem Matheunterricht, der als Nächstes anstand, jedoch nicht aus dem Weg gehen. Nicht nur mit einem Stein, sondern mindestens dem halben Kilimandscharo im Magen lief ich quer durch das Klassenzimmer zu meinem Platz in der letzten Reihe. Als ich an Malte vorbeikam, der schon auf seinem Stuhl saß, streckte dieser plötzlich sein Bein aus, sodass ich fast darüber gestolpert wäre. In letzter Sekunde machte ich einen Hüpfer über das Bein, was bestimmt extrem lächerlich aussah. Jedenfalls kicherten einige Schüler. Malte grinste blöd. Ich atmete tief durch. Besser springen als stürzen!

Keine Ahnung wie, aber ich überlebte die Unterrichtsstunde. Genauso wie die nächste und die übernächste. Danach fuhr ich wie üblich direkt mit dem Bus nach Hause. Was hätte ich auch sonst machen sollen? Ohne meine Eltern zu begrüßen, eilte ich in mein Zimmer, zog die Gardinen zu, setzte mich auf den Boden mit dem

Rücken an die Heizung und starrte vor mich hin. *Apathisch* nannte Hedda mein Verhalten.

Kurz darauf begann das übliche Ritual. Hedda klopfte an die Tür und steckte den Kopf um die Ecke.

»Wie war es in der Schule?«

»Okay«, murmelte ich.

»Hast du Hausaufgaben auf?«

Ich schüttelte den Kopf.

»Warum gehst du nicht ein wenig raus? Das Wetter ist schön. Triff dich doch mit Schulfreunden!«

»Keine Lust.«

»Warum nicht?« Hedda musste immer alles ganz genau wissen.

Ich zuckte nur mit den Achseln.

»Kommst du nachher wenigstens zum Essen runter?«

»Keinen Hunger«, erwiderte ich.

»Das kannst du doch jetzt noch gar nicht wissen.«

Ich reagierte nicht. Hedda verschwand und Erik erschien erwartungsgemäß.

»Elina, wollen wir morgen zusammen in die Stadt fahren und ein bisschen shoppen? Du kannst dir was Schönes aussuchen. Ich bezahle. Wir könnten hinterher auch essen gehen. Beim Italiener zum Beispiel. Was hältst du davon?«

»Weiß nicht«, sagte ich.

»Was weißt du nicht?«

»Ob ich Lust und Zeit habe.«

»Ach, komm schon. Du musst hier unbedingt mal raus. Und ich könnte auch Abwechslung gebrauchen. Komm, sag ja!«

»Mal sehen.«

»Okay. Kommst du nachher zum Essen runter?«

Jeden Abend die gleiche Frage. Jeden Abend die gleiche Reaktion. Ich schüttelte den Kopf.

»Elina, du musst was essen, du bist schon ganz dünn geworden.«

»Ich habe aber keinen Hunger.«

»Wenigstens eine Kleinigkeit«, drängte Erik.

»Mal sehen.«

Er gab auf und ging aus dem Zimmer.

Ich verließ meinen Stammplatz an der Heizung und legte mich aufs Bett. Ohne Vorwarnung hatte ich heftige Unterleibsschmerzen bekommen. Es war als würde mir jemand wieder und wieder mit einem Messer in den Bauch stechen. Auch das noch. Meine Regel setzte ein. In letzter Zeit kam sie sehr unregelmäßig. Hedda vermutete, es lag daran, dass ich so stark abgenommen hatte.

Ich ächzte und wälzte mich auf dem Bett umher. So ein Mist. Das war das einzig Gute an den vergangenen elf Monaten gewesen: Die Regel war öfter ausgeblieben. Nun war sie da. Vor Schmerzen wusste ich kaum, wo ich bleiben sollte. So ähnlich musste es sein, wenn man ein Kind bekam, schoss es mir durch den Kopf, als das Messer erneut zustach.

JULIUS CÄSAR

Um 6 Uhr morgens wurde ich wach. Der Wecker hatte noch nicht geklingelt. Wohlig streckte ich mich in meinem Bett aus. Die Unterleibsschmerzen hatten nachgelassen. Ich fühlte mich besser. Nicht mehr so einsam. Fast glücklich. Ein schon lange nicht mehr gekanntes Gefühl. Ich überlegte, was der Grund dafür sein konnte. Mir fiel ein, dass ich geträumt hatte, und zwar etwas absolut Seltsames.

Ich schloss die Augen und horchte in mich hinein. Der Traum war noch sehr präsent: Ich sah einen kleinen Jungen, der in einem umzäunten Viereck inmitten der afrikanischen Steppe stand. Im Hintergrund erhoben sich grau-violette Berge, deren Gipfel mit dem Himmelsblau verschmolzen. Doch irgendetwas stimmte hier nicht. Die Steppe sah fremd aus. Nicht so, wie ich sie aus Kenia kannte. Was ich erblickte, glich eher der Prärie. Der Junge wirkte ebenfalls amerikanisch. Er trug Stiefel, dunkelblaue Jeans, die einmal umgekrempelt waren und ein hellblaues Hemd. Ich konnte den Jungen nur von hinten sehen, trotz allem war ich mir sicher: Er hatte blaue Augen, und unter seinem beigen Cowboyhut verbargen sich blonde Haare. Der Junge war höchstens acht oder neun Jahre alt. Keine Ahnung, ob es an seiner Kleidung oder an seinem gesamten Auftreten lag, aber es war eindeutig, dass er in den 50er Jahren des vergangenen Jahrhunderts lebte. Wer er war, stand ebenfalls außer Frage: Der Junge in dem umzäunten Viereck war niemand anderes als mein Sohn! Ich hatte einen Sohn! Einen kleinen Cowboy-Jungen, der aus einer anderen Zeit stammte. Diese Erkenntnis erstaunte mich eigenartigerweise nicht, sondern machte mich einfach nur glücklich. Selbst jetzt im Wachzustand hielt dieses Gefühl noch an.

Langsam öffnete ich wieder die Augen. Ein Sonnenstrahl lugte durchs Fenster und tauchte Abertausende von Staubpartikeln vor meiner Nase in gleißendes Licht. Gut sichtbar tanzten sie vor mir auf und ab. Eine Fliege gesellte sich hinzu und zog surrend ihre Kreise.

Ich ließ das schöne Gefühl aus meinem Traum noch ein wenig nachwirken, dann sprang ich aus dem Bett, wusch mich und schlüpfte in meine Sachen. Zwei Stufen auf einmal nehmend und vor mich hinsummend lief ich die Treppe hinunter. Erik und Hedda saßen bereits in der Küche und sahen mich neugierig an, kommentierten meinen Stimmungswechsel jedoch mit keinem Wort. Ich war ihnen dankbar dafür. Seit langer Zeit frühstückten wir wieder gemeinsam. Es war beinahe wie früher. Erst jetzt merkte ich, dass mir etwas gefehlt hatte.

Nach einer Schale Müsli, einem Becher Kaffee und einer mehr oder weniger belanglosen Unterhaltung mit meinen Eltern fuhr ich mit dem Bus zur Schule. Während der gesamten Fahrt schaute ich aus dem Fenster. Wenigstens tat ich so. In Wirklichkeit musterte ich mein Spiegelbild. Es war ein wenig verzerrt, doch es lächelte. Ich lächelte zurück.

Agnes fing mich im Treppenhaus ab. Als ich ihre angespannte Miene sah, machte sich meine gute Laune augenblicklich aus dem Staub. Zurück blieb nur die Erinnerung daran, wie schön es war, sich gut zu fühlen.

»Am besten, du beachtest sie gar nicht«, flüsterte Agnes mir zu. Ich sah sofort, was sie meinte. Dennis, Ole, Malte und Linn hatten sich vor der Tür unseres Klassenzimmers in einer Reihe aufgestellt. Jeder von ihnen hielt eine Banane in der Hand, schälte sie demonstrativ und biss hinein. Ein paar Schüler standen um sie herum und feixten, was Dennis dazu ermunterte, wie ein Affe »Uuhh-aaahhuuuhhhh« zu rufen und sich mit den Fäusten auf die Brust zu trommeln. Ich schlängelte mich ins Klassenzimmer, ohne sie eines Blickes zu würdigen und setzte mich auf meinen Platz. Agnes folgte mir in sicherem Abstand in Begleitung von Herrn Berglund, unserem Schwedisch- und Geschichtslehrer.

Herr Berglund war ein netter, harmloser Mann, den niemand besonders ernst nahm. Ich hatte keine Ahnung, ob er mitbekommen hatte, was eben vor der Tür geschehen war. Letztlich spielte es auch gar keine Rolle, da er ohnehin nicht eingegriffen hätte. So gesehen, hielt sich seine Nettigkeit in Grenzen.

»Wie schon angekündigt, verteile ich heute die Referatsthemen«, sagte Herr Berglund, nachdem im Klassenzimmer endlich Ruhe eingekehrt war. Er räusperte sich mehrmals. »Ihr wisst, es geht um große Persönlichkeiten der Geschichte. In den nächsten vier Wochen sollt ihr euch mit den Personen vertraut machen, die ihr gleich zugelost bekommt. Eure Aufgabe wird es sein, Informationen über sie zu sammeln, sie auszuwerten und neu zu Papier zu bringen. Denkt auch daran, euch mit dem sozialen Umfeld der jeweiligen Person zu beschäftigen. Das ist wichtig! Und bitte nicht einfach nur was aus dem Internet runterladen und zusammenkopieren! Das ist nicht Sinn und Zweck der Übung. Gibt es dazu noch Fragen?«

Niemand meldete sich.

»Gut, ich lasse jetzt einen Karton mit Zetteln herumgehen. Jeder nimmt sich bitte einen heraus. Auf den Zetteln steht euer Referatsthema. Die Themen beziehungsweise Persönlichkeiten, die ihr zieht, werden nicht getauscht, haben wir uns verstanden?! Wie gesagt: Das Referat muss in vier Wochen fertig sein. Dann können wir uns vor den Sommerferien noch ein paar anhören. Alles klar?«

Wieder reagierte keiner. Die meisten guckten gelangweilt. Dennis gähnte für alle hör- und sichtbar.

»Okay, während der restlichen Stunde möchte ich mit euch gemeinsam erarbeiten, wie ein Referat aufgebaut sein sollte«, fuhr Herr Berglund fort.

Ich hörte nicht weiter zu, sondern faltete gespannt den Zettel auseinander, den ich gerade aus dem Karton gefischt hatte. Auf dem kleinen weißen Blatt Papier stand: *Julius Cäsar.*

LITERATURSUCHE MIT FOLGEN

»Wen hast du gezogen?« Kurz vor der Bushaltestelle holte Agnes mich ein. Ich hatte als eine der ersten das Klassenzimmer verlassen, kaum dass die letzte Schulstunde vorüber war.

»Julius Cäsar. Und du?«

»Ghandi! – Bist du zufrieden mit deinem Thema?«

Ich zuckte mit den Achseln.

»Ich bin froh, dass ich Ghandi habe. Gewaltloser Widerstand, Toleranz und so. Das ist echt interessant. Damit kann ich was anfangen. – Fährst du jetzt nach Hause?« Sie strich sich eine braune Locke aus ihrem sommersprossigen Gesicht.

»Nein, ich will noch in die Stadt – in paar Buchläden gehen. Wegen 'ner Biografie über Cäsar«, antwortete ich.

»Guck doch im Internet nach. Bei Wikipedia findet man fast alles.«

»Schon klar. Aber du hast ja gehört, was Berglund gesagt hat. Man weiß nie, wer die Einträge geschrieben hat und ob da nicht jede Menge Fehler drin sind.«

»Echt? Wann hat er das gesagt?« Agnes guckte mich mit großen Augen durch ihre Nerd-Brille an.

Wieder zuckte ich mit den Achseln. »Keine Ahnung. Gestern oder vorgestern.«

»Aber ich würde wenigstens in 'ne Bibliothek gehen. Das ist billiger, als sich Bücher zu kaufen«, meinte sie.

»Mal sehen. Ich muss jetzt los, der Bus kommt. Tschüss!«

»Tschüss, bis morgen!«

Froh darüber, Agnes entkommen zu sein, sprang ich in den Bus und setzte mich auf einen Platz gleich hinter dem Fahrer. Ich lehnte meinen Kopf gegen das Fenster, schloss die Augen und versuchte, ein bisschen zu dösen.

Die Fahrt ins Stadtzentrum dauerte ewig. Bei jeder Station hielt der Bus, um Menschen ein- oder aussteigen zu lassen. Endlich erreichte er die Innenstadt, und ich kletterte hinaus. Ich kaufte mir in einem nahe gelegenen Coffee-Shop einen Coffee to go und bummelte dann durch die Haupteinkaufsstraße, die ich nicht besonders gut kannte. Ich war bisher erst ein- oder zweimal hier gewesen.

Kaffee trinkend blieb ich vor dem einen oder anderen Geschäft stehen und betrachtete die neueste Sommermode. Sie gefiel mir. Allerdings war mir nicht ganz klar, wann man die dünnen Kleider und T-Shirts tragen sollte. Gutes Wetter war weit und breit nicht in Sicht, und soweit ich mich erinnern konnte, war der vergangene Sommer in Schweden auch eher kühl gewesen. Ich überlegte, ob ich dennoch ein paar Sachen anprobieren sollte, konnte mich aber letztlich nicht überwinden. Der Gedanke an enge Umziehkabinen und übereifrige Verkäuferinnen schreckte mich ab. Also schlenderte ich weiter.

In einer Seitenstraße stieß ich auf eine Buchhandlung. Nachdem ich mehrmals um den Laden herumgestrichen war und die Auslage studiert hatte, huschte ich hinein. Der moosgrüne Teppich dämpfte meine Schritte leider nicht stark genug. Eine Verkäuferin, die gerade Bücher in ein Regal wegsortierte, drehte sich zu mir um.

»Kann ich dir helfen?«, fragte sie.

»Nein danke, ich komme schon zurecht«, wimmelte ich sie ab.

»Wenn du Hilfe brauchst, sag Bescheid.«

»Ja, mache ich, danke.«

Ich wanderte die Regale entlang und versuchte, mich zu orientieren. Hier waren Kinderbücher, dort Kunstdrucke, gegenüber Romane für Erwachsene und hinten in der Ecke Reiseführer. Gleich daneben entdeckte ich die Sachbücher. Suchend streifte ich mit dem Finger über die Buchrücken. Aber es war nichts dabei, was ich brauchen konnte. Unschlüssig stand ich vor dem Regal.

»Wenn du ein besonderes Buch suchst und wir es nicht vorrätig haben, kann ich es dir gern bestellen.« Die Verkäuferin war mir gefolgt und lächelte mich an. Vermutlich wollte sie nur freundlich sein, aber ich fühlte mich von ihr bedrängt. Eilig quetschte ich mich an ihr vorbei, murmelte »Nein danke« und verließ den Laden.

So ein Reinfall! Da war ich für nichts und wieder nichts den weiten Weg in die Stadt gefahren. Ob ich mir etwas vornahm oder es sein ließ, es kam sowieso nichts dabei heraus! Nichts klappte. Ich war noch nicht einmal in der Lage, mir ein Buch zu kaufen! Wahrscheinlich hatte Agnes ganz recht: Am besten ich guckte erst mal im Internet nach, welche Bücher es zu meinem Thema gab.

Deprimiert beschloss ich, nach Hause zu fahren. Auf dem Weg zur Bushaltestelle landete ein Tropfen auf meinem Arm, kurz darauf einer auf meiner Nase. Mist, das hatte mir gerade noch gefehlt! So wie es aussah würden gleich weitere Tropfen folgen. Von Westen schoben sich immer mehr dunkle Wolkengebirge heran, bereit sich in wenigen Minuten zu entleeren. Mit eingezogenem Kopf hastete ich die Straße entlang, vorbei an zahlreichen Geschäften. Trotz der Bedrohung von oben nahm ich aus dem Augenwinkel ein Schaufenster wahr, das meine Aufmerksamkeit erregte. Abrupt blieb ich davor stehen und schaute mir die Dekoration an. Eine junge Frau, vermutlich ein Model, lächelte mich von einem Schwarzweißfoto an, das an kaum sichtbaren Nylonfäden von der Decke hing. Neben dem Foto standen drei unterschiedlich hohe, matt silberne Bodenvasen, und auf dem dunklen Holzfußboden lagen um sie herum verstreut weiße Orchideenblüten. Ich starrte auf das Foto, überlegte einen Moment und ging weiter. Nach ein paar Schritten machte ich auf dem Absatz kehrt und schaute erneut in das Schaufenster.

Ein Glöckchen bimmelte, als ich das Geschäft betrat.

SELTSAME BEGEGNUNG

Ich lief die Treppe zu meinem Zimmer hoch und rannte Erik und Hedda direkt in die Arme. Die beiden waren bereits von ihrer Arbeit aus dem Krankenhaus zurück. Damit hatte ich nicht gerechnet. Verdammt, auch das noch! Blieb mir denn heute gar nichts erspart?!

»Mensch, Elina, wo warst du? Ich habe extra heute früher Schluss gemacht. Ich dachte, wir wollten einen Einkaufsbummel ...« Erik brach ab und sah mich an. »Was ist mit deinen Locken passiert?« Er klang entsetzt. Hedda boxte ihm in die Rippen.

»Sieht doch gut aus«, meinte sie. Ihr Blick verriet das Gegenteil. »Du hättest ruhig anrufen können, wir haben uns Sorgen gemacht.«

»Tut mir leid. Hatte ich ganz vergessen.« Ich drängelte mich an ihnen vorbei in mein Zimmer und schmiss mich auf mein Bett. Was hatte ich bloß getan? Diese glattgefönte Stufenfrisur sah bei mir schrecklich aus. Unabhängig davon hatte der Friseur viel zu viel abgeschnitten. Meine Haare reichten mir nur noch gerade über die Schultern. Zumindest an den Seiten. Hinten waren sie etwas länger. Ich sah völlig verändert aus. Bis die Haare nachgewachsen waren, würden Monate vergehen.

Mein Leben war eine einzige Katastrophe. Ich hatte meine afrikanische Heimat verloren, Harry, und nun auch noch meine Haare. Alles, aber auch wirklich alles ging den Bach runter. An die Schule mochte ich gar nicht erst denken. Und schuld daran waren allein meine Eltern. Verzweifelt schluchzte ich in mein Kissen.

»Elina, so schlimm ist das nicht.« Hedda war unaufgefordert in mein Zimmer gekommen.

»Doch. Ich sehe grauenvoll aus!«

»Du übertreibst. Außerdem wachsen sie nach.«

»Das kann Jahre dauern.«

»Du übertreibst schon wieder.« In ihrer Stimme schwang ein leiser Tadel mit.

»Und du verstehst mich nicht. Lass mich. Geh weg!«

»Elina, du machst es uns wirklich nicht leicht.«

»Ihr mir auch nicht!« Ich schüttelte ihre Hand ab, die über mein Haar strich. Mit einem Seufzer erhob sich Hedda von meiner Bettkante und ging hinaus.

Warum hatten Erik und Hedda mir das bloß angetan? Wenn sie nicht über meinen Kopf hinweg beschlossen hätten, aus Kenia fortzugehen, wären Harry und ich jetzt noch zusammen. So aber hatten sie mein Leben ruiniert. Für immer und ewig.

Wie hatte das überhaupt mit Susan und der kleinen Katie geschehen können? Harry liebte doch mich! Bis zu unserem Tod wollten wir zusammenbleiben. Er hatte es mir versprochen. Galt das denn nicht mehr? Natürlich war eine Fernbeziehung schwierig. Aber andere schafften das auch. Warum nicht wir?

Ein Gedanke schlich sich in meinen Kopf, einer, den ich bislang erfolgreich verdrängt hatte. Langsam tröpfelte die Erkenntnis in mein Bewusstsein, dass Harry nur zwei Monate nach meiner Abreise, also im August, mit Susan geschlafen haben musste. Im Juni hatten wir Kenia verlassen. Jetzt war Mai – also elf Monate später. Elf Monate minus neun Monate Schwangerschaft machte zwei Monate. Um das auszurechnen, musste man eigentlich kein Rechenkünstler sein.

Ich verspürte einen Stich in der Herzgegend. Nur zwei Monate nach meinem Abflug! Wieso war mir das nicht früher aufgefallen? So ein Mistkerl! Ich war noch nicht ganz weg gewesen, da hatte er sich schon eine Neue gesucht. Ausgerechnet diese langweilige Susan. Ich konnte es kaum glauben. Wütend rollte ich mich auf den Rücken und stierte an die Decke, die Erik vor Kurzem hellblau gestrichen hatte. »Dein Himmel«, hatte er mit einem Lächeln zu mir gesagt, als er mit den Malerarbeiten fertig geworden war. Ich hatte nichts geantwortet, sondern nur den Mund verzogen.

Ganz still lag ich da und betrachtete die blaue Zimmerdecke. Mein Leben war alles andere als *himmlisch*. Vielleicht hatte mich Harry ja schon mit Susan betrogen, als ich noch in Kenia war? Einmal hatte ich sie zufällig zusammen auf der Straße vor einem Geschäft gesehen, mir aber nichts dabei gedacht. Bei Janes Geburtstagsfeier hatten sie sogar miteinander getanzt. Ich fand das damals nicht schlimm, eher normal. Ich tanzte ja auch mit anderen Jungen. Früher wenigstens. Doch vielleicht war es nicht so harmlos gewesen, wie ich geglaubt hatte? Vielleicht hatte ich mir die ganze Zeit über nur etwas vorgemacht? Vielleicht hatte *er* mir etwas vorgemacht? Vielleicht, vielleicht, vielleicht! Immer mehr hässliche Gedanken kamen mir in den Sinn.

Erschöpft schloss ich die Augen und versuchte, an etwas anderes zu denken. An etwas Schönes. Aber an was? Mir fiel nichts ein. Ich bemühte mich, wenigstens an nichts zu denken, was nicht so einfach war. Immer wieder drängten sich von rechts und links Bilder in meinen Kopf. Sobald ich sie bemerkte, verscheuchte ich sie. Ich war so darauf konzentriert, meinen Kopf zu entleeren, dass mir erst spät auffiel, wie sich ein kräftiger Arm unter meinen Nacken schob. Ganz behutsam, um mich nicht zu stören.

Seltsamerweise erschreckte mich der Arm nicht, obwohl er es hätte tun müssen. Er fühlte sich eigenartig vertraut und gut an. Kein Zweifel: Ich war nicht allein, jemand lag neben mir. Meine Augen waren noch immer geschlossen, als ich ein Flüstern hörte.

»Ich liebe dich!«

»Ich dich auch«, formten meine Lippen eigenmächtig.

Eigenartig! Nichts an der Situation erstaunte mich. Dabei war mir klar, dass ich nicht träumte, sondern hellwach war und dass ich niemanden sehen würde, wenn ich die Augen öffnete. Und noch etwas wusste ich: Es war weder Harrys Arm, den ich spürte, noch seine Stimme, die ich gehört hatte. Vorsichtig machte ich die Augen auf. Der Arm verschwand. Das schöne Gefühl blieb.

DER GALLISCHE KRIEG

Vorsichtig legte ich die Hand auf die Türklinke. Bevor ich sie runterdrücken konnte, hörte ich Hedda hinter mir sagen: »Elina, so geht das nicht! Du hast gestern Abend bereits nichts gegessen. Ohne Frühstück lass ich dich nicht zur Schule.« Sie zog mich in die Küche, die gleich rechts neben der Diele lag. »Komm, wenigstens eine Schale Müsli.«

Erik rutschte auf der Küchenbank ein Stück nach rechts, um mir Platz zu machen. Widerwillig setzte ich mich zu ihm an den großen Tisch aus dunklem Tropenholz, der so gar nicht zu dem Rest der Küche passen wollte, die im skandinavischen Stil eingerichtet war: mit einer halbhohen Wandverkleidung aus taubenblau gestrichenen Dielenbrettern, hellen Stühlen und Schränken sowie geblümten Fenstervorhängen.

»Hast du inzwischen dein Referatsthema bekommen?«, wollte Erik wissen, während er mir Milch einschenkte.

»Ja, gestern.«

»Und welches?«, fragte Hedda. Sie klemmte sich nervös eine dunkelblonde Haarsträhne hinters Ohr, die es gewagt hatte aus der ordentlichen Pagenfrisur auszuscheren.

»Julius Cäsar«, erwiderte ich mechanisch, während ich überlegte, ob ich wohl später so aussehen würde wie meine Mutter: mit kurzen und nicht mehr so hellblonden Haaren.

»Oha, das ist aber ein komplexes Thema«, meinte Erik.

»Geht so.«

»Was heißt ›geht so‹?«, mischte sich Hedda erneut ein. »Hast du schon einen Ansatz? Ich meine, einen Aspekt, den du besonders herausarbeiten willst?«

»Nun lass sie doch! Sie hat gerade erst das Thema ...«, wollte mir Erik zu Hilfe eilen.

Ich unterbrach ihn und hörte mich zu meinem eigenen Erstaunen sagen: »Ja, ich hab einen Ansatz: Verrat! Damit kenne ich mich nämlich gut aus.« Keine Ahnung, wie ich so schnell darauf gekommen war. Eigentlich hatte ich mich bislang nur mit der Frage beschäftigt, wie und wo ich Informationen über Cäsar finden würde. Ich wusste zwar ein bisschen was über ihn aus dem Geschichtsunterricht und dem Fernsehen, aber das war nicht der Rede wert.

»Warum musst du immer so dramatisch sein, Elina?« Hedda schüttelte missbilligend den Kopf.

»Ich finde den Ansatz gut«, verkündete Erik. »Cäsar hat die Republik verraten, indem er sich zum Diktator aufschwang. Er selbst wiederum wurde bekanntlich von Brutus verraten und umgebracht. Das sind zentrale Aspekte.«

»Ja, mag sein. Aber deswegen muss Elina nicht immer so dramatisch sein«, beharrte Hedda.

Langsam reichte es mir. Erst zwangen sie mich, mit ihnen zu frühstücken, dann fragten sie mir ein Loch in den Bauch und nun musste ich mir auch noch Vorwürfe anhören.

»Ich hasse es, wenn du *immer* sagst. Und ich hasse es auch, wenn du *nie* oder *wieder* sagst.« Wütend sah ich Hedda an. »Ich bin nicht *IMMER* irgendetwas. Ich bin auch nicht irgendetwas *NIE* oder *WIEDER.«* Ich schnappte mir meine Schulsachen und lief zur Haustür.

»Siehst du, jetzt bist du *wieder* dramatisch«, hörte ich Hedda im Rausgehen sagen. Ich konnte mir genau vorstellen, wie sie dabei ihre blau-grauen Augen verdrehte. Noch auf dem Weg zur Bushaltestelle ärgerte ich mich darüber.

Der Bus hatte Verspätung und war voller Menschen. Ich war froh, als ich noch einen Platz ergatterte. Vierzig Minuten Fahrzeit lagen vor mir. Müde lehnte ich den Kopf an die kühle Fensterscheibe. Regen prasselte von draußen dagegen. Hörte das denn nie auf? Immer nur Regen und nichts als Regen. Ich hasste Schweden. Und ich hasste die Schule. Heute war bestimmt wieder ein besonders schrecklicher Tag. Ich konnte mir lebhaft vorstellen, was Dennis und die anderen zu meiner neuen Frisur sagen würden. Wäre ich doch gestern bloß nicht zum Friseur gegangen. Schlimm genug, dass ich so aussah, wie ich aussah. Ihre dummen Sprüche wollte ich nicht auch noch ertragen. Als der Bus an der nächsten Haltestelle stoppte, stieg ich kurzerhand aus. Unschlüssig stand ich im Regen.

Am liebsten wäre ich direkt nach Hause gefahren, was leider nicht ging, denn Heddas Dienst begann mittwochs immer etwas später. Ich musste also wohl oder übel die Zeit, bis sie das Haus verließ, irgendwie totschlagen. Aber wie? Da mir nichts Besseres einfiel, beschloss ich, mich zu Fuß auf den Rückweg zu machen. Dafür würde ich schätzungsweise eine Stunde brauchen. Bis dahin war Hedda hoffentlich verschwunden. Langsam stapfte ich durch den Regen, der immer heftiger wurde. Wie so häufig hatte ich keinen Schirm bei mir. Es gehörte einfach nicht zu meinen Gewohnheiten, einen mitzunehmen. Innerhalb weniger Minuten war ich nass bis auf die Haut. Leise vor mich hin fluchend kam ich zu Hause an. Hedda war, wie ich gehofft hatte, fort. Auf der Treppe fand ich einen Zettel von ihr:

Liebe Elina,

alle Heizkörper im Haus sind kalt. Gerade habe ich es gemerkt. Ich habe einen Monteur angerufen. Er will heute zwischen 15 und 16 Uhr kommen. Auf Deinem Handy konnte ich Dich mal wieder nicht erreichen. Ich habe Dir auch für alle Fälle eine SMS geschrieben.
Hoffentlich bist Du rechtzeitig zurück und kannst den Mann reinlassen. Sonst müssen wir heute Abend frieren.

Hab einen schönen Tag,
Deine Mum.

Verdammt! Das hörte sich alles andere als gut an. Bestimmt gab es jetzt nicht einmal heißes Wasser! Ich tappte genervt ins Badezimmer, das nicht mehr ganz neu war, was man an den schwarz-weißen Fliesen unschwer erkennen konnte. Im Vergleich zu den Bädern, die ich aus Afrika kannte, war es allerdings geradezu luxuriös.

Ich testete das Wasser am Waschbecken. Es wurde warm. Glück gehabt! Ich zog meine nassen Sachen aus, legte sie über den Badewannenrand und stellte mich für eine halbe Stunde unter die heiße Dusche. Langsam kam wieder Leben in meinen Körper.

Etwas besser gelaunt suchte ich aus meinem Kleiderschrank einen warmen Pullover und eine Jeans hervor, schlüpfte hinein, wickelte mich in eine Wolldecke und setzte mich mit einem Becher heißen Kakao bewaffnet vor den Computer. Viel Lust hatte ich nicht, mich mit meinem Referat zu beschäftigen. Mit noch leicht klammen Fingern tippte ich *Julius Cäsar* in das Suchfeld von Google und drückte die Entertaste. Auf der Stelle spuckte die Suchmaschine unzählige Ergebnisse aus. Ich klickte aufs Geratewohl auf den ersten Link und landete bei Wikipedia. Ich dachte kurz an Herrn Berglunds Warnung, dann fing ich an zu lesen.

Cäsar hatte zwischen 100 und 44 vor Christus gelebt, erfuhr ich. Im Jahr 59 wurde er erstmalig zum römischen Konsul gewählt. Ein Jahr später ging er nach Gallien, wo er bis 49 vor Christus Statthalter war. Richtig, ich erinnerte mich, wir hatten darüber in der Schule im Lateinunterricht gesprochen, als wir uns durch einige Seiten von Cäsars Werk *Der Gallische Krieg* quälen mussten. Aus diesem Buch stammte meines Wissens auch das berühmte Zitat *veni, vidi, vici,* was bedeutete *ich kam, ich sah, ich siegte.* Ich schnitt eine Grimasse. Das würde ich auch gern mal von mir behaupten. Mein Schicksal schien eher zu sein: Ich kam, sah und verlor alles!

Mit einem Seufzer studierte ich bei Wikipedia die Passagen über den Gallischen Krieg, ohne jedoch einen Hinweis auf das Zitat zu finden. Dafür stieß ich auf Informationen, die ich lieber nicht gelesen hätte. Die Vorstellung, dass Cäsar nach der Niederwerfung eines Aufstandes allen Gefangenen die Hände abhacken ließ, um ein Exempel zu statuieren, erzeugte bei mir einen Brechreiz.

Ich konnte die Schmerzensschreie der Gallier förmlich hören. Unzählige Hände sah ich vor meinem inneren Auge durch die Luft fliegen und dumpf auf die Erde aufschlagen. Rotes warmes Blut, das einen süßlich-metallischen Duft verströmte, floss bächeweise über den morastigen Boden.

Ich schüttelte mich, um die furchtbaren Bilder, Gerüche und Schreie in meinem Kopf loszuwerden.

Was sollte ich mit diesen abscheulichen Fakten bloß anfangen? Waren sie wichtig oder nur dazu gut, Sensationslust zu befriedigen und Ekel zu erzeugen? Kriege waren grausam. Musste ich wirklich wissen, wie die Grausamkeiten im Einzelnen aussahen? Wer Details brauchte, war vermutlich bereits völlig abgestumpft. Und wer abgestumpft war, brauchte keine Informationen mehr. Wozu?

Interessant fand ich allerdings den Hinweis, dass selbst Zeitgenossen Cäsars Vorgehen als äußerst brutal empfunden hatten. Schon ein paar Jahre zuvor war er gegen germanische Stämme derart grausam vorgegangen, dass der römische Senat überlegt hatte, ihn an seine Kriegsgegner auszuliefern. Entweder waren die Senatoren besonders anständige Menschen gewesen, was eher unwahrscheinlich war, oder sie hatten darin eine gute Gelegenheit gesehen, sich Cäsar ein für alle Mal vom Hals zu schaffen, überlegte ich. Hätten sie ihn mal ausgeliefert! Dann müsste ich jetzt nicht mehr weiterrecherchieren, sondern wäre mit meinem Referat so gut wie fertig.

Immer noch auf der Suche nach dem Zitat, las ich als Nächstes, dass während des Krieges eine Million Gallier gestorben und genauso viele gefangen genommen und versklavt worden waren. Wichtig oder unwichtig? Spielten Zahlen in diesem Zusammenhang überhaupt eine Rolle? Warum war es bemerkenswerter, wenn viele Menschen starben, als wenn nur ein einziger ums Leben kam? Ich seufzte erneut. Das Thema hob nicht gerade meine Stimmung. Eigentlich hatte ich nur nachsehen wollen, woher *veni, vidi, vici* stammte.

Ich beschloss, die drei Worte zu googeln, was ich gleich hätte machen sollen. Bereits nach wenigen Klicks fand ich heraus, dass Cäsar *ich kam, ich sah, ich siegte* nicht während des Gallischen Krieges ausgerufen hatte, sondern nach einer Schlacht in Kleinasien. Genau genommen hatte er es in einem Brief an einen Freund im Jahr 47 vor Christus geschrieben. Vor seiner Zeit in Gallien also. Nein, gar nicht wahr, erst danach! Dass die Zahlen mit fortschreitender Zeit kleiner statt größer wurden, brachte mich ganz durcheinander.

Zum besseren Verständnis malte ich auf ein Stück Papier einen Pfeil, der von links nach rechts zeigte. In der Mitte des Pfeils machte ich einen kleinen Strich. Das war der Zeitpunkt von Christi Geburt, der Nullpunkt also. Ganz weit rechts davon, kurz vor der Pfeilspitze zeichnete ich ebenfalls einen Strich und schrieb unser aktuelles Jahr dazu. Hier lebten wir. Wenige Zentimeter links vom Nullpunkt entfernt: eine weitere Markierung. Das sollte 100 vor Christus sein, das Geburtsjahr von Cäsar. Ein Stückchen rechts davon, kurz vor dem Nullpunkt, zeichnete ich einen letzten Strich und schrieb 44 daneben. Das Jahr, in dem Cäsar im Senat ermordet worden war. Zwischen 100 und 44 machte ich eine geschweifte Klammer. Das war die Zeitspanne, in der er gelebt hatte. Nur 56 Jahre umfasste sie.

In diesem Moment klingelte es an der Haustür. Erschreckt fuhr ich hoch. Durch die Arbeit am Computer hatte ich alles um mich herum vergessen. Ich schaute auf die Uhr. Es war kurz vor vier. Wie gut, der Monteur kam endlich! Erst jetzt merkte ich, wie kalt mir wieder geworden war.

UNVERHOFFTE EINLADUNG

Ich öffnete die Tür und machte sofort einen Schritt zurück. Der junge Mann vor mir grinste. Anscheinend war er derartige Reaktionen gewöhnt.

»He! Ich bin Jonas. Ich soll nach der Heizung sehen«, sagte er.

Völlig entgeistert starrte ich auf die breiten Schultern vor mir, von denen ich mir nicht vorstellen konnte, dass sie durch irgendeinen Türrahmen passten. Jonas war ein Riese; er hatte raspelkurze Haare, durch die ich seine Kopfhaut schimmern sah, einen Ring in jedem Ohr und Tattoos auf den Unterarmen. Typen wie ihn kannte ich bestenfalls aus dem Fernsehen.

»Komm rein«, sagte ich eingeschüchtert und machte ihm Platz.

Jonas zwängte sich mit seinem Werkzeugkasten an mir vorbei in die Diele. »Wo ist denn die Heizung?«, fragte er. Seine Stimme klang ungefährlich; eigentlich sogar richtig nett.

»Wir haben in jedem Zimmer eine«, antwortete ich.

Jonas schnitt eine Grimasse: »Ich meine, die Heizungsanlage!«

»Ach so. Ich weiß nicht genau. Ich glaube, im Keller.«

»Schon klar, aber woooo ist der Keller?« In Jonas' Augen blitzte es.

»Dort geht's runter.« Mit rotem Kopf zeigte ich auf die Kellertür. Ich musste einen ziemlich dämlichen Eindruck auf ihn machen.

Ehe ich mich versah, war Jonas zur Tür gelaufen und eilte zwei Stufen auf einmal nehmend die Treppe hinunter. Für seine Statur wirkte er erstaunlich leichtfüßig. Während ich noch darüber nachdachte, ob ich ihm folgen sollte, kam er bereits wieder hoch.

»Mit der Anlage scheint alles in Ordnung zu sein. Ich kann da nichts finden. Ich gucke mir mal eure Heizkörper an. Vielleicht müssen sie einfach entlüftet werden. Wann habt ihr das zuletzt gemacht?«

»Ich glaube, noch nie!« Verblüfft guckte ich ihn an. Zum ersten Mal in meinem Leben hörte ich überhaupt davon, dass man Heizkörper entlüften konnte.

Jonas schmunzelte, wodurch er jünger wirkte. Wahrscheinlich war er gar nicht so alt, wie ich ursprünglich gedacht hatte. Älter als ich zwar mit Sicherheit, aber nur zwei oder drei Jahre. Ich schätzte ihn auf höchstens zwanzig.

Jonas hatte sich inzwischen vor den Heizkörper in der Diele gekniet und versuchte mit der Hand das Ventil aufzudrehen, erfolglos. »Mann, ist das verkantet«, ächzte er und nahm eine Zange zur Hilfe. An seinem Kopf und Hals traten vor Anstrengung die Adern hervor. Ich beobachtete ihn unauffällig bei der Arbeit. Etwas an ihm faszinierte mich. Ich wusste nur nicht, was. Er war so ganz anders als die Menschen, die ich kannte.

»Jetzt aber«, brummte Jonas. Das Ventil gab nach und Luft zischte heraus. Das Wasser hatte endlich freie Bahn und strömte gluckernd in die Heizung. Jonas schraubte das Ventil zu und wiederholte den Vorgang bei den anderen Heizkörpern im Haus. Erst ganz zum Schluss führte ich ihn in mein Zimmer.

»Deins?«, fragte Jonas und schaute sich neugierig um.

»Ja«, antwortete ich leicht verlegen. Mein Zimmer sah alles andere als vorzeigbar aus. Überall an den Wänden standen unausgepackte Kartons, die darauf warteten, nach Afrika zurückzukehren. Inzwischen gab es jedoch keinen Grund mehr für einen Umzug nach Kenia. Es wurde Zeit, die Kartons auszupacken.

»Was machst du gerade?«, riss mich Jonas aus meinen Gedanken. Er zeigte auf einen Stapel Bücher auf meinem Schreibtisch und das Blatt Papier mit der Zeitachse.

»Hausaufgaben«, erwiderte ich.

»Alles klar, so genau wollte ich das gar nicht wissen«, grinste Jonas. Er schien eher belustigt als beleidigt zu sein.

»Ich muss ein Referat über Cäsar vorbereiten«, sagte ich schnell. Jonas nickte nur. »Wie heißt du eigentlich?«

»Elina.«

»Hübsch. – Das hier auch!« Er schnappte sich das Foto von mir und meinen Eltern, das auf meiner Kommode gleich neben dem Bett stand. Erik, Hedda und ich hatten ein halbes Jahr vor unserer Abreise aus Kenia einen Ausflug in den Serengeti-Nationalpark unternommen. Auf dem Foto lehnten wir an der Kühlerhaube eines Jeeps.

Rechts von mir mein Vater und links von mir meine Mutter. Beide hatten ihren Arm um mich gelegt. Im Hintergrund sah man Zebras.

»Deine Frisur jetzt gefällt mir besser als die da auf dem Foto«, meinte Jonas.

»Danke!« Ich lächelte verkrampft.

»Keine Ursache! – So, jetzt aber ran an den letzten Heizkörper!«

Innerhalb weniger Minuten hatte Jonas auch diesen entlüftet. Er packte seine Zange zurück in den Werkzeugkoffer, verschloss ihn und ging mit mir zusammen die Treppe hinunter zur Haustür. Auf der letzten Stufe blieb er unvermittelt stehen und fragte: »Gehst du eigentlich gern ins Kino?«

»Hängt davon ab.«

»Wovon? Vom Film oder von der Begleitung?«

»Vom Film«, stotterte ich.

»Okay, wenn das so ist, kannst du dir ja einen aussuchen, den du gern anschauen möchtest und wir gehen zusammen hin«, schlug er vor.

»Ich glaube, das ist keine so gute Idee«, murmelte ich.

»Warum nicht?«

»Mein Leben ist gerade so ... kompliziert ...«

»Puhhh«, machte Jonas und zuckte die Achseln. »Was soll man dazu sagen?!«

»Am besten nichts«, entgegnete ich leise.

»Na ja, vielleicht ein anderes Mal. Das Angebot steht!« Jonas klang schon wieder fröhlich. Er nickte mir zu und verließ das Haus. Schnell machte ich die Tür hinter ihm zu, lehnte mich mit dem Rücken dagegen und machte ebenfalls »Puhhh!«

RAUMZEIT

Ich hatte weder Hunger noch Lust mit meinen Eltern zu reden. Ich rappelte mich trotzdem auf und ging hinunter zum Abendessen in die Küche. Schließlich musste ich noch die Sache mit der Schule beichten. Bevor ich überhaupt den Mund aufmachen konnte, eröffnete Hedda bereits das Gespräch: »Wie schön, die Heizungen funktionieren wieder! Mit dem Monteur hat also alles geklappt?«

»Ja. Die Rechnung will er mit der Post schicken«, antwortete ich.

»Und wie war der Unterricht?«

Ich stöhnte innerlich auf. Warum musste sie einem nur immer zuvorkommen? Ich hätte das Thema lieber selbst angeschnitten. Jetzt sah es so aus, als hätte sie mich ertappt.

»Weiß nicht. Ich war nicht da«, nuschelte ich.

»Was heißt das? Du bist doch heute Morgen aus dem Haus gegangen?«, fragte Hedda. Ihr Misstrauen war geweckt.

»Ja, aber auf einmal wurde mir schlecht … und da bin ich umgekehrt«, log ich. »Könnt ihr mir eine Entschuldigung schreiben?«

»Kommt gar nicht infrage. Ich unterstütze kein Schwänzen.« Hedda hatte mich natürlich gleich durchschaut.

»Komm schon, Elina ist gut in der Schule. Sie weiß bestimmt, was sie tut. Und wenn sie sagt, ihr war schlecht, sollten wir ihr das glauben«, mischte sich Erik ein. Er schien mir tatsächlich meine Geschichte abzukaufen, was mir erst recht ein schlechtes Gewissen bereitete.

»Ich habe zu Hause, als es mir besser ging, an dem Referat gearbeitet«, warf ich zu unser aller Beruhigung ein.

»Das hört sich wirklich sehr pflichtbewusst an. Wie bist du vorangekommen mit Cäsar? Ging's oder hat er Ärger gemacht?« Erik zwinkerte mir über den Tisch hinweg zu.

»Ich habe erst mal nachgelesen, wann er gelebt hat und dann so ein bisschen was über seine ganzen Kriege.«

»Und?«, wollte Hedda wissen. Ob aus echtem Interesse oder um mich zu überprüfen, war nicht ganz klar.

»Er hat von 100 bis 44 vor Christus gelebt«, antwortete ich. »Im Jahr 58 ging er nach Gallien und führte dort Krieg bis etwa 51 vor Christus. Warte mal, kann das sein?« Ich überlegte kurz. »Ja, stimmt, so war das. Irgendwie komme ich bei den Jahreszahlen vor Christus immer durcheinander.«

»Wieso?«, fragte Erik und füllte sich Nudeln auf.

»Weiß auch nicht. Irritiert mich eben. Normalerweise ist es ja so, dass mit der Zeit die Zahlen immer größer werden. Du weißt schon: 2007, 2008, 2009 und so weiter. Bei den Zahlen vor Christus ist es genau umgekehrt. Sie werden immer kleiner.«

»Weil man sich dem Nullpunkt nähert. Ist doch logisch«, entgegnete Hedda.

Erik ignorierte sie. »Ich ahne, was du meinst«, sagte er. »Du musst dir einfach eine Zeitachse von links nach rechts auf ein Stück Papier malen und die Zahlen eintragen. Das macht's anschaulicher.«

»Habe ich schon gemacht!«

»Und?«

Ich schnitt eine Grimasse.

»Hast du eigentlich schon mal davon gehört, dass die Zeit gekrümmt sein soll?«, wollte Erik wissen.

»Erik, bitte mache es nicht noch komplizierter. Ich wollte gern in Ruhe essen.« Hedda schüttelte unwillig den Kopf.

»Ja, hab ich. Die Theorie ist von Albert Einstein, oder?«, antwortete ich.

»Kluges Mädchen!« Erik lächelte stolz.

»Aber wie kann die Zeit gekrümmt sein? Das verstehe ich nicht«, wunderte ich mich.

»Soweit ich weiß, hat das was damit zu tun, dass Raum und Zeit aneinandergekoppelt sind. Man spricht daher auch von der Raumzeit ...«, setzte Erik an.

»Erik, bitte«, unterbrach Hedda ihn.

Für einen Moment herrschte Schweigen in der Küche. Hedda hatte sich mal wieder durchgesetzt, was mich ärgerte. Daher fragte ich fast schon trotzig: »Und was bedeutet es, dass die Raumzeit gekrümmt ist?«

»Das könnte vielleicht bedeuten, – aber sicher bin ich mir nicht – dass sich die Zeit irgendwann und irgendwo berührt«, meinte Erik.

»Verstehe. Was passiert denn, wenn sich die Zeit berührt?«, hakte ich nach.

»Keine Ahnung. Wenn's dich interessiert, google es doch mal.«

»Aber erst nach dem Essen«, sagte Hedda in einem Ton, der keinen Widerspruch und keine weiteren Fragen zuließ.

An diesem Abend googelte ich nichts mehr. Ich war hundemüde und legte mich früh schlafen.

DIE RICHTIGE HAND

Ich ging eine dunkle Straße entlang. Um mich herum waren lauter fremde Menschen. Plötzlich kam jemand auf mich zu. Obwohl dieser Jemand dicht vor mir stehen blieb, konnte ich ihn nicht richtig erkennen. So als hätte er kein Gesicht und keinen Körper. Dennoch war ich mir sicher: Dieser gestaltlose Mensch war ein junger Mann.

Ohne zu fragen, nahm er mich unvermittelt an die Hand und lief mit mir die Straße entlang. Ich ließ es geschehen. Erst nach ein paar Schritten wurde mir bewusst, dass ich den jungen Mann überhaupt nicht kannte. Empört wollte ich ihm meine Hand entziehen. Was bildete er sich ein? Im selben Moment merkte ich, wie gut sich seine Hand anfühlte. Vertraut und warm. Einfach richtig. Also ließ ich meine Hand in seiner und folgte ihm.

Mit einem Lächeln wachte ich auf. Ich zog die Bettdecke enger um mich, kuschelte mich noch tiefer zwischen die Daunenkissen und blickte hoch zu *meinem Himmel*. So gut es ging versuchte ich, das wohlige Gefühl aus meinem Traum festzuhalten. Ich wollte es konservieren, damit ich möglichst lange etwas davon hatte. In diesem Moment war ich mir absolut sicher: Irgendwo da draußen wartete jemand auf mich. Jemand, den ich noch nicht kannte; den ich aber erkennen würde, sobald er meine Hand nahm.

ANGRIFF

Die Realität holte mich schnell ein. In der Schule fingen mich Dennis und Linn vor unserem Klassenzimmer ab.

»Sieh an, unsere afrikanische Streberin ist wieder da! Hältst dich wohl für was Besseres, dass du zum Friseur gehst, statt in die Schule zu kommen, was?«, giftete Dennis.

Eilig wollte ich mich an den beiden vorbeidrängeln, doch Linn hielt mich am Jackenärmel fest: »Nun lass doch mal sehen! Bist du sicher, dass dein Friseur nicht paarmal mit der Schere abgerutscht ist? Ganz schön schief und krumm an einigen Stellen. Echt krass. Also, ich würde mich an deiner Stelle nicht so aus dem Haus trauen. Versuch's doch mal mit 'ner Mütze!« Sie und Dennis lachten.

»Lass mich zufrieden«, fuhr ich sie an. Noch nie zuvor hatte ich mich gewehrt.

»He, wie redest du mit meiner Freundin?« Dennis stellte sich breitbeinig vor mich. Sein bedrucktes, etwas löchriges T-Shirt versperrte mir die Sicht.

»Idiot«, hörte ich mich zu meinem Entsetzen zischen. Was war bloß in mich gefahren? Das würde Folgen haben, das war so sicher wie das Amen in der Kirche. Fürs Erste aber hatte ich Glück, denn unser Mathelehrer kam um die Ecke. In seinem Windschatten schlüpfte ich schnell ins Klassenzimmer und setzte mich auf meinen Platz. Vorerst war ich den beiden entkommen.

Statt dem Matheunterricht zu folgen, dachte ich darüber nach, was Dennis gesagt hatte. In seinen Augen war ich eine Streberin. Aber nicht nur das. Er glaubte auch, dass ich mich für etwas Besseres hielt. Das stimmte nicht. Ganz und gar nicht. Sicherlich hatte ich mich von Anfang an abseits gehalten und nur wenig mit den anderen gesprochen. Aber das lag daran, dass ich keinen kannte und es mir nicht gut ging. Wenn man Probleme hat, ist man nicht so gesprächig und in der Stimmung über die Witze anderer zu lachen. Vor allem nicht, wenn sie blöd waren. Erschwerend kam hinzu, dass ich immer davon ausgegangen war, nicht lange in Schweden zu bleiben. Jetzt hatte sich die Situation zugegebenermaßen geändert. Es gab nichts mehr, was mich nach Kenia zog. Ich seufzte halblaut. Alle drehten sich zu mir um. Linn kicherte. Ich wurde rot.

Die Schulstunden zogen sich quälend in die Länge. Den ganzen Tag über ging ich Dennis, Malte, Ole und Linn erfolgreich aus dem Weg. Doch nach Unterrichtsschluss nahm das Unvermeidliche seinen Lauf. Schon von Weitem sah ich die vier vor dem Schultor auf mich warten. Ich hatte keine Chance, ihnen zu entkommen. Wenn ich nach Hause wollte, musste ich wohl oder übel durch das Tor. Ich merkte, wie meine Hände feucht wurden und mein Puls zu rasen begann.

»Was hast du vorhin zu mir gesagt?« Ich hatte das Tor erreicht und stand Dennis genau gegenüber. »Habe ich richtig gehört? Hast du etwa *Idiot* zu mir gesagt?« Er guckte mich aus grauen Schlitzen böse an, während die anderen einen Halbkreis um mich bildeten. »He, ich habe dich was gefragt, Streberin!« Dennis kam drohend auf mich zu. In seiner Hand blitzte etwas. Ich konnte nicht genau sehen, was es war, aber ich befürchtete das Schlimmste. Entsetzt ging ich einen Schritt zurück. Dennis grinste zufrieden und machte fast gleichzeitig einen Schritt vor. Die anderen lachten.

Aus dem Augenwinkel sah ich, dass ein paar Schüler stehen geblieben waren und uns beobachteten. Aber niemand kam mir zu Hilfe. Erneut wich ich vor Dennis zurück, woraufhin er sofort einen Schritt in meine Richtung machte. Dieses Spiel wiederholte sich mehrmals: Ich ging zurück, er vor. Auf diese Weise trieb er mich vor sich her.

Versuche, einen klaren Kopf zu behalten, befahl ich mir selbst. Lass dir deine Angst nicht anmerken! »Was willst du von mir? Lass mich in Frieden«, sagte ich mit möglichst fester Stimme.

»Ich will wissen, ob du vorhin Idiot zu mir gesagt hast.«

»Ja, habe ich. Wenn du dich auch wie einer benimmst!« Meine Stimme klang eine Spur zu hoch. Das Blut rauschte in meinem Kopf.

Dennis' hässliche Fratze kam immer näher. Es schien ihm Spaß zu machen, mir Angst einzujagen. Beim Rückwärtsgehen stieß ich plötzlich mit dem Fuß gegen einen Gegenstand und stolperte. Ich ruderte wild mit den Armen in der Luft und sah mich bereits hinfallen, da packte mich unerwartet eine starke Hand am Oberarm und bewahrte mich vor dem Sturz.

»Was will der Typ von dir, Elina?« Wie aus dem Nichts war Jonas aufgetaucht. Der Monteur von gestern. Was hatte er hier zu suchen? Verständnislos starrte ich ihn an. Er zwinkerte mir zu und legte seine Hand wie selbstverständlich auf meine Schulter. Zu Dennis gewandt sagte er: »He, gibt's ein Problem?«

»Was geht dich das an?!« Dennis versuchte, lässig zu wirken. Ich merkte jedoch, dass er eingeschüchtert war, was mich nicht weiter erstaunte. Jonas war um einiges größer und breiter als er.

»Das geht mich eine ganze Menge an, Kleiner«, meinte Jonas seelenruhig und betrachtete seine rechte Hand. Er spreizte seine Finger, schloss sie zur Faust und spreizte sie erneut. »Wenn du ihr auch nur ein Haar krümmst, mach ich dich fertig.«

»Oh, jetzt hab ich aber Angst«, höhnte Dennis schwach.

»Solltest du auch, du Zwerg! Ich behalte dich im Auge. Komm Elina, ich bring dich nach Hause.« Jonas zog mich zu einem kleinen weißen Lieferwagen.

»Was machst du hier?«, fragte ich mit noch immer leicht schriller Stimme, als wir außer Hörweite waren.

»Arbeiten. Auch in Schulen fallen Heizungen aus«, feixte er und sah dabei überhaupt nicht mehr furchteinflößend aus.

»Du hast gar keine Ahnung, wie froh ich bin, dich zu sehen!« Am liebsten wäre ich ihm um den Hals gefallen.

»War 'n cooler Auftritt, oder?! – Komm steig ein!« Jonas hielt mir zu meinem Erstaunen die Tür auf. Ein solches Benehmen passte eigentlich gar nicht zu ihm. Jedenfalls nicht zu seinem Aussehen. Ich musste an Hedda denken, die immer sagte: Menschen können einen überraschen. Im Guten wie im Schlechten.

»Danke«, murmelte ich und setzte mich auf den Beifahrersitz. Jonas ging um den Wagen herum, stieg ein und steckte den Schlüssel ins Zündschloss. Gerade als er losfahren wollte, fiel mir etwas ein. »Könntest du mir noch einen Gefallen tun?«

»Klar. Was gibt's?«

»Könntest du denen da sagen«, ich nickte in Richtung Dennis und seiner Clique, die noch immer am Schultor standen, »dass sie mein Bild aus dem Internet nehmen sollen? Das auf der Schülerplattform?«

»Welches Foto?«

»Is' egal. Die wissen schon, welches gemeint ist.«

»Okay, kein Problem.« Jonas stieg aus dem Wagen und marschierte mit leicht wiegendem Gang wie ein Schwergewichtsboxer zu der Gruppe hinüber. Nach wenigen Minuten kam er zurück.

»Ist erledigt!« Jonas ließ den Motor an und fuhr los.

»Danke«, sagte ich leise.

»Was war denn da eigentlich los?«

»Nichts Besonderes.« Mir war die Sache peinlich. Besonders die mit dem Foto. Ich hatte weder meinen Eltern davon erzählt noch die Lehrer gebeten, etwas zu unternehmen. Einfach, weil ich mich schämte und ich nicht noch mehr Ärger haben wollte.

»Scheißtypen«, brummte Jonas. »Wenn ich mal wieder was für dich tun kann, sag Bescheid.«

»Danke, das ist echt nett von dir.« Ich versuchte, zu lächeln.

»Ich hab jetzt einen gut bei dir, oder?« Seine Augen blitzten übermütig.

»Ja, hast du!«

»Tja, wie es aussieht, musst du wohl doch mit mir ins Kino.«

»Was, jetzt??«

»Nee, nicht heute. Ich hab noch paar Kundentermine. Aber vielleicht morgen?«

»Ja, vielleicht. Ich muss erst meine Eltern fragen. Ich ruf dich an.«

»Okay. Hier haste meine Nummer.« Jonas fischte eine Visitenkarte aus dem Handschuhfach, das extrem zugemüllt war, und reichte sie mir. Den Rest der Fahrt redete nur noch der Moderator im Radio. Mit übertrieben gutgelaunter Stimme, die einem auf die Nerven gehen konnte, kündigte er alle naselang aktuelle Chart-Titel an. Die meisten davon konnte ich schon nicht mehr hören, so oft wurden sie gedudelt. Jonas dagegen summte bei fast allen zufrieden mit.

Gut fünfzehn Minuten später erreichten wir das Haus meiner Eltern. Jonas bremste, sprang aus dem Auto und lief zu mir auf die Beifahrerseite. Bevor er mir die Tür aufmachen konnte, war ich schon ausgestiegen. »Tschüss, und vielen Dank noch mal.« Spontan reichte ich ihm meine Hand.

»Du bist aber förmlich«, meinte er und ergriff sie. Jonas' Hand fühlte sich warm, groß und kräftig an. Ansonsten spürte ich nichts. Rein gar nichts. Das war nicht die richtige Hand. Jedenfalls nicht die, die für mich bestimmt war. »Du rufst an, ja?«, fragte er.

»Ja, mache ich. Bis dann.« Ich winkte ihm zu.

»Ciao.« Jonas stieg in seinen Wagen und fuhr davon.

Nachdenklich sah ich ihm hinterher. Über zwei Dinge war ich mir absolut sicher: Erstens, ich würde ihm für immer dankbar sein. Zweitens, er war nicht der, nach dem ich suchte. Das hatte ich mir zwar schon fast von Anfang an gedacht, dennoch war ich ein bisschen enttäuscht, als ich ins Haus ging. Erik empfing mich in der Diele.

»Wer war denn *das*?«, fragte er. Offenbar hatte er uns vom Fenster aus beobachtet.

»Der Heizungsmonteur von gestern.«

»Und warum bringt *der* dich nach Hause?«

»Hab ihn zufällig in der Schule getroffen. Er hatte dort zu tun.«

»*UND*?«

»Er hat mich mitgenommen, weil's auf seinem Weg lag.« Warum musste ich bloß so neugierige Eltern haben? Das war wirklich lästig.

Erik sah mich verblüfft an. »Das ist alles?«

»Ja. – Das heißt: Kann ich morgen mit ihm ins Kino?«

»Du willst was? Bist du verrückt geworden? Ich lass dich doch nicht mit *so einem* ins Kino!« Erik schnappte nach Luft.

»Was heißt denn mit *›so einem‹*?«, empörte ich mich mehr aus Gewohnheit.

Erik wurde verlegen. »Ich meine, mit jemandem, der so viel älter ist als du.«

»Ach so«, sagte ich. »Also nicht?«

»Kein Kino. Kommt nicht infrage.« Erik hatte die Arme vor der Brust verschränkt.

»Okay.«

»Okay?«, echote Erik ungläubig.

»Ja, okay«, erwiderte ich und ging die Treppe hoch. Auf halbem Weg drehte ich mich um. »Aber ich schulde ihm einen Gefallen, Erik.«

»Warum?«
»Is' doch egal.«
»Ist es nicht.«
»Ich hatte Ärger in der Schule und er hat mir geholfen.«
»Wieso hattest du Ärger?«
»Okay, ich sag ihm ab«, beendete ich genervt das Verhör. Ich ging in mein Zimmer und wählte Jonas' Nummer.

»Kann man nichts machen, wenn deine Eltern es verbieten.« Jonas schien nicht ganz so enttäuscht zu sein, wie ich befürchtet hatte.
»Tut mir leid.«
»Kannst ja nix 'für. – Wann wirst du achtzehn?«, wollte er wissen.
»In einem Jahr und paar Tagen.«
»Du bist noch sechzehn?!!!!!«
»Nicht mehr lange!«
Er lachte. »Gehen wir eben in einem Jahr ins Kino.« So schnell schien ihn nichts zu erschüttern. »Elina?!«
»Ja?«
»Wenn du wieder Ärger hast, – ich meine nicht nur in der Schule, sondern auch sonst – sag Bescheid, ja?!«
Jonas sah zwar überhaupt nicht so aus, wie man sich einen netten Typen vorstellte, aber er war es, stellte ich nicht zum ersten Mal fest.
»Ja, mache ich. Danke«, murmelte ich in den Telefonhörer.
»Aber auch wirklich tun! Einfach anrufen!« Im Hintergrund wurde es laut. Jemand rief etwas. »Ich muss aufhören«, Jonas klang gehetzt, »die Arbeit ruft. Tschüss!« In der Leitung klickte es. Er hatte aufgelegt.

GEBURTSTAGSGESCHENK

Dank Jonas hatte ich keinen Ärger mehr in der Schule. Dennis, Malte, Ole und Linn hielten Abstand. Hin und wieder fing ich einen argwöhnischen Blick von ihnen auf. Aber das war alles. In den Augen der anderen Schüler sah ich so etwas wie Respekt, was ich zum Teil Agnes zu verdanken hatte. Ohne mein Wissen und meine Zustimmung, hatte sie das Gerücht in Umlauf gesetzt, dass Jonas mein Freund sei. Ich sah keinen Anlass, das richtigzustellen. Mein Leben war nun so viel einfacher. Ich nutzte die Gunst der Stunde und suchte in den Pausen öfter den Kontakt zu meinen Mitschülern. Ich gab mir Mühe, selbst über die dümmsten Witze zu lachen und rauchte sogar die eine oder andere Zigarette, obwohl mir von beidem übel wurde. Dafür war ich schon bald nicht mehr das unbeliebteste Mädchen an der Schule. So einfach war das. Richtige Freunde hatte ich allerdings nach wie vor nicht. Ab und zu simste ich mit Jonas oder Agnes hin und her, womit sich meine sozialen Kontakte außerhalb der Schule aber auch schon erschöpften. Die Nachmittage und Abende verbrachte ich weiterhin allein. Ich saß stundenlang am Computer, wälzte Bücher über Cäsar, die ich mir inzwischen besorgt hatte, surfte im Internet und tippte mir die Finger wund. Obwohl ich besserer Stimmung war, schienen sich Erik und Hedda noch immer Sorgen um mich zu machen.

»Sitzt du schon wieder vorm Computer?«, fragte Hedda mich, als sie nach der Arbeit zu mir ins Zimmer kam.

»Mhmm.«

»Bist du mit deinem Referat nicht schon lange fertig?«

»Nein.«

Hedda stand jetzt direkt neben meinem Schreibtisch. So schnell gab sie nicht auf. »Das artet ja in Besessenheit aus. – Elina, mach wenigstens mal eine Pause und iss mit uns.«

»Mhmm.«

Eine halbe Stunde später stand Erik in meinem Zimmer. »Elina, ESSEN!«

»Ja, gleich«, antwortete ich mechanisch.

»Nicht gleich, sondern sofort.«

Widerwillig stand ich auf und ging mit ihm nach unten. In der Küche roch es nach Fisch. Wir setzten uns an den bereits fertig gedeckten Tisch und füllten uns die Teller auf.

»Hedda sagt, du bist mit dem Referat noch nicht fertig«, meinte Erik halb fragend, halb feststellend, während er hungrig über das Essen herfiel. Hedda schüttelte missbilligend den Kopf. Es galt ausnahmsweise nicht mir.

»Nee, noch nicht ganz. Aber fast«, erwiderte ich.

»Du scheinst daraus ja eine Doktorarbeit zu machen«, feixte er.

»Die Materie ist sehr komplex.«

»Sicher. Aber du wolltest dich doch auf den Aspekt *Verrat* konzentrieren.«

»Mache ich auch. Aber das ist nicht so einfach.«

»Was ist daran nicht einfach?«, schaltete sich Hedda ein.

Ich hasste es, wenn sie mich so mit Fragen bombardierten. »War halt 'ne Zeit, in der es drunter und drüber ging. Mit viel Neid, Intrigen und so«, murmelte ich.

»Hört sich nach meinem Krankenhausjob an.« Erik schnitt eine Grimasse. »Apropos ›drunter und drüber‹: War Brutus nun eigentlich Cäsars Sohn?«

Ich stöhnte innerlich auf. Wie es aussah, würde die Vernehmung noch eine Weile weitergehen. »Nö, Brutus war der Sohn von Cäsars Geliebten. Deshalb dachten viele er sei sein Sohn. Auch weil er ihn immer unterstützt und ihm vieles verziehen hat«, erklärte ich und nahm einen Schluck Milch.

»Was hat er ihm zum Beispiel verziehen?«, fragte Hedda.

Ich nahm einen weiteren Schluck Milch und leierte mein angelesenes Halbwissen herunter. »49 vor Christus gab es in Rom einen Bürgerkrieg. Brutus schlug sich nicht auf die Seite von Cäsar, sondern kämpfte gegen ihn. Cäsar gewann den Krieg und verzieh Brutus. Statt dankbar zu sein, zettelte Brutus ein paar Jahre später eine Verschwörung gegen Cäsar an. Cäsar wurde zu einer Senatssitzung gelockt, wo ihn Brutus und einige der Senatoren mit mehreren Dolchstichen ermordet haben. – Echt üble Geschichte.«

»Na ja, so ein richtiges Unschuldslamm war Cäsar ja auch nicht«, warf Hedda ein. Ihre Augen irrten über den Tisch. Sie suchte wie üblich das Salz. »Bei den Kriegen, die er geführt hat, möchte ich nicht wissen, wie viele Menschen gestorben sind.«

Ich musste allein an die eine Million abgeschlachteten Gallier denken; ich schwieg jedoch.

»Unabhängig davon hat er sich zum Diktator aufgeschwungen und damit die Senatoren entmachtet«, fuhr Hedda fort. »Dass den Senatoren das nicht schmecken würde, dürfte ihm klar gewesen sein. Wie viele Jahre vor seinem Tod war das eigentlich, Elina?«

»Was jetzt?«

»Dass er Diktator wurde!« Hedda klang eine Spur zu gereizt.

»Ach so, warte mal. Das war 46 vor Christus. Also drei Jahre nach Beginn des Bürgerkriegs beziehungsweise«, ich dachte kurz nach, »zwei Jahre bevor er ermordet wurde.«

Hedda und Erik schwiegen. Hoffentlich war die Fragestunde endlich vorbei.

»Also, ich hab kein Mitleid mit Cäsar«, meinte Hedda nach einer Weile. »Und ihr solltet es auch nicht haben. Wir sind schließlich Demokraten.«

»Das habe ich gemerkt«, entfuhr es mir.

Hedda sah mich an und zog die Augenbrauen hoch. Ich war mir sicher, dass sie genau wusste, was ich mit meiner Bemerkung gemeint hatte. Mehr aus Trotz fügte ich deshalb hinzu: »War echt demokratisch, wie ihr allein beschlossen habt, aus Kenia wegzugehen.«

Hedda machte den Mund auf, um etwas zu erwidern, doch Erik kam ihr zuvor: »Elina, was hältst du davon, deine Cäsar-Studien vor Ort abzuschließen?«, fragte er schnell.

»Was heißt das?« Ich legte überrascht die Gabel beiseite.

»Nächstes Wochenende ist ein Ärztekongress in Rom, zu dem ich unbedingt will, und du könntest mitkommen. Als Geschenk zu deinem Geburtstag. Außerdem wäre es mal was anderes, als immer nur vorm Computer zu hocken. In Rom hast du die Möglichkeit, dir alles selbst anzusehen. Da riecht man förmlich auf Schritt und Tritt

Historie. Ich denke da nur an das Kolosseum oder das Forum Romanun. Na, was sagst du dazu?«

»Ich weiß nicht.« Skeptisch blickte ich zwischen Hedda und Erik hin und her.

»Du weißt nicht???« Heddas Nasenlöcher blähten sich. »So etwas hätte man mir in deinem Alter mal vorschlagen sollen!!«

»Und wie lauten die Bedingungen?«, wollte ich wissen.

»Es gibt keine Bedingungen.« Erik hob beide Hände hoch als Zeichen dafür, dass er nichts zu verbergen hatte. »Wie gesagt, es ist ein Geschenk zu deinem Siebzehnten.«

»Wenn es so ist – klar, warum nicht?!«

»Stopp, es gibt doch eine Bedingung«, meldete sich Hedda zu Wort.

Ich verdrehte die Augen. Das wäre ja auch zu schön gewesen, um wahr zu sein.

»Ich möchte, dass du künftig wieder mehr isst. Und ich würde mich freuen, wenn du auch öfter lächelst«, sagte sie und streichelte mir über den Arm.

FLÜSTERN ÜBER DEN WOLKEN

An meinem Geburtstag standen wir mitten in der Nacht auf und fuhren mit dem Auto nach Göteborg, um von dort aus gleich früh morgens nach Rom zu fliegen. Da wir nur von Freitag bis Montag fortbleiben wollten, hatte ich lediglich eine große Sporttasche mit den nötigsten Klamotten dabei. In der Schule war ich entschuldigt.

Die meisten hätten sich an meiner Stelle vermutlich auf die Reise gefreut, ich aber war in einer miserablen Stimmung. Die Flughafenatmosphäre weckte traurige Erinnerungen in mir. Rollkoffer ratterten laut über helle Steinfliesen, unverständliche Lautsprecherdurchsagen dröhnten in meinem Kopf, Menschen hasteten rechts und links an mir vorbei, schnitten mir den Weg ab und murmelten »Sorry.«

Ich musste an meinen Abschied von Kenia denken, und an meine Trennung von Harry. Fast genau ein Jahr war das her. Ich schluckte. Es war der schrecklichste Tag meines Lebens gewesen. Abgesehen von dem Tag, an dem ich Harrys letzte Mail erhalten hatte.

Ich fühlte mich grauenvoll.

Ein kalter Ring legte sich enger und enger um meine Brust, sodass ich fast keine Luft mehr bekam. Ich stand neben Erik am Abfertigungsschalter und kämpfte mit Atemnot. Die Vorstellung, meinen Geburtstag ohne Hedda zu verbringen, deprimierte mich zusätzlich. Ich fand meine Mutter zwar häufig anstrengend, aber sie gehörte zu meinem Geburtstag einfach dazu. Ich hatte noch nie ohne sie gefeiert.

Meine schlechte Laune hielt sogar noch nach dem Zwischenstopp in Deutschland an, wo wir aussteigen und in ein anderes Flugzeug wechseln mussten.

»Freust du dich? Bald sind wir da«, sagte Erik und schnallte sich an.

»Mhmm.« Ich blätterte lustlos in der Zeitschrift, die mir eine Stewardess gebracht hatte, während die Maschine abhob.

»Warum machst du dann so ein Gesicht?«

»Hab kein anderes.«

»Elina!« Erik klang ärgerlich.

»Tut mir leid, bin einfach müde.« Ich legte die Zeitschrift zur Seite und lehnte meinen Kopf an seine Schulter.

»Kein Wunder, wir sind auch extrem früh aufgestanden. Schlaf ein bisschen. Ich wecke dich, wenn wir gelandet sind«, sagte er umgehend. Anders als Hedda war mein Vater selten lange böse auf mich.

Eriks Schulter fühlte sich gut an. Die monotonen Turbinengeräusche des Flugzeugs sowie das Geraune und leise Geraschel der anderen Passagiere taten ihr Übriges. Schon bald spürte ich, wie meine Augen immer schwerer wurden. Genau in dem Moment, als mein Arm zum zweiten Mal zuckte, hörte ich eine Stimme flüstern. Es war dieselbe wie neulich Abend.

»Ich liebe dich!«

Ich stutzte. Für einen kurzen Augenblick war ich wieder hellwach. Ich bemühte mich, darüber nachzudenken, woher die Stimme kam und warum sie mich nicht erstaunte, geschweige denn erschreckte, aber die Müdigkeit war stärker. Bevor ich einen klaren Gedanken fassen konnte, schlief ich ein. Erst als die Maschine unsanft auf der Landebahn aufsetzte, wachte ich auf.

Ich rieb mir die Augen und guckte gespannt aus dem Fenster. Meine miese Stimmung war buchstäblich verflogen. Ich verspürte ein leichtes Kribbeln in der Magengegend.

»Wir sind da!« Erik lächelte mich an.

ROM

Wir fuhren mit einem Taxi zu unserem Hotel, das sich ganz in der Nähe des Kolosseums befand. Bereits von Weitem erblickte ich die Arena, deren gewaltige Mauern hoch in den wolkenlosen Himmel ragten. Mit jedem Meter, den wir zurücklegten, wurde ich aufgeregter. Langsam, aber sicher regte sich doch so etwas wie Vorfreude in mir.

Im Hotel füllte Erik mit seiner krakeligen Schrift zwei Formulare am Empfang aus. Danach brachte uns der Rezeptionist zu einem Fahrstuhl, der derart klapprig war, dass Erik und ich es schon gleich nach dem Einsteigen bereuten, die zwei Stockwerke nicht zu Fuß gegangen zu sein. Wie wir schon anhand der Schlüsselnummern vermutet hatten, lagen unsere Zimmer direkt nebeneinander. Sie waren nur mit dem Nötigsten eingerichtet und durch eine Verbindungstür, die nicht abgeschlossen war, miteinander verbunden.

Schnell machte ich mich ein wenig frisch und packte meinen Koffer aus. Ich hätte mich jedoch gar nicht so zu beeilen brauchen, denn Erik musste noch zwei Anrufe erledigen, die sich endlos in die Länge zogen. Mehrmals steckte ich ungeduldig meinen Kopf durch die Verbindungstür, um jedes Mal aufs Neue festzustellen, dass Erik noch telefonierte. Mit gerunzelter Stirn und dem Handy am Ohr ging er im Zimmer auf und ab. Wie ich aus ein paar Gesprächsfetzen entnehmen konnte, erörterte er langweilige Probleme mit der Helsingborger Krankenhausverwaltung.

Eine Ewigkeit verging bis er endlich das Startzeichen gab: »Elina, wir können los! Tut mir leid, dass du so lange warten musstest.«

»Ich hatte schon Angst, meinen Geburtstag allein auf dem Hotelzimmer verbringen zu müssen«, maulte ich.

»Nun übertreib mal nicht. Wollen wir uns als Erstes das Kolosseum ansehen?«

»Ja. Hauptsache raus hier.«

Erik legte lächelnd den Arm um mich. Sein Kongress begann erst am nächsten Tag, also konnten wir Rom noch ein wenig gemeinsam erkunden. Arm in Arm schlenderten wir zum Kolosseum. Auf den Straßen herrschte ein unbeschreibliches Chaos. Motorroller und Autos bahnten sich hupend ihren Weg. Es wurde geschrien und gestikuliert. Dazwischen jede Menge Fußgänger, die versuchten, todesmutig die Fahrbahn zu überqueren. Ohne nach rechts oder links zu blicken, liefen sie einfach los, darauf vertrauend, dass die Autos rechtzeitig stoppen würden, was diese bemerkenswerterweise auch taten. Erik und ich guckten uns die *Augen-zu-und-durch-Strategie* bei den anderen ab und erreichten das Kolosseum unfallfrei, was fast an ein Wunder grenzte.

Ich wurde immer aufgeregter. Rom, die Ewige Stadt! Schon allein der Name löste in mir ein erhabenes Gefühl aus. Staunend legte ich den Kopf in den Nacken: Die Arena, in der früher die Gladiatorenkämpfe stattgefunden hatten, setzte sich aus vier mächtigen Geschossen zusammen. Während die unteren drei Stockwerke aus lauter Rundbögen bestanden, war das oberste Geschoss, abgesehen von kleinen Fensternischen, aus massivem Mauerwerk. Laut Eriks Reiseführer hatte das Kolosseum eine Höhe von achtundvierzig Metern und einen Umfang von fünfhundertsiebenundzwanzig Metern. Unglaublich, wie Menschen es geschafft hatten, ein derart riesiges Bauwerk ohne moderne Hilfsmittel zu errichten.

»Möchtest du wissen, wie viele Menschen hier ihren Tod fanden? Im Zweikampf oder von Tieren getötet.« Erik blätterte in seinem Reiseführer.

»Eigentlich nicht.«

»Nach der Fertigstellung des Kolosseums im Jahr 80 nach Christus starben möglicherweise bis zu fünfhunderttausend Menschen in der Arena. Die letzten Gladiatorenkämpfe fanden vermutlich 435 nach Christus statt«, las Erik ungerührt vor.

»Danke, jetzt fühle ich mich gleich viel besser«, sagte ich. Seit wir in Schweden lebten, hatte ich eine Vorliebe für Ironie entwickelt.

Erik setzte sein *Oberprofessor-Arzt-Gesicht* auf. »Du darfst die Augen nicht vorm Leben verschließen.«

»Amen.«

»Nein, im Ernst. Das Leben besteht nicht nur aus Romantik. Es ist hart und häufig unfair. Auch bei uns gibt's schreckliche Dinge.

Denk nur an die Gräueltaten in Afrika, die Armut und den Hunger. Oder an den furchtbaren Krieg in Afghanistan. Jede Ära hat ihre Grausamkeiten. Wir haben uns nur an unsere gewöhnt. Richtig schlimm dürfte es allerdings sein, wenn man zwischen die Zeiten und ihre Grausamkeiten gerät.«

»Die Gefahr besteht wohl kaum!«

Als hätte jemand unser Gespräch belauscht und mich eines Besseren belehren wollen, stießen Erik und ich auf einen patrouillierenden Zenturio, der so aussah, als sei er im falschen Jahrtausend gelandet. Er trug braune Sandalen, Beinschienen, eine knielange Tunika mit einem Brustpanzer aus Leder darüber, an dessen Schulterpartien ein roter Umhang befestigt war, und auf dem Kopf einen Helm mit rotem Borstenaufsatz. Drohend hielt er vor dem Eingang des Kolosseums sein Kurzschwert den Touristen entgegen, die daraufhin ihre Fotoapparate zückten.

»Wie sieht's aus, Elina? Soll ich ein Bild von dir und dem Legionär da machen?«, fragte Erik.

»Das ist kein einfacher Legionär. Das ist ein Zenturio«, gab ich mein Referatwissen zum Besten.

»Ein was?« Erik fingerte in seiner Hosentasche nach seinem Handy.

»Ein Zenturio. Ein Offizier des römischen Reiches.«

»Mhm«, machte Erik und schubste mich sanft in Richtung des verkleideten Italieners. Zeitgleich brachte er sein Fotohandy in Anschlag.

»Ich will nicht fotografiert werden«, wehrte ich ab.

»Warum nicht? Ist doch lustig.«

Ich schüttelte den Kopf. Den Möchtegern-Zenturio zu beobachten, war eine Sache. Sich mit ihm fotografieren zu lassen, eine andere. Und zwar eine peinliche. Außerdem schien er sich dafür bezahlen zu lassen. Ich sah, wie einige Touristen ihm Zehneuroscheine überreichten.

Von rechts und links näherten sich weitere Zenturionen. Einer von ihnen kam direkt auf mich zu und flüsterte: »I kill you softly.«

Verdutzt drehte ich mich zu ihm um. Der Zenturio grinste und zwinkerte mit dem Auge. Verlegen schaute ich weg.

»Was hat er damit gemeint?«, erkundigte ich mich bei Erik, nachdem der junge Mann verschwunden war.

»Womit?«

»›I kill you softly.‘«

»Das heißt so viel wie *Ich töte dich sanft*«, übersetzte Erik.

»Das weiß ich selbst.« Am liebsten hätte ich ihm in die Rippen geboxt. Manchmal war er wirklich begriffsstutzig. »Aber was meint er damit?«

»Keine Ahnung.« Erik verzog den Mund fast zu einer Schlangenlinie. »Es gab mal so einen Song vor ein paar Jahren, der hieß *Killing me softly*. Vielleicht deshalb. Soll wohl ein Witz sein.«

»Ach so.« Aus irgendeinem Grund hatte ich mehr hinter dem Spruch vermutet.

»Wollen wir ins Kolosseum reingehen?«, fragte Erik. »Ich habe hier so besondere Tickets, die auch noch in den nächsten Tagen für andere Sehenswürdigkeiten gelten.«

»Ja, meinetwegen.«

»Das hört sich ja nicht gerade begeistert an.«

»Doch, doch, lass uns reingehen«, erwiderte ich schnell. Ich hatte keine Lust, die fünfhunderttausendste Diskussion über meine zu wünschen übrig lassende Begeisterungsfähigkeit zu führen.

Gemeinsam mit anderen Touristen schoben wir uns in das Kolosseum. Von innen war es nicht annähernd so gut erhalten wie von außen. Statt Erhabenheit: Verfall und Vergänglichkeit. Ich war ein bisschen enttäuscht, was ich Erik leichtsinnigerweise erzählte.

Er schüttelte daraufhin nur den Kopf und brubbelte: »Ich möchte mal erleben, dass dir etwas uneingeschränkt gefällt.«

Ich biss mir auf die Zunge und wurde rot. Warum hatte ich nicht meinen Mund gehalten? Lernte ich denn nie dazu? Zum x-ten Mal in meinem Leben beschloss ich, meine Gedanken künftig für mich zu behalten. Es war zu deprimierend, ewig missverstanden zu werden. Besonders von den eigenen Eltern. Wortlos verließen wir das Kolosseum und wanderten zum benachbarten Forum Romanum hinüber.

»Dies hier war also das politische, wirtschaftliche und religiöse Zentrum des antiken Rom«, bemerkte Erik und zwickte mir, obwohl er genau wusste, dass ich es hasste, aufmunternd in die Wange, während wir durch die Überreste ehemals monumentaler Gebäude streiften. Wir bewunderten einsame Säulen, die sich aus der Ruinenlandschaft erhoben und gut erhaltene Triumphbögen – Überlebende einer untergegangenen Welt. Ich versuchte mir vorzustellen, wie Cäsar hier vor über zweitausend Jahren entlanggegangen war. Der Gedanke, dass ich quasi auf seinen Spuren wandelte, war elektrisierend. Langsam hob sich meine Stimmung wieder. Ich genoss die Luft auf meiner Haut, die Sonne und die Blicke der Italiener. Es war erstaunlich, wie unverhohlen sie mit mir flirteten. Jungen und Männer jeden Alters. Es lag wohl an meinen blonden Haaren. Anders konnte ich mir ihr Verhalten nicht erklären. Einige schnalzten, als ich an ihnen vorbeilief. Andere raunten mir fast schon verschwörerisch »Ciao« zu – trotz Eriks Gegenwart. Ich kam mir vor wie eine Göttin. Mehr schwebend als gehend bewegte ich mich vorwärts, auch als wir das Forum schon längst verlassen hatten. Mit halbem Auge nahm ich ein großes weißes Gebäude wahr, dem Erik jedoch keine weitere Beachtung schenkte. Er lief daran vorbei und ich folgte ihm; beziehungsweise ich schwebte ihm hinterher. Irgendwann blieb er vor einem Reiterstandbild stehen.

»Wir befinden uns jetzt auf dem Kapitolsplatz. Dieser Reiter hier ist der berühmte römische Kaiser Mark Aurel«, dozierte Erik mit seinem Reiseführer in der Hand. Anders als er konnte ich mich nicht richtig auf das Bronzestandbild konzentrieren. Schuld daran war ein Junge ungefähr meines Alters. Mir fiel auf, wie er immer engere Kreise um uns zog, sich dann plötzlich entfernte und mit einer blauen Blume zurückkehrte. Ich ahnte, was als Nächstes geschehen würde und riss Erik schnell den Reiseführer aus den Händen, um so zu tun, als würde ich darin etwas nachlesen. In Wahrheit kämpfte ich mit einem Kicheranfall.

Ich hatte mich nicht getäuscht: Der Junge tippte mir nur wenige Sekunden später von hinten auf die Schulter. Scheinbar überrascht drehte ich mich zu ihm um.

»Bella«, sagte er und überreichte mir die Blume.

»Ich heiße Elina«, korrigierte ich ihn auf Englisch.

»Bella«, beharrte er.

»Nix bella. Verschwinde. Avanti«, mischte sich Erik ein und machte eine wegscheuchende Handbewegung. Nur zögerlich kam der Junge seiner Aufforderung nach.

»Meine Güte, sind die aufdringlich«, knurrte Erik, als der Junge endlich verschwunden war.

»Wie er wohl darauf kommt, dass ich Bella heiße?«, grübelte ich.

Erik gab ein grunzendes Geräusch von sich. »Bella ist in diesem Fall kein Name, Elina. Das ist Italienisch und heißt auf Schwedisch *Schöne* oder *Liebste.*«

Ich spürte, wie mir das Blut in die Wangen schoss. Wie peinlich! Der Junge hatte mir ein Kompliment gemacht, und ich hatte es noch nicht einmal gemerkt. Stattdessen hatte ich ihn korrigiert. Vermutlich hielt er mich jetzt für dumm. Andererseits war ich noch nie zuvor in Italien gewesen. Woher sollte ich wissen, was *bella* hieß? In Kenia sprachen die Menschen überwiegend Englisch oder Swahili. Ich konnte mich nicht erinnern, dort jemals Italienisch gehört zu haben.

Erik hatte andere Sorgen: »Ich weiß nicht, so langsam habe ich das Gefühl, es ist keine gute Idee, dich morgen allein zu lassen. Die Italiener schwirren ja um dich herum, wie die Motten um das Licht«, brummte er.

»Willst du mich etwa im Hotelzimmer einsperren?«, fragte ich entsetzt.

»Nein, natürlich nicht. Aber … das ist ja … wie soll ich sagen …« Erik suchte nach den richtigen Worten. »Ich will nicht, dass sie dich belästigen.«

»Ich pass auf, versprochen.« Ich hob die Hand wie zum Schwur.

»Ich weiß nicht. Wohl ist mir dabei nicht.« Er sah besorgt aus, was mich wiederum beunruhigte.

Schnell versuchte ich, das Thema zu wechseln. »Ich bekomme langsam Hunger«, sagte ich möglichst harmlos.

»Du hast recht. Wir sollten wirklich langsam was essen. Aber in einem richtig netten Restaurant! Immerhin hast du Geburtstag«, pflichtete Erik mir unverzüglich bei. Das Ablenkungsmanöver hatte geklappt! Übermütig schwenkte ich die blaue Blume, die ich gerade geschenkt bekommen hatte, unter seiner Nase hin und her und säuselte: »Si, Signore.«

LEUCHTPUNKTE

Die Suche nach einem geeigneten Restaurant war schwieriger als gedacht. Entweder fand Erik die Restaurants, auf die wir stießen, zu touristisch, zu simpel, zu teuer oder die Speisekarte sagte ihm nicht zu. Wir irrten bestimmt über eine Stunde durch Roms Straßen, bevor wir ein Lokal fanden, das uns beiden auf Anhieb gefiel. Es lag in einer engen Kopfsteinpflasterstraße, durch die sich nur ein paar Motorrollerfahrer trauten. Rechts und links von der Restauranttür standen kleine Tische an der Hauswand, adrett gedeckt mit weißen Tischtüchern, gelben Servietten, glänzendem Besteck und auf Hochglanz polierten Wein- und Wassergläsern.

Völlig erledigt ließ ich mich auf den nächstbesten Stuhl plumpsen. Erik bestellte bei dem sofort herbeieilenden Kellner für uns beide jeweils einen Salat als Vorspeise, Pasta als Hauptgericht, dazu eine große Flasche Wasser, die wir uns teilen wollten, einen viertel Liter Weißwein für sich selbst und zum Anstoßen zwei Gläschen Prosecco.

»Also, Elina, nochmals alles Gute zum Geburtstag! Ich hoffe, du hast ein bisschen Spaß in Rom«, prostete Erik mir zu.

»Ja, habe ich. Danke«, erwiderte ich und nippte an dem Prosecco. Bereits nach wenigen Schlucken hatte ich einen kleinen Schwips. Ich war Alkohol nicht gewohnt und außerdem hatte ich einen leeren Magen. Dass wir auf das Essen endlos lange warten mussten, machte es auch nicht gerade besser. Immerhin sorgte unser Kellner in der Zwischenzeit für Unterhaltung. Jedes Mal, wenn er an unserem Tisch vorbeilief, was häufig der Fall war, schmetterte er ein italienisches Lied. Ich wusste nicht, was ich lustiger fand: Den Kellner, der, selbst als er uns das Essen schon serviert hatte, weiterhin nach Vorwänden suchte, um sich unserem Tisch zu nähern, oder meinen Vater, der ihn mit argwöhnischen Blicken bedachte. Ich kam aus dem Kichern gar nicht mehr heraus. Zum Schluss fand ich alles komisch, sogar den Versuch des Kellners, mehr Trinkgeld herauszuschlagen, indem er umständlich in seinem Portemonnaie nach passendem Wechselgeld suchte.

»Wollen wir jetzt zurück ins Hotel?«, fragte Erik, nachdem er und der Kellner sich über die Höhe des Trinkgeldes einig geworden waren.

»Ja, mir reicht's. Ich bin ganz schön k. o.«, nickte ich.

»Wir gehen zu Fuß, einverstanden?!«

»Ist das nicht zu weit?« Skeptisch sah ich Erik an.

»Ach was, bis zum Hotel brauchen wir höchstens zwanzig Minuten«, meinte Erik und marschierte los. Ich folgte ihm noch immer leicht beschwipst.

Schon bald wurde klar, dass wir nicht annähernd so schnell vorankamen, wie Erik gedacht hatte. Hinter nahezu jeder Häuser- oder Straßenecke stießen wir auf berühmte Brunnen, Plätze, Statuen und Kirchen, an denen wir nicht einfach so vorbeigehen mochten, sondern die wir uns »nur mal ganz kurz« anschauen wollten. Aus »nur mal ganz kurz« wurden bestimmt zwei Stunden. Als wir endlich das Hotel erreichten, war es bereits dunkel. Erschöpft ließ ich mich auf mein Bett fallen und machte das Handy an. Auf meiner Mailbox waren zahlreiche Anrufe: von Hedda, meiner Oma, meinem Patenonkel und einer Tante. Agnes und mehrere Freundinnen aus Kenia hatten mir eine SMS geschickt. Sogar Jonas hatte geschrieben. Ich war richtig gerührt, dass so viele Menschen an mich gedacht hatten.

Die letzte SMS, die ich las, machte meine gute Laune schlagartig zunichte. Sie war von Harry. *HAPPY BIRTHDAY*, schrieb er. Mehr nicht. Das war alles. Fassungslos starrte ich auf das Display. Dreizehn Buchstaben. *HAPPY BIRTHDAY*. Mehr Buchstaben war ich ihm nicht wert. Mein ganzer Kummer brach wieder hervor. Über ein Jahr war es her, dass wir uns ewige Liebe geschworen hatten. Was war aus den nächtlichen Versprechen geworden? Nichts! Sie waren nichts als Lügen gewesen. Nichts als schöne Worte, die nur in dem Moment gegolten hatten, in dem sie ausgesprochen worden waren. Wenn überhaupt. Auf Worte konnte man sich nicht verlassen. Harry hatte jetzt Frau und Kind. Und was hatte ich? Nichts! Niedergeschlagen lag ich auf meinem Hotelbett, den Kopf in die Hände gestützt. Mit seiner SMS hatte er mir den ganzen Tag ruiniert. Bis jetzt war alles so schön gewesen! Ich dachte an den Zenturio vor dem Kolosseum, den Jungen mit der Blume und den singenden Kellner.

Verdammt! Harry hatte kein Recht, mir meinen Geburtstag zu verderben. So viele unglückliche Stunden gingen bereits auf sein Konto. Allmählich reichte es! Ich ging ans Fenster und lehnte mich hinaus. Nicht weit entfernt sah ich in der Dunkelheit das Kolosseum. Es war beleuchtet. Jeder einzelne Rundbogen erstrahlte in gelblich orangem Licht. Helle Leuchtpunkte in der Nacht. Ich atmete tief durch. Welch ein Anblick! Ich war in Rom. Der Ewigen Stadt. Was wollte ich mehr?!

AUF DER FLUCHT

Der Bus rumpelte über die Straßen. Erik und ich waren auf dem Weg zum Vatikan, um uns den Petersplatz und die Peterskirche anzugucken. Bis 12 Uhr hatte mein Vater Zeit, danach musste er zum Kongress.

»Warum hast du eigentlich deine Arzttasche mitgenommen?«, fragte ich ihn, während mich die Fliehkräfte gegen seine Schulter pressten. Der Busfahrer war mit viel Schwung um eine enge Kurve gebrettert.

»Ich schätze aus Gewohnheit.« Erik grinste schief. In Kenia hatte er sie immer dabeigehabt, wenn wir unterwegs waren. »Für alle Fälle, man kann ja nie wissen«, pflegte er zu sagen. Aber hier waren wir nicht irgendwo in abgelegenen afrikanischen Dörfern, sondern mitten in Europa. Ich schüttelte den Kopf. Eriks schäbige braune Tasche war mir peinlich. Ich verkniff mir einen Kommentar, denn der Bus hatte sein Ziel erreicht, und wir mussten aussteigen.

Vor uns erstreckte sich der Petersplatz, umrahmt von Säulengängen, auf deren Brüstung Heiligenstatuen thronten.

»Ein Wunder der Perspektive und ein Meisterwerk der Architektur«, las Erik aus seinem Reiseführer vor. Andächtig schlenderten wir über die grauen Pflastersteine, vorbei an zwei Brunnen und einem Obelisken in Richtung Peterskirche, die genau gegenüber von uns auf der anderen Seite des ellipsenförmigen Platzes lag. Ich kannte die Kirche aus dem Fernsehen. Zu Weihnachten und Ostern zeigten sie immer Bilder von ihr und dem Papst. Die Ehrfurcht, die einen ergriff, wenn man die Kirche betrat, hatte das Fernsehen jedoch nicht wiederzugeben vermocht. Genauso wenig wie ihre Größe und Pracht. Staunend betrachtete ich die unzähligen Säulen und Statuen aus Marmor und Bronze, die üppig verzierten Altäre und wertvollen Mosaiken. Direkt über dem berühmten Papstaltar mit dem Baldachin spannte sich die farbenprächtige Hauptkuppel, die, wie mir Erik erklärte, die größte der Welt war. Ich legte meinen Kopf in den

Nacken, drehte mich langsam um meine eigene Achse und bewunderte die Kuppel so lange, bis mir schwindelig wurde. Die Peterskirche hatte zwar nichts mit dem antiken Rom zu tun, über das ich zu Hause so viel gelesen hatte, doch schon allein ihretwegen hatte sich die Reise gelohnt.

Erik war ebenfalls fasziniert. Immer wieder vertiefte er sich in seinen Reiseführer, um wenig später sein neu erworbenes Wissen wispernd an mich weiterzugeben. Ein- oder zweimal bot er mir an, selbst in das Buch zu schauen. Ich winkte ab. Statt darin zu lesen, wollte ich lieber alles in Ruhe auf mich wirken lassen, was angesichts der vielen Touristen nicht ganz einfach war. Minütlich strömten mehr Besucher in die bereits übervolle Kirche.

»Mir wird's hier langsam zu eng. Wollen wir raus?«, japste Erik. Er war mitten in eine japanische Reisegruppe hineingeraten, aus der er wie ein Leuchtturm herausragte. Ich grinste schadenfroh und nickte.

»Und jetzt?«, fragte ich, als wir wieder draußen vor der Kirche standen.

Erik überlegte kurz. »Wir könnten einen Happen essen, bevor ich zum Kongress muss!«

»Einverstanden!« Ich hakte mich bei ihm unter und wir marschierten los. Anders als auf dem Hinweg liefen wir nicht quer über den Petersplatz, sondern bummelten einen der Säulengänge entlang, von denen er umgeben war. Über unseren Köpfen schaukelten in regelmäßigen Abständen schmiedeeiserne Laternen, die gerade von einem Handwerker gewartet wurden. Er stand auf einer Leiter, ließ bei meinem Anblick den Schraubenzieher sinken und raunte mir beim Vorbeigehen »Ciao bella« zu. Es klang wie Musik. Ich senkte den Kopf und biss mir auf die Lippen, um nicht zu kichern.

Wir hatten die Vatikanstadt schon einige hundert Meter hinter uns gelassen, da sagte Erik plötzlich: »Elina, sei bloß vorsichtig, wenn du nachher allein unterwegs bist. Lass dich von niemandem ansprechen und geh mit keinem mit. Versprich mir das!«

»Versprochen«, antwortete ich und verdrehte die Augen, was er nicht sah, weil er gerade die Tür zu einem Café öffnete. Eine Frau mit blassem Gesicht und Schatten unter den Augen begrüßte uns. Wir bestellten bei ihr am Tresen Sandwiches und Caffè Latte und setzten uns damit an einen kleinen Marmortisch direkt ans Fenster. Ich streckte meine Beine aus und gähnte. Nach dem vielen Rumlaufen tat es gut, endlich zu sitzen. Erik hingegen verbreitete Hektik. In einem Tempo, das nicht gesund sein konnte, stopfte er sein Käsesandwich in sich hinein und kippte den Milchkaffee hinunter.

»Tut mir leid, Süße, ich muss jetzt unbedingt los. Sonst komme ich zu spät zum Kongress. Und nicht vergessen: von niemandem ansprechen lassen und mit niemandem mitgehen!« Er legte mir Geld zum Bezahlen auf den Tisch, gab mir einen Kuss auf die Stirn und hetzte davon. Ich blieb allein zurück und trank in Ruhe meinen Kaffee aus.

Wenig später, ich wollte gerade aufbrechen, entdeckte ich seine Arzttasche. Sie stand unter dem Tisch, gleich neben dem Stuhl, auf dem Erik gesessen hatte. In der Eile hatte er sie vergessen. Na toll, nun durfte ich den Rest des Tages mit dem schäbigen Ding rumrennen! Ich schnappte mir seine Tasche, bezahlte und verließ das Café ohne konkretes Ziel.

Genervt schlenderte ich die Straße hinunter. Es dauerte nicht lange und ich bemerkte einen Wagen, der im Schritttempo neben mir herfuhr. Durch das heruntergelassene Fenster auf der Beifahrerseite rief ein junger Mann mit öligen Locken mehrmals: »Ciao! Where are you from?«

Ich tat so, als hätte ich es nicht gehört und ging weiter. Aber der Mann gab nicht auf und redete mit italienischem Akzent auf mich ein.

»Do you speak English?«

Ich reagierte nicht.

»What's your name?«

Den Blick starr geradeaus gerichtet, setzte ich meinen Weg fort.

»Hellooooo!«

Um ihn ein für alle Mal loszuwerden, machte ich kurz entschlossen auf dem Absatz kehrt und lief in die entgegengesetzte Richtung. Selbst das half nicht. Der Mann fuhr einfach rückwärts neben mir her. So etwas hatte ich noch nie erlebt. Wenn Erik bei mir gewesen wäre, hätte ich es lustig gefunden, so aber fühlte ich mich verfolgt.

Nur wenige Schritte von mir entfernt, entdeckte ich eine Haltestelle. Ohne lange nachzudenken, hastete ich dorthin und sprang in den nächstbesten Bus. Geschafft! Den Typen war ich los. Erleichtert ließ ich mich auf einen freien Platz fallen. Sogleich setzte sich ein Junge meines Alters zu mir und versuchte, mich in ein Gespräch zu verwickeln.

»Ciao! I am Giulio. I from Sicily. Where you from? Germany?«

Das war doch nicht zu fassen! Kaum hatte ich den einen abgeschüttelt, war bereits der Nächste zur Stelle. Ich drehte demonstrativ meinen Kopf weg und sah aus dem Fenster. Den Jungen störte das wenig. Er tippte mir auf die Schulter und wiederholte in gebrochenem Englisch: »Hi, ich bin Giulio. Ich sein von Sizilien. Wo du herkommen? Aus Deutschland?«

Da ich nicht noch mehr Aufsehen erregen wollte als ohnehin schon, nuschelte ich: »Nein, aus Schweden.«

»Und wie heißen du?«, wollte er umgehend wissen.

»Elina.«

»Schöne Name. Wollen wir trinken Kaffee?« Er glitzerte mich mit seinen dunklen Knopfaugen an.

»Nein danke.« Ich schüttelte den Kopf.

»Warum?«, fragte er.

»Keine Zeit.«

Er ließ nicht locker: »Warum? Du haben Urlaub.«

Langsam platzte mir der Kragen. »Lass mich in Ruhe«, fuhr ich ihn an und stieg Hals über Kopf bei der nächsten Station aus. Augenblicklich war ich von zahlreichen Touristen umringt. Mehrfach blickte ich mich um. War mir dieser Giulio gefolgt? In dem dichten Gedränge konnte ich ihn nirgends entdecken. Schon bald hatte ich ihn vergessen, denn vor mir befand sich ein imposantes weißes Gebäude, zu dem eine breite Marmortreppe hinaufführte. Was das wohl wieder war? Zu dumm, dass ich mir nicht Eriks Reiseführer ausgeliehen hatte! Eher zufällig hörte ich, wie ein Tourist neben mir seiner Begleiterin erzählte, dass es sich dabei um das Nationaldenkmal für Vittorio Emanuele handelte. Mir sagte das nichts. Dafür war ich mir inzwischen sicher, dass ich das Gebäude gestern bei unserem Streifzug über das Forum Romanum bereits gesehen hatte. Die bronzenen Pferde auf dem Dach kamen mir bekannt vor.

Mit Eriks Tasche in der Hand lief ich die Stufen zu dem Gebäude hinauf, vorbei an einem Reiterstandbild bis nach oben zu einem Kolonnadengang. Von dort aus hatte ich einen überwältigenden Blick auf Rom. Die Stadt schien nur aus Sehenswürdigkeiten zu bestehen, die in flirrendes Licht getaucht waren und über denen ein Hauch von Vergangenheit schwebte.

Unterhalb von mir lag ganz in der Nähe, wie ich es schon vermutet hatte, das Forum und dahinter das Kolosseum. Zu Fuß dürfte es nicht allzu weit bis zum Hotel sein, schätzte ich. Ich entschied, zurück zu unserer Pension zu gehen, um Eriks Tasche loszuwerden und zu duschen. Es war ein heißer Tag und meine Jeans klebte bereits unangenehm am Körper.

Beim Hinuntergehen der Treppe, ich hatte schon gar nicht mehr an ihn gedacht, tauchte unvermittelt Giulio vor mir auf. Der Junge aus dem Bus hatte mich ebenfalls entdeckt und kam grinsend auf mich zu, die Hände in seinen Hosentaschen vergraben.

Mist! Eilig wandte ich mich ab und mischte mich am Fuß der Treppe unter eine amerikanische Touristengruppe, in deren Schutz ich auf das Forum Romanum zusteuerte. Ich wurde geschoben, geknufft und in die Fersen getreten. Am schlimmsten jedoch war die Wolke aus süßlichem Parfüm und Schweißgeruch, die mich umgab. Fix und fertig kam ich beim Forum an. Mit dem Ticket in der Hand, das mir Erik gestern gegeben hatte, schlängelte ich mich durch den Eingang in Richtung Ruinen. Immer wieder blickte ich über meine Schulter, aber der sizilianische Junge war mir, wie ich gehofft hatte, nicht gefolgt. Ich atmete auf und drosselte mein Tempo. Es war schwül geworden; ich war durchgeschwitzt und hatte Durst. Ein Schluck Wasser wäre jetzt genau das Richtige! Gerade wollte ich nach einem Kiosk Ausschau halten, da trat Giulio hinter den Überresten einer Mauer hervor und griff nach meinem Arm. Ich stieß einen spitzen Schrei aus. Ein paar Touristen drehten sich nach mir um.

»Lass mich los«, fauchte ich auf Englisch, als ich mich von dem ersten Schrecken erholt hatte.

»Nur eine Kaffee. Bitte!«

Ich schüttelte den Kopf, befreite mich aus seinem Griff und beschleunigte erneut meinen Schritt. Bei dem Versuch, ihn abzuhängen, rempelte ich versehentlich mehrere Touristen an, die mir böse Blicke zuwarfen. Ich entschuldigte mich und hetzte weiter, in der rechten Hand Eriks Tasche und in der linken noch immer das Ticket.

Statt das Kolosseum direkt anzupeilen, lief ich – soweit das möglich war – kreuz und quer, in der Hoffnung, Giulio würde dadurch meine Spur verlieren. Doch er blieb mir auf den Fersen. Mein Herz raste. Ich fühlte mich wie ein gejagtes Tier, das früher oder später in sein Verderben rannte. Immer wieder versperrte mir irgendjemand oder irgendetwas den Weg. Ich war völlig kopflos. Erst als ich kaum noch Luft bekam und mir meine Beine nicht mehr gehorchen wollten, blieb ich stehen. Keuchend sah ich mich um. Ich befand mich auf einem Hügel, auf dem es zwar jede Menge Ruinen gab, die jedoch definitiv nicht zum Forum Romanum gehörten. Das lag, wie ich mit einem Blick feststellte, direkt unterhalb von mir. Offenbar hatte ich mich in meiner Panik verlaufen. Aber wo genau war ich? Und was sollte ich jetzt machen? Wenn ich umkehrte, lief ich wahrscheinlich Giulio direkt in die Arme. Verdammt, ich saß in der Falle!

Der Himmel hatte sich inzwischen verdüstert. Über mir zogen sich dunkle, tief hängende Wolken zusammen. In der Ferne donnerte es bereits. Auch das noch! Ich spürte die ersten Tropfen auf meinem Kopf. Das Beste war, mir schleunigst einen Platz zu suchen, wo ich vor dem Regen einigermaßen geschützt war und wo mich Giulio nicht so leicht finden konnte.

Während ich auf eine Gruppe von Sträuchern und Bäumen zuhastete, bemerkte ich in etwa einhundert Metern Entfernung zwei Touristen mit roten Rucksäcken. Ansonsten war weit und breit kein Mensch in Sicht. Wie es aussah, war ich hier oben auf dem Hügel mutterseelenallein. Wenn jetzt Giulio auftaucht, hab ich ein Problem, dachte ich. Ein riesengroßes sogar. Kalter Schweiß trat mir auf die Stirn. Mit klopfendem Herzen verließ ich den Sandweg, den ich entlanggelaufen war, zwängte mich zwischen zwei dichten, hohen Sträuchern hindurch und lehnte mich gegen einen Baum. Es war noch dunkler geworden und merkwürdig still. Ich schloss die Augen, presste Eriks Tasche vor meine Brust und schickte ein Stoßgebet zum Universum. Hoffentlich war mir dieser blöde Typ nicht gefolgt!

Auf einmal hörte ich einen gellenden Schrei. Er stammte von mir. Ich zuckte zusammen. Eine kräftige Hand hatte mich am Oberarm gepackt. Als ich mich umdrehte, blickte ich in das Gesicht eines älteren Mannes. Er fragte: »Quid hic agis?«

VERKEHRTE ZEIT

»Was machst du hier?«, herrschte mich der Mann noch einmal an. Zumindest glaubte ich das zu verstehen. Wenn ich mich nicht täuschte, sprach er Latein. Ungeduldig riss er mich von dem Baum weg und zerrte mich durch das Gebüsch auf den Sandweg zurück. Sofort tauchten weitere Männer auf und umringten uns. Sie alle trugen lockere, knielange Hemden mit einem Ledergürtel um die Taille. Einige von ihnen hielten Fackeln in der Hand. Sprachlos starrte ich sie an.

»Antworte endlich!« Der ältere Mann verstärkte seinen Griff um meinen Oberarm.

»Aua! – Was soll das?! Lass mich los!« In meiner Aufregung hatte ich Schwedisch gesprochen.

Die Männer runzelten verständnislos die Stirn. Also wiederholte ich es auf Englisch. Ohne Erfolg.

Der ältere Mann, der mich noch immer festhielt und von den anderen Kleon genannt wurde, schüttelte mich: »Sprich so, dass wir dich verstehen können!«

Statt Angst rauschte jetzt zunehmend Wut durch meine Adern, bis in meine Arme und Hände. Die Kerle waren bestimmt nichts weiter als eine alberne Touristenattraktion, genauso wie die Zenturionen vor dem Kolosseum. Wahrscheinlich gehörten sie sogar zusammen.

Aufgebracht riss ich mich los und drohte auf Englisch: »Ich finde das überhaupt nicht witzig. Lasst mich in Ruhe, sonst rufe ich die Polizei!« Im selben Moment fiel mir ein, dass ich niemanden anrufen konnte. Ich hatte mein Handy im Hotel liegen lassen. Wie blöd von mir! Während ich mich noch über meine Vergesslichkeit ärgerte, gab mir dieser Kleon ohne Vorwarnung eine Ohrfeige. Mehr vor Empörung als vor Schmerz schrie ich auf, doch das schien ihm gleichgültig zu sein. Er packte mich wieder und zog mich grob hinter sich her in Richtung eines Hauses. Merkwürdig! Ich war mir sicher, dass das Gebäude dort eben noch nicht gestanden hatte. Auch der Sandweg, der zu dem Haus hinaufführte, sah anders aus als der, auf dem ich gerade gekommen war. Ich hätte schwören können, dass er nicht von Statuen gesäumt gewesen war.

Wir waren nur noch wenige Meter vom Haus entfernt. Obwohl ich eigentlich ganz andere Sorgen hatte, fiel mir auf, dass es überhaupt nicht nach einer Ruine aussah. Im Gegenteil: Es schien erst vor Kurzem erbaut worden zu sein. Es hatte hohe, hell verputzte Mauern, eine rechteckige Form und vergleichsweise wenig Fenster.

Kleon, oder wie auch immer er hieß, schubste mich durch eine Tür in eine Eingangshalle. Von dort aus zerrte er mich einen spärlich beleuchteten Korridor entlang, der in einem Innenhof mündete, in dessen Mitte sich ein Wasserbecken befand. Soweit ich es in der Aufregung feststellen konnte, führte der Gang auf der anderen Seite des Innenhofes weiter. Wo war ich bloß? Hatten mich die Männer etwa in ein Museum gebracht? Ehe ich mich versah, schob mich Kleon in einen der vielen Räume, die von dem Hof abgingen. Ein vornehm aussehender, grauhaariger Mann, der ebenfalls wie ein Römer gekleidet war, erhob sich bei unserem Anblick von einem altmodischen Stuhl, der wie eine Theaterrequisite aussah.

»Herr, dieses Mädchen habe ich ganz in der Nähe des Hauses in einem Gebüsch gefunden«, sagte Kleon zu dem vornehmen Mann. »Sie hatte sich dort versteckt und gibt vor, kein Latein zu sprechen.«

»Warum auch? Kein Mensch spricht heute mehr Latein«, stieß ich auf Englisch hervor. Ich wunderte mich selbst darüber, wie gut ich Kleon verstanden hatte. Wer hätte gedacht, dass sich der Lateinunterricht in der Schule noch mal als so hilfreich erweisen würde?!

Der vornehme Mann kam näher und betrachtete mich neugierig von oben bis unten. »Was hast du gesagt? Deine Sprache habe ich noch nie gehört. Woher kommst du? – Du bist seltsam gekleidet.«

»Ich komme aus Schweden und will zurück zu meinem Vater ins Hotel. Wenn du mich nicht gleich gehen lässt, rufe ich die Polizei. Der erzähle ich dann auch, dass mich *DER* da geschlagen hat.« Ich ließ meine noch immer brennende Wange los und zeigte auf Kleon.

»Ich kann sie nicht verstehen.« Der Vornehme schüttelte unwillig den Kopf.

»Wir auch nicht«, sagte Kleon. »Vermutlich ist sie eine Sklavin aus dem Norden, die noch nicht lange in Rom ist.«

Wieder hatte ich dem Gespräch der Männer einigermaßen folgen können. Da sie sich nach wie vor stur stellten und Lateinisch sprachen, gab ich mir einen Ruck und sagte so gut ich konnte ebenfalls auf Latein: »Jetzt hört endlich mit diesem Spiel auf!«

»Ah, sie kann unsere Sprache doch ein wenig. Hätte mich auch gewundert, wenn nicht«, meinte der Vornehme. »Von welchem Spiel redest du?«

»Dass ihr Lateinisch sprecht und so tut, als ob ihr Römer seid.« Beinahe hätte ich mit dem Fuß aufgestampft, was sicherlich nicht besonders erwachsenen gewirkt hätte.

Der Mann zog die Augenbrauen hoch, was mich an Hedda erinnerte, und näselte auf Latein: »Wir *sind* Römer!«

»Kein Mensch spricht heute ...«, setzte ich an.

»Was hast du hier zu suchen?«, unterbrach er mich scharf.

»Ich habe mich verlaufen. Ich ...«

Wieder fiel mir der Mann ins Wort: »Was hast du da in deiner Hand?« Er starrte auf Eriks Arzttasche, die ich noch immer bei mir trug.

Bevor ich antworten konnte, knallte im Haus eine Tür. Stimmen ertönten; sie klangen aufgeregt. Scheppernd fiel etwas zu Boden, jemand fluchte. Kurz darauf stürmten bewaffnete Männer in kurzen Tuniken und mit ledernen Brustpanzern zu uns ins Zimmer. Was hatte das schon wieder zu bedeuten? Ich begriff gar nichts mehr! Mein Herz bebte jetzt so sehr, als wollte es seinen angestammten Platz verlassen, weil dieser ihm zu gefährlich geworden war. Kleon und der vornehme Mann erschraken ebenfalls. Ich konnte es an ihren Gesichtern erkennen.

Zwei der bewaffneten Kerle stützten einen jungen Mann, der am Oberschenkel eine klaffende Wunde hatte, aus der es stark blutete.

»Marcius, mein Sohn, was ist geschehen?« Der vornehme Mann eilte auf den Verletzten zu. Für einen Moment wich alles Würdevolle von ihm.

»Halb so schlimm. Wir hatten eine kleine Auseinandersetzung mit ...«

»Psst«, machte sein Vater und schaute vielsagend auf mich.

»Wer ist das?«, fragte der junge Mann, der offenbar Marcius hieß und schätzungsweise neunzehn Jahre alt war. Für den Bruchteil einer Sekunde streifte sein Blick mein Gesicht. Seine Augen waren gelblich braun, mit grünen Sprenkeln darin. Sie erinnerten mich an das Farbenspiel und die Weite der afrikanischen Steppe. Es waren gute, kluge Augen. Feine Linien, die Vorboten von Lachfältchen, umrahmten sie. Aber auch eine gewisse Traurigkeit sah ich in seinen Augen schimmern. Ich erkannte sie sofort. Ich konnte sie förmlich riechen, vermutlich weil ich mich mit Traurigkeit auskannte.

»Sie ist möglicherweise eine Sklavin aus dem Norden, die für *IHN* spioniert«, antwortete sein Vater.

Marcius' Steppenaugen wanderten auf eine Weise über mein Gesicht, die mir meine Angst etwas nahm. Ich hatte zwar noch immer keine Ahnung, was das alles zu bedeuten hatte und was die Männer von mir wollten, eines jedoch stand hundertprozentig fest: Marcius' Wunde war echt. Sie war so real wie das nachlassende Hämmern in meiner Brust. Pausenlos rann das Blut an seinem Bein hinunter und tropfte auf den Steinboden. Vielleicht war es auch dieser Anblick, der mich meine Angst vergessen ließ und in mir ein Gefühl von Normalität erzeugte.

»Die Wunde muss behandelt werden«, bemühte ich mich auf Lateinisch zu sagen und suchte aus Eriks Tasche eine Kompresse hervor.

»Was hat sie gesagt? Sie hat einen komischen Akzent«, fragte Marcius' Vater gereizt.

Ich ignorierte ihn und ging mit der Kompresse auf Marcius zu, der mittlerweile auf einer dunkelblau gepolsterten Holzbank saß, die sich in der Mitte des Raumes befand. Augenblicklich griffen mehrere Hände nach mir und hielten mich zurück.

»Er könnte verbluten«, wandte ich mich beschwörend an Marcius' Vater. »Ich will ihm nichts tun. Wirklich. Ich will nur die Blutung stoppen.«

»Ich kann nur jedes dritte Wort verstehen. Was will sie stoppen?«, Marcius Vater sah die anderen Hilfe suchend an.

»Sie will meine Wunde versorgen. Lassen wir sie es tun«, entgegnete Marcius ruhig und hielt mir sein Bein hin. Niemand widersprach ihm.

Ich nahm die Kompresse und drückte sie auf seine Wunde, um die Blutung zu stillen, so wie ich es bei Erik und Hedda schon unzählige Male gesehen hatte. Marcius zog geräuschvoll die Luft ein. Mir war klar, dass ich ihm Schmerzen zufügte. Doch ich wusste keine andere Lösung.

»Wir brauchen einen Arzt«, sagte ich zu den umherstehenden Männern. »Die Wunde muss unbedingt genäht werden.«

»Sie hat recht!« Marcius' Vater hatte mich ausnahmsweise auf Anhieb verstanden. »Kleon, lauf und hole Aulus, den Medicus. Er möge sich beeilen!«

»Bleib, Kleon«, befahl Marcius mit zusammengepressten Zähnen. »Das ist zu gefährlich. Morgen weiß unter Umständen die ganze Stadt, was geschehen ist.«

»Keine Sorge, Aulus steht auf unserer Seite!« Sein Vater machte eine beschwichtigende Geste.

»In diesen Zeiten weiß man nie, wann wer die Seite wechselt!« Marcius' Stimme klang wie der Wind in den Gräsern. Leise und ein bisschen rau. Sie passte zu seinen Steppenaugen.

»Was sollen wir deiner Meinung nach tun?«, fragte sein Vater.

Marcius blickte mich an. »Das Mädchen wird die Wunde nähen. Es scheint etwas davon zu verstehen.«

»Das kann ich nicht. Ich bin keine Ärztin!« Vor Schreck zog ich die Hand weg, mit der ich auf seine Wunde gedrückt hatte. Sofort floss das Blut wieder in Strömen.

»Du wirst es tun«, forderte er.

»Das geht nicht. Ich habe das noch nie gemacht. Ich weiß gar nicht, wie ich das Bein betäuben soll!«

»Was weißt du nicht?«

»Wie ich es betäuben soll.« Ich tippte vorsichtig auf sein Bein und fügte hinzu: »Damit es nicht so wehtut.«

Alle im Raum lachten. Selbst Marcius.

»Wein sollte reichen«, meinte ein kräftiger junger Mann mit grobem Gesicht und haute kameradschaftlich auf die Schulter von Marcius, der unmerklich zusammenzuckte.

»Ich kann das nicht. Wirklich nicht. Ich habe das noch nie gemacht.« Meine Verzweiflung nahm immer weiter zu, sofern das überhaupt noch möglich war.

»Fang an!«

»Ich kann nicht!«

»Ich befehle es dir!« Marcius klang unerbittlich. Manchmal streichelte der Wind die Gräser, mal bog er sie, aber er konnte sie auch brechen.

ÄRZTIN WIDER WILLEN

Ich war in einer Situation, die nicht schrecklicher hätte sein können. Was sollte ich bloß tun? Es war ein Albtraum. Die Wunde zu nähen, wäre unverantwortlich. Andererseits traute ich mich nicht länger, mich zu widersetzen, zumal Marcius' Bein unbedingt versorgt werden musste. Was hatte ich also für eine Wahl?

»Na gut«, gab ich zögerlich nach. »Dann musst du jetzt selbst einen Augenblick auf die Wunde drücken. Schau, so!« Ich griff nach seinem Handgelenk, legte seine Hand statt meiner auf die Kompresse und fing an, mit zitternden Fingern Eriks Tasche zu durchwühlen. Neben Nadel, Faden und Verbandszeug fand ich ein Fläschen mit der Aufschrift *Jod*. In der Zwischenzeit leerte Marcius hastig mit seiner freien Hand mehrere Krüge Wein, die ihm eine junge Frau in einer grauen Tunika gebracht hatte.

»Könnte mir jemand eine Schüssel mit warmem Wasser besorgen?«, fragte ich. Kleon nickte der jungen Frau zu, die sich noch im Raum befand und daraufhin geräuschlos verschwand. Wenig später kehrte sie mit dem Wasser zurück.

»Danke! Stell es bitte zu den anderen Sachen.« Ich zeigte auf den Holztisch gleich neben der Bank, auf der Marcius saß. Auf den Tisch hatte ich bereits den Inhalt aus Eriks Tasche in Reih und Glied hingelegt.

»Ich habe noch nie solches Instrumentarium gesehen«, murmelte einer von Marcius' Gefährten halblaut. »Seht nur, welch seltsames Gefäß! Auch ihre Tasche sieht anders aus als die, die wir benutzen.«

»Das sehen wir auch. Sei still«, zischte eine Stimme. Ich hatte keine Ahnung, wem sie gehörte.

»Sie trägt seltsame Kleidung.«

»Du sollst still sein!«

Ich atmete mehrmals tief durch und machte mich an die Arbeit. Meine Finger zitterten noch immer. »Du kannst jetzt loslassen«, sagte ich zu Marcius und nahm vorsichtig die Kompresse von seiner

Wunde. Zu meiner Erleichterung hatte die Blutung tatsächlich etwas nachgelassen. Behutsam säuberte ich mit einer frischen Kompresse und etwas warmem Wasser die Wundränder. Danach pinselte ich ein wenig von der Jodtinktur darauf. Ich merkte, wie Marcius die Luft anhielt.

»Ich weiß, es brennt. Tut mir leid«, entschuldigte ich mich. Es fiel mir schwer, mich auf Lateinisch zu verständigen. Nebenbei eine Wunde zu versorgen, war fast ein Ding der Unmöglichkeit.

»Was ist das für eine Flüssigkeit?«, fragte Marcius misstrauisch.

»Jod. Zum Desinfizieren!« Da ich nicht wusste, was *desinfizieren* auf Lateinisch hieß, sagte ich es auf Englisch. Überhaupt hatte ich das Gefühl, im Eifer des Gefechts ein ziemliches Mischmasch zu sprechen.

»Wofür?«, wollte Marcius denn auch sofort wissen. Er hatte mich nicht verstanden. Natürlich nicht.

»Es soll verhindern, dass die Wunde sich entzündet«, probierte ich es mit anderen Worten.

»Du meinst, damit ich kein Fieber bekomme?«

»Ja, so in der Art. – Ich brauche jetzt Ruhe«, erklärte ich und griff nach Nadel und Faden. Ich zählte innerlich bis drei und fing an zu nähen. Ganz langsam. Stich für Stich. Genauso, wie ich es bei meinen Eltern stets gesehen hatte. Es ging besser als befürchtet. Viel schlimmer als das Nähen selbst, war jedoch ohne Betäubung arbeiten zu müssen. Immer wieder blickte ich besorgt zu Marcius hoch. Trotz der Schmerzen, die er haben musste, wirkte er beherrscht.

»Tut es sehr weh?« Ich hielt nach ein paar Stichen inne, um zu sehen, ob er eine Pause zum Erholen brauchte.

»Näh«, zischte er und seine Augen verengten sich kurz zu schmalen Schlitzen.

Ich hatte keine Ahnung, wie lange ich gebraucht hatte, aber irgendwann war ich fertig. Ich hatte jegliches Zeitgefühl verloren. Stolz betrachtete ich meine allererste Naht. Sie sah gar nicht so schlecht aus. Ich pinselte vorsichtshalber noch ein wenig Jod auf sie, legte einen Verband an und fixierte ihn mit Heftpflaster.

Im Raum war es still. Keiner sprach ein Wort. Man hätte eine Stecknadel fallen hören können, so leise war es. Als ich mich zu den übrigen Männern umdrehte, sah ich wie Kleon über Eriks Tasche gebeugt stand und vorsichtig hineinspähte. Die anderen standen etwas abseits und starrten mich an, als wäre ich von einem anderen Stern. Ich starrte benommen zurück.

In meinem Kopf fing es erneut an, zu rotieren. Und wenn sie wirklich aus einer anderen, längst vergangenen Zeit stammten? Es wirkte beinahe so, vor allem weil Marcius nicht der Typ für irgendwelche Spielchen war. Marcius wirkte echt. Ganz und gar.

Ich musste plötzlich an das denken, was Erik mir über die Raumzeit erzählt hatte. Vielleicht war sie tatsächlich gekrümmt und Gegenwart und Antike hatten sich berührt?! Nein, das konnte nicht sein! Das war undenkbar! Wahrscheinlich träumte ich das alles nur!

»Sehr gut«, riss mich Marcius' Vater aus meinen Gedanken. »Wer hat dir das beigebracht?«

»Das habe ich mir von meinen Eltern abgeguckt. Sie sind Ärzte.«

»Du meinst, dein Vater ist Arzt«, korrigierte er mich.

»Meine Mutter auch!«

»Eine Frau Arzt? Das ist ungewöhnlich.«

»Nicht bei uns.«

»Woher kommst du?«

»Wie ich schon sagte, ich komme aus Schweden«, antwortete ich und fügte hinzu: »Das liegt im Norden.«

»Und was machst du in Rom?« Marcius' Vater ging in langsamen Schritten um mich herum, ohne mich aus den Augen zu lassen.

»Ich bin mit meinem Vater hier. Er hat beruflich in Rom zu tun. Und jetzt, jetzt muss ich dringend zu ihm. Er macht sich bestimmt schon Sorgen ...« Ich brach ab. Ich wusste nicht mehr, was ich sagen oder denken sollte. Ich war nur noch müde und kaputt.

»Wo ist dein Vater?«, mischte sich Marcius ein. Das Sprechen fiel ihm jetzt schwer. Ob wegen des vielen Alkohols oder der Schmerzen, war nicht ganz klar.

»Bestimmt in unserer ... in unserer Herberge in der Nähe vom Forum Romanum«, mir war kein besseres Wort für *Hotel* eingefallen. »Könnte mich jemand an die Stelle bringen, wo mich Kleon gefunden hat? Von dort aus finde ich allein zurück«, fuhr ich fort.

»Heute Nacht verlässt niemand mehr das Haus. Das ist zu gefährlich!« Marcius' Vater wedelte abwehrend mit den Händen in der Luft.

»Es ist schon Nacht?«, fragte ich ungläubig.

Marcius' Vater ging nicht darauf ein. »Außerdem könntest du eine Spionin sein, und dann wäre es erst recht gefährlich, dich laufen zu lassen«, sagte er.

»Ich bin keine Spionin! Wenn ich das wäre, hätte ich mich wohl kaum um die Wunde gekümmert!«

»Das beweist nichts«, erwiderte er und verließ den Raum. Hilfe suchend sah ich Marcius an, der mich erneut intensiv musterte.

»Wir werden das morgen besprechen«, beschied er knapp.

»Mein Vater wird sich furchtbare Sorgen machen.« Tränen schossen mir in die Augen. »Und ich habe Durst und müsste mir dringend meine Hände waschen.«

Marcius' Blick wanderte von mir zu Kleon, der daraufhin in die Hände klatschte. Die junge Frau von vorhin erschien und neigte höflich den Kopf.

»Filippa, bringe für das Mädchen Wasser zum Waschen und etwas zu essen und zu trinken«, befahl Kleon.

Die junge Frau huschte davon und kehrte schon bald mit einer Schale Wasser, Brot, Käse, Oliven und einem Krug zurück.

»Was ist in dem Krug?«, fragte ich und tauchte meine Hände in die mit Wasser gefüllte Schale.

»Wasser«, brummte Kleon.

»Dann ist ja gut.«

»Was hast du erwartet?«, wollte Marcius wissen. Sein Gesicht war bleich und auf seiner Stirn standen Schweißtropfen.

»Wein. Und den trinke ich normalerweise nicht«, erklärte ich etwas verlegen.

»Warum nicht?« Marcius machte ein Zeichen, dass ihm jemand beim Aufstehen helfen sollte.

»Weil ich – äh – gerade erst siebzehn geworden bin. Genau genommen gestern. Meine Eltern sehen es nicht gern, wenn ich Alkohol trinke.« Was erzählte ich da bloß? *Meine Eltern sehen es nicht gern.* Als ob das irgendjemanden interessieren würde.

Marcius sah mich verblüfft an. Ohne ein Wort wandte er sich schließlich ab und humpelte gestützt von zwei seiner Gefährten aus dem Zimmer. Kleon und die anderen Männer folgten ihm in gebührendem Abstand.

FILIPPA

Sobald ich mit der jungen Frau allein war, stürzte ich mich auf das Essen. Erst jetzt merkte ich, wie ausgehungert ich war und welchen Durst ich hatte. Schon vorhin hatte ich mir auf dem Forum Romanum etwas zu trinken kaufen wollen. Dieser verfluchte Giulio hatte mich davon abgehalten. Ihm hatte ich es auch zu verdanken, dass ich hier hockte. Bei völlig fremden Menschen und wie es aussah in einer völlig fremden Zeit. Die Vorstellung war verrückt. Absolut verrückt. Aber was sollte ich machen? Ich war so ratlos und verzweifelt wie noch nie zuvor in meinem ganzen Leben.

Mit jedem Bissen, den ich hinunterschlang, ließ meine Weinerlichkeit zum Glück etwas nach. Auch das Denken fiel wieder leichter. Ich kam zu dem Schluss, dass es das Beste war, erst einmal zu schlafen. Vielleicht meinte das Schicksal es ja gnädig mit mir und ich lag, wenn ich aufwachte, in meinem Hotelbett.

Die junge Frau schien meine Gedanken erraten zu haben. »Wenn du fertig gegessen hast, zeige ich dir, wo du schlafen kannst«, sagte sie.

»Du heißt Filippa, ja?«, fragte ich kauend. Zum ersten Mal hatte ich Gelegenheit, sie in Ruhe zu betrachten. Sie sah nett aus und war höchstens ein paar Jahre älter als ich.

»Ja. Und wie heißt du?«

»Elina. – Bist du die Schwester von Marcius?«

»Nein.« Filippa lächelte vorsichtig.

»Kleons Tochter?« Ich ließ nicht locker.

»Nein, auch nicht. Er ist … Er steht mir nahe. Kleon ist ein Sklave – genau wie ich. Wir gehören Lucius«, sagte sie zögerlich, so als hätte sie Angst, zu viel zu verraten.

Ich nahm einen letzten Schluck Wasser und stand auf. »Lucius? Ist das Marcius' Vater?«

»Ja, das ist er«, sagte Filippa und gab mir ein Zeichen, ihr zu folgen. Mit schnellen Schritten verließ sie den Raum und lief mit mir im Schlepptau kreuz und quer durch das große Haus. Unsere Schritte hallten von den hohen Wänden wider. Bald schon hatte ich vollkommen die Orientierung verloren.

Endlich blieb Filippa vor einem Raum stehen. »Guck, dies ist mein Zimmer. Die anderen Sklaven wohnen zusammen in einem anderen Teil des Hauses. Wenn du magst, kannst du hier schlafen. Ich würde dir ein Bett holen lassen.«

»Ja, gern«, antwortete ich. Filippa war mir sympathisch und die Vorstellung bei ihr zu schlafen, war mir sehr viel lieber, als die, mir mit mehreren fremden Menschen ein Zimmer teilen zu müssen.

»Gut. Ich sorge dafür, dass du ein Bett bekommst«, sagte sie und ließ mich allein. Ich nutzte die Zeit und sah mich um. Filippas Zimmer war spärlich eingerichtet. Außer einem Bett gab es nur eine große Truhe, einen Schemel sowie einen kleinen Beistelltisch, auf dem eine Schale stand, in der ein schwaches Licht brannte. Ein dünner beigefarbener Vorhang diente als Zimmertür. Der Raum erinnerte mich in seiner Kargheit an eine Mönchszelle. Ich setzte mich auf den Schemel, fuhr aber gleich wieder hoch, als ich auf dem Flur Geräusche hörte. Filippa kam zusammen mit einem Mann zurück, der eine Holzliege und eine Art Matratze trug. Auf ihre Anweisung hin stellte der Mann die Liege an die Wand rechts vom Fenster, genau gegenüber von ihrem eigenen Bett. Filippa breitete höchstpersönlich das matratzenartige Gebilde auf der Holzpritsche aus und drückte mir anschließend eine Wolldecke in die Hand. »Die ist zum Zudecken«, sagte sie.

»Danke. – Darf ich dich noch etwas fragen?«

»Ja.«

»Wieso hast du ein eigenes Zimmer und die anderen nicht?«

»Kleon hat auch ein eigenes«, erwiderte sie. »Wir sind Lucius' Lieblingssklaven. Er behandelt uns so, als würden wir zur Familie gehören. Deshalb.«

Nachdenklich zog ich mich aus, legte mich auf die Liege und zog mir die Wolldecke bis zum Kinn. Sie kratzte etwas.

»Du trägst eigentümliche Kleidung.« Filippa blickte auf meine weiße Jeans und meine karierte Bluse, die ich achtlos auf die Erde geworfen hatte. Mit spitzen Fingern hob sie meine Sachen auf und legte sie auf den Schemel, was mich an Hedda erinnerte.

»Hedda und Erik werden sich entsetzliche Sorgen machen, wenn ich über Nacht wegbleibe«, murmelte ich.

»Sei nicht traurig und versuch jetzt zu schlafen«, tröstete Filippa mich und löschte das Licht. Einen Moment lang herrschte Schweigen. Lediglich das sich nähernde Surren einer Mücke war zu hören. Ich lauschte in die Dunkelheit. Das Surren wurde wieder leiser. Laut Hedda hatte ich am Tag meiner Geburt einen Pakt mit den Mücken geschlossen: Die Blutsauger ließen mich in Ruhe, dafür durften sie in meinem Zimmer ungestört kreisen. Beide Seiten hatten sich stets an diese Abmachung gehalten. Bis einschließlich heute. Offenbar galt der Pakt auch für die Zeit weit vor meiner Geburt. Ein wahnwitziger Gedanke! Ich atmete tief durch und flüsterte: »Filippa?«

»Was ist?«

»Was für ein Jahr haben wir?«

»Wie meinst du das?«

»Na, in welchem Jahr lebst du – ich meine wir?«, korrigierte ich mich schnell.

»Weißt du das denn nicht?« Ihre Stimme klang ungläubig.

»Bei mir zu Hause haben wir, glaube ich, eine andere Zeitrechnung«, redete ich mich hastig heraus. Ich war froh, dass sie mich im Dunkeln nicht sehen konnte. Lügen gehörte nicht unbedingt zu meinen Stärken.

»Es ist das Jahr 703 nach der Gründung von Rom«, antwortete sie mit einem Gähnen. Mir sagte das nichts. Daher fragte ich: »Ist das vor oder nach Christus?«

»Wer ist Christus?« Sie schien überrascht.

Ich biss mir auf die Zunge. Ich musste vorsichtiger sein mit dem, was ich sagte. »Kennst du Augustus?«, versuchte ich es erneut.

»Welchen Augustus?«

»Das ist der Mann, der zur Zeit von Christus regiert hat.«

»Nein. Ich habe von beiden noch nie gehört. Schlaf jetzt.«

AUF MESSERS SCHNEIDE

Ich schlief schlecht in dieser Nacht. Die Matratze war mir zu hart, und ich musste ständig an meine Eltern denken. Selbst wenn mich Marcius' Vater morgen gehen ließe, war es mehr als fraglich, ob ich zurück in meine Zeit und zum Hotel finden würde. Meine einzige Chance war, genau die Stelle aufzusuchen, wo Kleon mich gefunden hatte. Anscheinend berührte sich genau dort die Zeitachse. Doch würde sie es auch morgen noch tun? Möglicherweise berührte sie sich schon jetzt nicht mehr? Tausend Fragen und Gedanken gingen mir durch den Kopf. Irgendwann fiel ich in einen unruhigen Schlaf.

»Elina, wach auf!« Filippa schüttelte mich. »Wach auf, Marcius geht es schlecht. Du musst aufstehen!«

Verständnislos sah ich sie an. Für einen Moment wusste ich nicht, wo ich war und wer sie war. Als es mir wieder einfiel, sprang ich mit einem Satz von der Holzliege. »Was ist?«

»Marcius hat Fieber. Rasch, zieh dich an und komm mit mir!«

So schnell ich konnte schlüpfte ich in meine Jeans und Bluse, schnappte mir Eriks Tasche und eilte ihr hinterher. Ich musste aufpassen, dass ich sie nicht aus den Augen verlor, so zügig lief sie durch das Haus. Bei Tageslicht betrachtet glich das Gebäude fast einem Palast, stellte ich erstaunt fest. Wohin ich auch blickte, standen kostbare antike Möbel. Dunkle Marmorsäulen, die am oberen Ende mit Gold verziert waren, reckten sich rechts und links von mir in die Höhe. Ich schritt über kunstvolle Steinmosaiken und seidig schimmernde Teppiche. Bunte Freskenmalereien und Marmorplatten schmückten die Wände. Wir kamen an Büsten vorbei, die majestätisch auf Sockeln thronten und zum Teil mit Blumen bekränzt waren sowie an Springbrunnen, die leise vor sich hin plätscherten. Nach einer Weile erreichten wir einen begrünten Innenhof, der wie ein Garten wirkte. Wir ließen ihn rechts liegen und hasteten einen Gang entlang, der kein Ende nehmen wollte. Obwohl das Haus symmetrisch aufgegliedert zu sein schien, hätte ich mich ohne meine Begleiterin innerhalb kürzester Zeit verirrt. Schließlich gelangten wir zu einem weiteren, aber kleineren begrünten Innenhof, den wir durchquerten. Danach bogen wir noch einmal rechts und einmal links ab, bis wir endlich in Marcius' Zimmer landeten. Vor seinem Bett standen bereits Lucius und Kleon.

»Er hat Fieber und Schmerzen«, empfing mich Lucius mit gedämpfter Stimme. Ich legte meine Hand kurz auf Marcius' Stirn. Sie glühte. Keine Frage, er hatte Fieber.

»Ich bin kein Arzt. Ich habe es euch gesagt. Wie es aussieht, hat sich die Wunde entzündet.« Hilflos zuckte ich die Achseln.

»Tue etwas dagegen«, befahl Lucius und begann vor Marcius' Bett auf und ab zu laufen, das im Vergleich zu meiner schlichten Holzpritsche riesig war. Marcius lag schweißüberströmt zwischen seidig schimmernden, safrangelben Decken und Kissen, die mit bunten Fäden und kleinen Perlen bestickt waren. Ich musste unwillkürlich an die kratzige Wolldecke denken, unter der ich vergangene Nacht geschlafen hatte.

Es war sicherlich nicht die beste Gelegenheit, um Bedingungen zu stellen, aber *den* idealen Zeitpunkt gab es vermutlich sowieso nicht.

»Wenn ich ihn gesund mache, lässt du mich dann gehen?«, fragte ich.

Lucius hielt mitten in seiner Wanderung inne. Sein Gesicht rötete sich. »Unternimm endlich etwas«, drohte er leise, »sonst bleibst du für immer hier!«

Ich schluckte. Mit möglichst fester Stimme sagte ich langsam, nach den richtigen lateinischen Wörtern suchend: »Versprich mir, dass ich gehen darf, wenn ich ihn gesund mache!« Mir war nicht ganz klar, woher ich den Mut nahm.

Lucius machte einen Schritt auf mich zu. Sein Kopf war jetzt hochrot und seine Augen funkelten. Für einen Augenblick fürchtete ich, er würde mich schlagen, so wie Kleon gestern. Doch anders als sein Sklave beherrschte sich Lucius.

»Ja. Du hast mein Wort. Und im Übrigen hast du mich nicht zu duzen, sondern ehrerbietig mit ›Ihr‹ anzusprechen. Nun hilf ihm«, presste er hervor. Im Hintergrund hörte ich Filippa tief durchatmen.

Vorsichtig begann ich, Marcius' Verband zu lösen. Wie ich befürchtet hatte, klebte er an der Wunde, die sich entzündet hatte. Marcius ächzte und sah mich mit fiebrigen Augen an.

Anschließend durchsuchte ich Eriks Tasche. In einem Seitenfach fand ich Aspirin und eine Salbe, die meine Eltern bei den Kindern in Kenia verwendet hatten, die unter eitrigen Geschwüren litten. Hoffentlich half die Salbe auch bei Marcius.

So gut ich konnte säuberte ich die Wunde und tupfte mit einem Stück Mull die Salbe darauf. Hinterher legte ich einen neuen Verband an.

»Kannst du mir kaltes Wasser und Tücher bringen?«, wandte ich mich an Filippa.

Sie schaute Kleon an, der nach einem kurzen Blickwechsel mit Lucius zustimmend nickte. Auf der Stelle rannte Filippa los. Ich nutzte diesen kurzen Moment der Unruhe und warf heimlich eine Aspirintablette in den Becher mit Wasser, der neben Marcius' Bett stand. Mit einem zischenden Geräusch begann sie, sich aufzulösen. Das Wasser sprudelte leicht.

»Was hast du da hineingetan?« Kleon war mit einem Satz neben mir und machte Anstalten, mir den Becher aus der Hand zu schlagen.

»Ihr habt doch gesagt, ich soll ihm helfen«, verteidigte ich mich. »Dieses Mittel hilft, sein Fieber zu senken.«

Lucius stellte sich neben Kleon und kaute auf seiner Unterlippe. »Meinetwegen gib es ihm zu trinken«, sagte er nach einigem Nachdenken.

»Es könnte Gift sein«, gab Kleon zu bedenken.

»Das ist kein Gift! Das ist Medizin«, widersprach ich in holprigem Latein.

Marcius' Vater überlegte erneut ein paar Sekunden. »Trink du zuerst«, verlangte er dann von mir.

Ohne zu zögern, nahm ich einen Schluck. Besonders wohl fühlte ich mich dabei nicht. Ich wusste zwar aus Erfahrung, dass ich Aspirin vertrug, von meinen Eltern hatte ich allerdings gelernt, dass einige Menschen regelrecht allergisch darauf reagierten. Ich konnte nur hoffen, dass nicht ausgerechnet Marcius dazugehörte. Ich beschloss, ihm den Inhalt des Bechers lieber schlückchenweise einzuflößen.

»Darf ich?«, fragend hielt ich Kleon und Lucius den Becher hin.

»Wir warten noch ein wenig«, entschied Lucius und verschränkte seine Hände hinter dem Rücken.

Filippa kehrte mit einer großen Schale Wasser und mehreren Tüchern zurück. Ich tauchte die Tücher in das kalte Wasser, wrang sie aus und wickelte sie um Marcius' Waden und Arme, so wie Hedda es bei mir gemacht hatte, als ich als Kind Windpocken und hohes Fieber gehabt hatte.

»Wozu ist das gut?« Lucius stellte sich hinter mich und guckte mir über die Schulter.

»Die kalten Wickel ziehen das Fieber aus dem Körper«, bemühte ich mich zu erklären. Lucius erwiderte nichts.

»Darf ich ihm jetzt das Mittel geben?«

Lucius sah mir prüfend in die Augen. Schließlich nickte er. Ich hob Marcius' Kopf leicht an und gab ihm das Wasser mit der aufgelösten Tablette zu trinken. Ganz vorsichtig, Schluck für Schluck. Das Aspirin schien Marcius zu bekommen. Jedenfalls zeigte er keinerlei Anzeichen einer Unverträglichkeit. Ich atmete auf.

UNGLEICHER KAMPF

In den folgenden Tagen wich ich kaum von Marcius' Seite. Ich machte ihm regelmäßig Wadenwickel, erneuerte den Verband, kühlte seine Stirn und gab ihm Aspirin. Trotzdem ging es ihm nicht besser. Unruhig wälzte er sich in seinem Bett herum und fantasierte laut. In immer kürzeren Abständen maß ich Marcius' Puls und legte mein Ohr an seinen Mund, um zu überprüfen, ob er noch atmete. Doch was ich auch machte, es schien nicht zu helfen. Ich hatte das Gefühl, vor Sorge fast verrückt zu werden.

Mein Schicksal, daran gab es keinen Zweifel, war inzwischen mit seinem eng verknüpft. Wenn er starb, würde auch ich sterben. Lucius würde mich für seinen Tod verantwortlich machen – da war ich mir sicher.

In Afrika hatten sie mich stets die *Tochter der Gazelle* genannt, weil Hedda so schlank und grazil war. Mit schnellen, aufgescheuchten Bewegungen. Jetzt kam ich mir vor wie eine Löwenmutter, die sich zähnefletschend vor ihr Junges stellte und versuchte, den Angreifer zu vertreiben. Es war kein fairer Kampf, denn mein Gegner war der Tod.

LEBEN UND STERBEN

Alles hatte sich gegen mich verschworen. Die Zeit. Der Tod. Alles. Marcius' Wunde wurde zusehends dunkler und eitriger. Ich wusste weder ein noch aus. Schließlich nahm ich meinen ganzen Mut zusammen. Mit dem Skalpell aus Eriks Tasche schnitt ich unter Kleons kritischem Blick in das entzündete, schon leicht faulende Fleisch und drückte vorsichtig den Eiter aus der Wunde. Anschließend legte ich einen neuen Salbenverband an.

Ich wartete.

Wenige Stunden später zeigte der Eingriff tatsächlich Wirkung. Marcius wurde ruhiger, sodass ich es wagte, für kurze Zeit meiner Müdigkeit nachzugeben. Ich saß an seinem Bett, schloss die Augen und nickte ein. Doch der Schlaf war alles andere als eine Wohltat. Schreckliche Traumbilder quälten mich.

Wieder und wieder sah ich Hände durch die Luft fliegen und Bäche von Blut. Von allen Seiten hörte ich Schmerzensschreie. Bekannte Stimmen mischten sich mehr und mehr darunter. Erst jetzt bemerkte ich Marcius, der tot auf der Erde lag. Lucius erschien und befahl mir, meine Hand auszustrecken, um sie mir ebenfalls zur Strafe mit einem Beil abzuschlagen. Hedda flehte Lucius an, mich zu verschonen, aber er schüttelte nur den Kopf. Auf einmal sah ich Erik, der in seiner Arzttasche nach Nadel und Faden suchte, um mir, wenn es so weit war, die Hand wieder anzunähen. Gerade holte Lucius mit seinem Beil aus, da wurde ich von Marcius' Stöhnen wach.

Augenblicklich war ich auf den Beinen, um nach ihm zu sehen. Mit noch zitternden Händen wischte ich erst ihm und dann mir die Schweißtropfen von der Stirn.

AUS NÄCHSTER NÄHE

Es war nicht nur die Angst vor Lucius' Rache, die mich antrieb. Marcius war mir inzwischen mehr ans Herz gewachsen, als mir lieb war. Ich kannte fast jeden Quadratzentimeter seines Körpers. Unzählige Male hatte ich ihn berührt. Beim Wickeln der Waden und beim Waschen. Und noch viel öfter hatte ich ihn heimlich betrachtet. Alles an Marcius war mir mittlerweile vertraut. Jeder Muskel, jede noch so kleine Narbe, seine schlanken Finger, die kurzen braunen Haare, die im Kerzenlicht wie polierte Haselnüsse schimmerten, seine klaren Gesichtszüge und die scharf geschnittene Nase, die er von seinem Vater geerbt hatte.

Ich wollte und durfte ihn nicht verlieren.

Es mochte bereits die vierte oder fünfte Nacht sein, die ich an Marcius' Bett verbrachte. Ich hatte inzwischen jegliches Zeitgefühl verloren. Wieder einmal stand ich auf, um seine Lippen mit Wasser zu benetzen. Durch das Fieber verlor er viel Flüssigkeit. Erleichtert stellte ich fest, dass Marcius ruhig schlief. Das Fieber schien etwas nachgelassen zu haben. Er sah unglaublich friedlich und schön aus. Beinahe wie ein ... Bevor ich den Gedanken zu Ende denken konnte, packte mich Marcius völlig unerwartet am Handgelenk und zog mich mit einer Kraft zu sich herunter, die ich ihm angesichts seines Zustands niemals zugetraut hätte. Wie stark mochte er erst sein, wenn er gesund war?!

»Wer bist du?«, flüsterte er. Fast unmerklich wogten die Gräser im Wind. Ich spürte seinen fiebrigen Atem auf meiner Wange. Mein Puls beschleunigte sich.

»Ich bin es, Elina.«

»Das habe ich nicht gemeint.«

Erschöpft ließ er mich los und fiel zurück auf sein Lager. Er schlief augenblicklich ein.

LANGE SCHATTEN

Zwei Tage später schien sich Marcius' Zustand endlich zu stabilisieren. Eine tonnenschwere Last fiel von mir. Zum ersten Mal sah ich auch Lucius lächeln. Marcius' Vater war ein hagerer Mann um die fünfzig Jahre mit kurzen, grauen Haaren. Ich war noch nie einem Menschen begegnet, der sich so aufrecht hielt wie er. Er wirkte dadurch ungemein stolz, was er wohl auch war. Von Filippa hatte ich erfahren, dass er das Oberhaupt einer reichen Patrizierfamilie und Mitglied des Senats war. Seine Frau, Marcius' Mutter, war vor vielen Jahren gestorben. Kleon, der Lucius' rechte Hand war und ihn fast immer begleitete, wenn dieser seinem Sohn einen Krankenbesuch abstattete, ähnelte in Aussehen und Auftreten seinem Herrn.

Beide würden wohl niemals meine besten Freunde werden.

»Er macht einen viel besseren Eindruck als gestern.« Lucius beugte sich zufrieden über das Bett seines Sohnes. Zum vierten Mal sah er heute schon nach ihm.

Ich nickte nur erschöpft und flößte Marcius einen Löffel Rindfleischsuppe ein. Lucius' Köchin, Lea, hatte sie auf meinen Wunsch hin gekocht. Hedda behauptete nämlich immer, Rindfleischsuppe habe eine besonders stärkende Wirkung. Lucius war nach kurzem Zögern mit der Suppe einverstanden gewesen – anders als Lea, die von Rindfleischsuppe nichts hielt, weil sie sie nicht kannte und weil im Haus des Senators üblicherweise Schweinefleisch gegessen wurde. Um sicherzugehen, dass Lea die Suppe richtig zubereitete, hatte Lucius befohlen, dass ich ihr beim Kochen über die Schulter gucken sollte. Tatsächlich hatte ich jedoch die meiste Zeit mit geschlossenen Augen in der Küche gesessen und den Geruch eingesogen. Den Geruch von Geborgenheit, der mich an eine andere Küche und eine gänzlich andere Zeit erinnert hatte. Nur das laute Klappern der alten Köchin hatte verhindert, dass ich eingeschlafen war.

»Wie lange bin ich schon krank?«, fragte Marcius zwischen zwei Löffeln voll Suppe. Er sprach leise und mit Pausen.

»Gleich sieben Tage.« Lucius tätschelte seinem Sohn die Schulter. »Es ist das Wundfieber. Aber du schaffst das. Da bin ich mir sicher.«

Marcius machte Anstalten, zu antworten. Ich kam ihm zuvor. »Nicht reden«, sagte ich leicht verlegen, »das strengt nur an. Iss lieber noch einen Löffel voll!«

Widerwillig öffnete er den Mund. Er fühlte sich ganz offensichtlich genauso unwohl in seiner Rolle wie ich mich in meiner.

Als der Teller leer war, wedelte mich Lucius mit seinen Händen aus dem Zimmer. »Du kannst jetzt gehen!«

Wieder einmal ärgerte ich mich über die Art, wie Lucius mich behandelte; andererseits war ich froh, endlich eine Pause machen zu können. Ich zog los, um Filippa zu suchen, mit der ich mich inzwischen angefreundet hatte. Vielleicht hatte sie ja Lust, ein bisschen mit mir rauszugehen. Marcius jedenfalls brauchte mich vorerst nicht.

Nach wie vor fiel es mir schwer, mich in dem großen Haus zu orientieren. Neben den beiden begrünten Innenhöfen gab es außerhalb des Gebäudes noch eine Terrasse, wo Filippa und ich bereits zwei- oder dreimal gesessen und miteinander geplaudert hatten, während eine ältere Sklavin auf Marcius aufgepasst hatte. Auf halbem Weg dorthin stieß ich auf meine neue Freundin.

»Wie sieht's aus, wollen wir nach draußen in den Garten?«, fragte ich.

»Eigentlich passt es mir nicht so gut. Ich muss noch einiges erledigen.« Sie zog nachdenklich die Nase kraus.

»Muss ja nicht lange sein. Ich brauch einfach ein bisschen frische Luft«, versuchte ich, sie zu überreden.

»Meinetwegen, aber wirklich nur kurz«, gab sie nach. Wir verließen das Haus durch einen Nebenausgang und setzten uns auf eine marmorne Bank, die mitten auf der Terrasse stand, die von einem kleinen Teich, Blumenkübeln und Zierbüschen umrahmt war.

Die Sonne stand bereits tief am Himmel und schien uns direkt ins Gesicht. Mit zusammengekniffenen Augen betrachtete ich Lucius' Anwesen, das sich vor uns wie ein Schattenriss ausbreitete. Ein Hauch von Abschied lag in der Luft. Trotzig verteidigten die Blätter ihre Stellung an den Bäumen und ihr ehemals frisches Grün. Hier und da segelten bereits gelbe und rote Farbtupfer auf den Boden. Der

Herbst stand eindeutig vor der Tür. Durch meine unfreiwillige Zeitreise war ich, wie es aussah, um den Sommer betrogen worden, was allerdings mein geringstes Problem war.

»Die Tunika steht dir. Sie passt zu deiner Augenfarbe«, riss mich Filippa aus meinen Gedanken. Ich strich den grob gewebten, etwas kratzigen Stoff über meinen Knien glatt. Er war hellblau, wie meine Zimmerdecke in Helsingborg. »Danke, dass du mir sie geliehen hast. Meine Sachen waren wirklich mehr als dreckig.«

»Morgen bekommst du deine Kleider frisch gewaschen wieder; sie sind noch nicht ganz trocken«, sagte Filippa. Obwohl sie nicht viel älter war als ich, war sie eine perfekte Hausfrau. Ich war mir nicht sicher, ob ich sie dafür bewundern sollte.

»Das ist wirklich nett von dir.« Ich streichelte kurz über ihren Arm.

Filippa drehte ihren Kopf zu mir und lächelte mich an. »Sehen bei euch eigentlich alle so aus wie du?«

»Wie meinst du das?«

Sie nahm eine Haarsträhne von mir in die Hand und wickelte sie sich spielerisch um den Finger. »Haben alle solche hellen Haare und blauen Augen?«

»Ach so. Nein, nicht alle. Aber viele. Bei uns ist das nichts Außergewöhnliches.« Durch die regelmäßigen Gespräche mit Filippa fiel es mir täglich leichter, mich auf Lateinisch zu verständigen.

»Ich hätte auch gern so helle Haare«, murmelte Filippa mit einer Wehmut, dass ich mir nicht vorstellen konnte, dass es wirklich meine Haare waren, um die sie mich beneidete.

»Sei nicht albern«, antwortete ich. »Ich wünschte, ich würde so gut aussehen wie du.«

Selten zuvor hatte ich jemanden gesehen, der so hübsch war wie Filippa. Sie hatte eine bronzefarbene Haut und lange, schwarze Locken, die am Hinterkopf lose zusammengesteckt waren. Das Schönste an ihr aber waren ihre dunklen Augen. In guten Stunden tanzten darin tausend Sonnen, was meistens der Fall war. Dabei hatte Filippa es in ihrem bisherigen Leben alles andere als leicht gehabt. Ursprünglich stammte sie aus Griechenland, von wo Soldaten sie als kleines Mädchen zusammen mit ihren Eltern verschleppt hatten. Ganz nüchtern hatte sie mir das erzählt. War es gestern gewesen oder vorgestern? Ihre Stimme hatte dabei so unbeteiligt geklungen, als würde sie die Geschichte einer Fremden erzählen. Aber es war ihre Geschichte. Eine, die sie mit Gewalt nach Rom geführt hatte.

Auf dem Sklavenmarkt waren sie und ihre Eltern wie Vieh zum Verkauf angepriesen worden. Kleon hatte sie eher zufällig im Auftrag von Lucius ersteigert und in dessen Haus gebracht. Kurz darauf waren Filippas Eltern gestorben und Kleon hatte sich fortan wie ein Vater um das Mädchen gekümmert. Da Kleon der engste Vertraute von Lucius war, hatte auch Filippa schon bald eine besondere Stellung im Haus des Senatoren innegehabt.

»Weißt du eigentlich, dass alle hier über dich sprechen?«, hörte ich Filippa wie aus der Ferne fragen. Ich war mit meinen Gedanken schon wieder auf Wanderschaft. Mein Blick schweifte erneut über Lucius' Grundstück, das auf dem Palatin lag, der zu Roms sieben Hügeln gehörte. Von unserer Bank aus konnten wir fast den gesamten, von Statuen gesäumten Sandweg überschauen, der sich hoch zum Haus des Senators schlängelte. Die Statuen warfen zu dieser Tageszeit lange Schatten, die sich mit denen der Platanen und Zypressen rechts und links vom Sandweg zu einem bedrohlichen Dunkel vermischten. An welchem dieser Bäume mochte ich wohl gelehnt haben, als mich Kleon gefunden hatte? Und wie lange war das jetzt her? Wenn Lucius recht hatte, gleich eine Woche. Es kam mir wie eine Ewigkeit vor. Wie es wohl meinen Eltern ging? Ob Erik noch in Rom war und nach mir suchte? Mehrmals hatte ich darüber nachgedacht zu fliehen. Doch die Gefahr, dass mich Kleon dabei erwischte, erschien mir zu groß. Außerdem war ich mir nicht sicher, ob ich die richtige Stelle, den richtigen Baum für die Rückkehr in die Gegenwart, finden würde. Und dann war da noch Marcius. Ich konnte ihn nicht einfach so zurücklassen. Oder doch? Eine Libelle schwirrte dicht an meinem Kopf vorüber.

»Elina, hörst du mir überhaupt zu? Ich habe dich etwas gefragt«, beschwerte sich Filippa.

»Entschuldige, was wolltest du wissen?« Ich beobachtete einen Salamander, der blitzschnell über die Steine huschte und sich unter einem der Zierbüsche verkroch.

»Ich habe gefragt, ob dir bewusst ist, dass im Haus ständig über dich gesprochen wird?« Filippa betonte jedes Wort übermäßig.

»Nein. Was sagen sie denn?«, antwortete ich zerstreut. Ich suchte mit den Augen den Salamander unter dem Busch, konnte ihn aber nirgends entdecken. Nur ein paar Blätter bewegten sich leicht.

»Sie rätseln, wer du bist. Einige meinen, du seiest eine Göttin.«

»Eine Göttin?! Ich?? Ich bin doch keine Göttin! Ich bin ein Mensch wie du«, lachte ich.

»Aber du bist so anders. Du trägst seltsame Kleidung und besitzt Dinge, die wir nicht kennen«, beharrte Filippa.

»Mein Land liegt eben sehr weit von eurem entfernt. Bei uns ist alles etwas anders.« Eine bessere Erklärung fiel mir nicht ein.

»Ist deine Familie reich?«

»Nein, warum?«

»Weil du einen goldenen Ring trägst.«

»Ach, den. Den habe ich vergangenes Jahr von meinen Eltern zum Geburtstag bekommen.« Gedankenverloren drehte ich an dem Ring mit meinen Initialen.

»Wenn dir deine Eltern einen goldenen Ring schenken, müssen sie reich sein.« Filippa konnte fast so hartnäckig sein wie Hedda.

»Na ja, es geht uns recht gut. Aber richtig reich sind wir nicht.«

»Habt ihr Sklaven?«

Die Frage traf mich unerwartet. »Nein, wir haben keine Sklaven«, erwiderte ich und überlegte, ob ich hinzufügen sollte, dass Sklaven bei uns schon lange verboten waren. Aber das ließ ich lieber bleiben.

»Du hast ein Geheimnis vor mir, nicht wahr? Mir könntest du doch wenigstens sagen, wer du wirklich bist.« Filippa klang eher traurig als vorwurfsvoll.

»Du hast auch ein Geheimnis vor mir«, sagte ich schnell, um sie von dem Thema abzulenken.

»Worauf spielst du an?«

»Du hast mir immer noch nicht erzählt, wobei Marcius verwundet wurde.«

»Das weiß ich auch nicht so genau. Gut möglich, dass er in die Hände von bewaffneten Schlägertrupps geraten ist, die nachts Roms Straßen unsicher machen. Wir leben in gefährlichen Zeiten. Kleon meint, uns drohe ein Bürgerkrieg.«

»Ein Bürgerkrieg? – Der mit Cäsar?«, rutschte es mir heraus.

»Du kennst Cäsar?!« Filippa rückte auf der Bank ein Stück von mir weg und beäugte mich misstrauisch.

»Ich habe nur von ihm gehört.«

»Und was hast du von ihm gehört?«

Angestrengt starrte ich auf meine Fußspitzen. Ich musste jetzt genau aufpassen, was ich sagte, damit ich mich nicht verriet. »Nichts Besonderes. Nur dass er eine der verfeindeten Parteien anführt. Mehr nicht«, stotterte ich.

Sie nickte. »Ja, das stimmt. Er ist mit seinen Legionen in Gallien, und dennoch reicht sein Arm bis nach Rom.«

»Er will wieder Konsul werden?«, fragte ich und versuchte, mich daran zu erinnern, was ich über den Bürgerkrieg zu Hause gelesen hatte.

»Das ist das, was ich gehört habe«, erwiderte Filippa langsam, »aber einige Senatoren wollen es verhindern. Mithilfe von Pompeius. Hast du von ihm ebenfalls gehört?«

»Er war – ich meine, er *ist* ein großer Feldherr, oder?«

»Ja, das ist er. Wenigstens sagen das alle. Ich verstehe nicht so viel davon.«

Ich wartete darauf, dass Filippa mir noch mehr über die Situation in Rom erzählen würde. Als sie keine Anstalten machte, fragte ich so beiläufig wie möglich: »Sind Lucius und Marcius eigentlich für oder gegen Cäsar?«

Filippa schüttelte den Kopf, ohne mich dabei anzusehen. »Ich darf nicht darüber sprechen. Kleon bestraft mich sonst. Und du solltest dich lieber nicht mit solchen Fragen beschäftigen. Das ist gefährlich.« In ihrer Stimme schwang ein leiser Tadel mit.

Ich erhob mich mit dem unguten Gefühl, zu neugierig gewesen zu sein. »Ich werde dann mal nach Marcius sehen«, murmelte ich.

»Ja, mach das. Ich muss auch wieder an die Arbeit.« Ihre Miene war undurchdringlich. Eilig steuerte ich auf das Haus zu. Ich konnte Filippas Blick auf meinem Rücken spüren.

ABSCHIED

Am nächsten Morgen war Marcius komplett fieberfrei. Ich sah es sofort, als ich in seine Augen schaute. Für alle Fälle legte ich prüfend meine Hand auf seine Stirn, die erwartungsgemäß nicht mehr glühte. Die Entzündung musste also endlich abgeklungen sein. Gespannt nahm ich seinen Verband ab und betrachtete die Wunde. Wie ich gehofft hatte, war sie nicht mehr eitrig, sondern hatte eine den Umständen entsprechende normale, hellrote Farbe angenommen.

»Die Wunde heilt langsam. Wenn du dich schonst, bist du bald wieder ganz gesund«, bemerkte ich nicht ohne Stolz.

Marcius schaute mich kurz an und nickte wortlos. Sein Vater, der in Begleitung von Kleon ins Zimmer gekommen war und meine letzten Worte gehört hatte, sagte eine Spur weniger näselnd als üblich: »Das sind gute Nachrichten!«

Einen Moment lang herrschte Stille. Mein Räuspern klang dadurch ungewöhnlich laut.

»Da es ihm besser geht, würde ich gern zu meinem Vater zurückkehren!«

»Ich denke, du solltest so lange bleiben, bis die Fäden gezogen werden müssen«, antwortete Lucius.

»Das ist gegen unsere Abmachung. Du hast – ähm – ich meine, Ihr habt gesagt, wenn ich Marcius heile, darf ich gehen. Er ist gesund! Ihr müsst Euer Versprechen halten!« Ich merkte, wie meine Lippen beim Sprechen zitterten.

»Was fällt dir ein, so mit dem Senator zu sprechen?«, fuhr mich Kleon an.

»Das ist nicht fair. Ihr habt es versprochen!«

Lucius' Miene wurde hart. »Er ist erst wieder gesund, wenn du die Fäden gezogen hast. Bis dahin wirst du bleiben!«

»Aber das wäre ja erst in zwei, drei Tagen! Ich kann Filippa zeigen, wie man Fäden zieht. Sie kann es machen, wenn es so weit ist. Bitte!«

»Lasst sie gehen! Wir brauchen sie nicht mehr«, mischte sich Marcius unerwartet ein. Die ganze Zeit über hatte er geschwiegen. Jetzt wandte er sich an Lucius und Kleon. Mich dagegen würdigte er keines Blickes. Er tat fast so, als wäre ich gar nicht im Raum. Dabei war ich es gewesen, die ihn tagelang gepflegt hatte.

»Wie du meinst. Es ist deine Entscheidung.« Lucius hatte die Arme auf dem Rücken verschränkt und ging vor Marcius' Bett auf und ab. »Wir können nur hoffen, dass sie niemandem etwas von deiner Verletzung erzählt.«

»Das werde ich nicht tun«, versicherte ich schnell.

»Wenn doch, wirst du es bereuen«, knurrte Kleon. Ich hasste ihn für diese Bemerkung. Genauso wie für die Ohrfeige, die er mir gegeben hatte.

»Sie soll gehen«, befahl Marcius mit matter Stimme und schloss die Augen, so als könnte er meinen Anblick nicht länger ertragen. Fassungslos starrte ich ihn an.

»Nun denn, so sei es. Kleon, bring das Mädchen zu seiner Herberge oder wo immer es auch hin möchte!« Lucius fügte sich seinem Sohn mit zusammengekniffenen Lippen. Zum zweiten Mal seitdem ich hier war, fiel mir auf, dass Marcius' Wort etwas zählte. Hedda und Erik hatten, soweit ich mich erinnerte, noch nie auf mich gehört, und so viel jünger als Marcius war ich nicht.

»Danke. Ich werde jetzt Filippa holen, um ihr zu zeigen, wie man die Fäden zieht«, murmelte ich.

»Das ist nicht nötig.« Kleon hielt mich zurück und klatschte in die Hände. Sogleich erschien eine junge Sklavin, deren Name ich nicht kannte, die ich aber schon ein paar Mal zuvor gesehen hatte.

»Bring mir Filippa«, herrschte Kleon sie an. Ich ahnte, dass sein Ärger mir galt. Das Mädchen, das nichts für seinen Unmut konnte, rauschte mit eingezogenem Kopf davon.

Kurze Zeit später erschien Filippa mit demütig gesenktem Blick: »Ja, Herr?«

»Die Germanin wird uns noch heute verlassen. Deshalb wird sie dir zeigen, wie man die Fäden zieht, damit du es dann machen kannst«, sagte Lucius mit einer Stimme, die mich frösteln ließ. Ich wusste, dass er meinen Namen kannte, aber er benutzte ihn nicht.

Stattdessen bezeichnete er mich als Germanin, obwohl ich ihm mehrfach gesagt hatte, dass ich keine sei.

Ich gab mir alle Mühe, mich nicht darüber zu ärgern und winkte Filippa zu mir ans Bett. Mit weit aufgerissenen Augen folgte sie meiner Aufforderung. Wie entsetzt wäre sie wohl erst gewesen, wenn sie geahnt hätte, dass ich ihr etwas erklären wollte, was ich selbst noch nie gemacht, sondern nur bei meinen Eltern beobachtet hatte?

Es war eine absurde Situation. Filippa und ich standen über Marcius' Bein gebeugt mit Kleon und Lucius im Nacken. Angestrengt versuchte Filippa, meinem improvisierten Vortrag über das Ziehen der Fäden zu folgen. Öfter als unbedingt nötig berührte ich dabei mit meinen Fingerspitzen Marcius' Bein in Höhe der Wunde. Ich konnte einfach der Versuchung nicht widerstehen, noch einmal seine glatte, warme Haut zu spüren. Marcius zuckte unter meiner Berührung jedes Mal leicht zusammen, den Blick starr zur Decke gerichtet.

»Bist du bald fertig?«, presste er zwischen den Zähnen hervor.

»Ja, wenn Filippa keine Fragen mehr hat, war's das.«

»Ich glaube, ich habe alles verstanden«, brachte Filippa mit Mühe hervor. Ich sah, wie sie ihre Hände knetete.

»Gut. – Dann verbinde ich jetzt wieder die Wunde.« Langsamer als sonst wickelte ich eine frische Mullbinde um Marcius' Bein. Mit jedem Zentimeter, den ich verbrauchte, rückte der Abschied näher.

»Fertig!«

Marcius reagierte nicht. Hinter mir hörte ich ein Geräusch. Lucius und Kleon waren noch immer im Raum, was das Verabschieden nicht gerade leichter machte.

Ich holte tief Luft und sagte: »Ich bin fertig. Leb wohl, Marcius!«

Fast widerwillig drehte er seinen Kopf zu mir. Unsere Augen trafen sich und hielten sich für mehrere Sekunden lang fest. Wenigstens kam es mir so vor.

»Danke«, sagte Marcius. Dann blickte er wieder zur Zimmerdecke hoch.

Unschlüssig stand ich vor seinem Bett.

»Komm, wir müssen deine Sachen holen.« Filippa zog mich nach einem kurzen Blickwechsel mit Kleon aus dem Zimmer.

»Stimmt, die hätte ich fast vergessen. Das Beste ist, ich ziehe sie gleich an. Dann kann ich dir auch endlich deine Tunika zurückgeben.«

Ich schien einen sehr niedergeschlagenen Eindruck zu machen, denn Filippa nahm mich auf dem Flur vor Marcius' Zimmer spontan in den Arm.

»Du wirst mir fehlen, Elina. Die Tunika kannst du behalten. Als Erinnerung. Damit du mich nicht vergisst.«

»Ich werde dich niemals vergessen«, erwiderte ich mit belegter Stimme.

Gemeinsam gingen wir in ihr Zimmer. Dort lagen meine Jeans und meine Bluse sauber gewaschen auf dem Schemel. Mit einem Seufzer zog ich mich um, faltete Filippas Tunika und steckte sie in einen Lederbeutel, den sie mir reichte. Wir umarmten uns noch einmal.

»Leb wohl und vielen Dank für alles«, flüsterte ich.

»Irgendwann werden wir uns wiedersehen«, lächelte Filippa. »Bis dahin, pass auf dich auf!«

Mein Herz zog sich schmerzhaft zusammen. Mir war klar: Wenn ich den Weg zurückfand, würde ich Filippa niemals wiedersehen. Genauso wenig wie Marcius.

GEFÄHRLICHES PULVERFASS

Zusammen mit Kleon verließ ich das Haus. Ich war in einer merkwürdigen Stimmung. Einerseits hoffte ich inständig, den Weg zurück in die Gegenwart zu finden und meine Eltern endlich wiederzusehen. Andererseits war ich traurig, diese Welt hinter mir lassen zu müssen. Schweigend liefen Kleon und ich den Sandweg entlang, den wir vor über einer Woche auch entlanggegangen waren. Nur in umgekehrter Richtung.

»Weißt du noch, wo genau du mich gefunden hast?«, fragte ich.

»Irgendwo dort drüben.« Kleon zeigte mit der Hand auf eine Baumgruppe rechts vor uns. »Wieso?«

»Ich vermisse seitdem meinen Armreif«, log ich. »Vielleicht liegt er dort auf dem Boden. Ich würde gern mal nachsehen.«

»Meinetwegen«, brummte Kleon und verlangsamte kurz darauf den Schritt. »Auf dieser Höhe etwa war es.« Er nickte mir auffordernd zu. Mit weichen Knien verließ ich den Sandweg und quetschte mich an Sträuchern und Büschen vorbei bis zu der Stelle, wo die Zypressen und Platanen standen. Suchend schaute ich mich um. Wo mochte das Tor zur Gegenwart sein? Ob es wohl noch geöffnet war? Die Bäume sahen für mich alle gleich aus. Obwohl es noch nicht so lange her war, konnte ich mich nicht daran erinnern, an welchen Stamm ich gelehnt hatte, als das Unglaubliche geschah.

»Hast du den Armreif?« Kleon war mir gefolgt.

»Nein, leider nicht.« Ich ging von einem Baum zum nächsten und tat so, als würde ich den Boden absuchen. Dabei lehnte ich mich möglichst unauffällig an jeden der Stämme. Nichts passierte.

»Bist du sicher, es war hier?«, fragte ich Kleon. »Ich meine, weißt du welcher Baum es genau war, an dem ich stand?«

»Könnte hier gewesen sein.« Kleon deutete mit seinem Kinn auf eine mächtige Platane. »Vielleicht hast du den Armreif ja woanders verloren«, sagte er plötzlich misstrauisch.

»Warte, ich gucke hier noch mal nach«, entgegnete ich rasch. Wie zufällig lehnte ich mich mit dem Rücken an die Platane, auf die Kleon gezeigt hatte und starrte angestrengt auf die Erde. Wieder geschah nichts. Verzweifelt bewegte ich mich mit kleinen Schritten um die Platane herum, ohne den Rücken vom Stamm zu lösen.

»Was machst du da?« Kleon klang noch misstrauischer.

»Ich suche«, erwiderte ich und bemühte mich, gleichmütig zu klingen. In Wahrheit war ich mit den Nerven am Ende. Ich fand den Weg, sofern man davon überhaupt so sprechen konnte, nicht zurück in meine Zeit. Entweder war ich an der falschen Stelle oder die Raumzeit berührte sich hier nicht mehr. Was sollte ich bloß tun? Wie kam ich jetzt zurück? Was sollte aus mir werden? Tausend Fragen schossen mir durch den Kopf.

»Hier ist nichts. Das sieht man doch auf einen Blick!« Kleon packte mich am Handgelenk und zog mich durch das Unterholz auf den Sandweg zurück. »Genug gesucht! Ich bringe dich jetzt zu deiner Herberge. Wo war sie doch gleich?«

»In der Nähe des Forums«, antwortete ich mechanisch.

»Dann los jetzt! Ich bin zwar dagegen, dich dorthin zu bringen, aber Lucius hat es befohlen«, knurrte Kleon. Am liebsten hätte ich ihn angeschrien, dass das jetzt nicht mehr nötig sei. Doch ich hielt den Mund und folgte ihm mit gesenktem Kopf.

»Da drüben ist es.« Kleon war am Fuß des Palatin stehen geblieben und zeigte auf eine Ansammlung prachtvoller, monumentaler Bauten. Staunend sah ich mich um. Das sollte das Forum Romanum sein? Mit der Ruinenlandschaft, durch die ich noch vor Kurzem mit Erik gestreift war, hatte es keinerlei Ähnlichkeit. Ich konnte es kaum glauben. So also sah es aus, das antike Rom!

»Wo ist das ...?« In letzter Sekunde biss ich mir auf die Zunge. Nicht weit von uns hätte sich eigentlich das Kolosseum befinden müssen. Gerade noch rechtzeitig fiel mir ein, dass Erik mir aus seinem Reiseführer vorgelesen hatte, dass das Kolosseum erst nach Christi Geburt und damit auch nach Cäsars Tod gebaut worden war.

»Wo ist was?« Kleon zog die Augenbrauen hoch.

»Ich frage mich nur …«, suchte ich nach einer möglichst unverfänglichen Antwort. »Ich frage mich nur, wo die Herberge ist. Von hier aus sieht alles so fremd aus.«

»Hast du nicht neulich behauptet, du würdest allein zurückfinden, sobald dich jemand zu der Stelle bringt, wo ich dich aufgegriffen habe?« Kleon machte ein grimmiges Gesicht.

»Ja, ich weiß, aber ich hatte es anders in Erinnerung«, gab ich kleinlaut zu.

»Wie dem auch sei, wir werden die Herberge schon finden. Meines Wissens kann sie nur in einer der Seitenstraßen dort drüben sein«, brummte Kleon.

Anders als er wusste ich genau, dass wir das Hotel niemals finden würden, was ich ihm aber schlecht sagen konnte. Also marschierte ich weiter neben ihm her. Auf dem Forum und in den Seitenstraßen herrschte ein unglaubliches Gedränge. Zwischen Marktständen mit Gemüse, Obst und Fleisch zwängten sich hunderte von Menschen. Hin und wieder teilte sich die Menge, um für eine Sänfte Platz zu machen, die von mehreren Männern getragen wurde. Auch Eselkarren versuchten, sich in dem Getümmel einen Weg zu bahnen. Am Straßenrand saßen bettelnde Kriegsveteranen mit fehlenden Gliedmaßen und Augen. Hunde, die so abgemagert waren, dass man ihre Rippen sehen konnte, streiften um die Männer herum und balgten sich um die Marktabfälle. Grell geschminkte Frauen in Kleidern, die mehr preisgaben als verhüllten, hakten sich unaufgefordert bei meinem mürrischen Begleiter unter und fragten ihn, ob er nicht Lust auf ein Schäferstündchen habe. Kleon antwortete ihnen nicht, sondern stieß sie nur knurrend weg. Rom glich einem Pulverfass, das kurz vorm Explodieren war. Ein derartiges Chaos hatte ich noch nie erlebt. Am Unangenehmsten waren jedoch die vielen Hände, die nach mir griffen.

»Was haben wir denn da? Eine hübsche germanische Sklavin! Für dich hätte ich auch Verwendung«, grinste mich ein zahnloser Mann an.

»Was für ein zartes Lämmlein«, sagte ein anderer und tätschelte mir den Arm.

»Fort mit euch«, zischte Kleon. Zum ersten Mal, seitdem ich ihn kannte, war ich ihm dankbar. »Bleib dicht bei mir«, riet er mir.

Langsam schoben wir uns durch die Menge. Vor einem mehrstöckigen Haus blieb Kleon stehen. »War es hier?« Er wies mit der Hand auf eine Tür. Ich schüttelte den Kopf.

Kleon steuerte daraufhin eine weitere Herberge an. Und dann noch eine, und noch eine. Stundenlang, so kam es mir vor, irrten wir durch die vollen Straßen. Jedes Mal, wenn Kleon auf ein Gebäude zeigte, schüttelte ich nur stumm den Kopf.

»Jetzt waren wir bei allen Gasthöfen, die es in der Umgebung gibt.« Kleon blieb stehen und kratzte sich nachdenklich am Kopf. »Bist du sicher, dass keiner davon der richtige war?«

»Ja, ich bin mir ganz sicher«, sagte ich leise. Ich war von dem sinnlosen Suchen völlig erschöpft und durstig. Am Schlimmsten fand ich aber die Aussicht, Hedda und Erik niemals wiederzusehen. Ich war gefangen in einer anderen Zeit und an einem Ort, in dem es laut war und stank. Rom gefiel mir von Minute zu Minute weniger.

Direkt neben uns brach auf einmal ohne erkennbaren Grund ein Tumult aus. Ehe ich mich versah, hatten sich schreiende Menschen zwischen Kleon und mich gedrängt. Nur noch kurz konnte ich sein Gesicht in der Menge ausmachen, dann war es verschwunden.

»Keine Sorge, mein Täubchen, bei mir bist du in Sicherheit.« Der schmierige Kerl, der vorhin meinen Arm getätschelt hatte, stand wie aus heiterem Himmel neben mir und zog mich in ein kleines Haus auf der anderen Straßenseite.

Ich versuchte, mich aus seinem Griff zu befreien und rief so laut ich konnte: »Lass mich los!« Vergebens. In dem Getümmel gingen meine Schreie unter. Niemand nahm Notiz von mir. Der Mann schubste mich in aller Seelenruhe in einen dunklen, übel riechenden Raum.

»Lass mich los«, schrie ich erneut.

»Nun hab dich doch nicht so«, sagte er und verzog seine Lippen zu einem bösartigen Lächeln. Schlechter Atem schlug mir entgegen. Angewidert verzog ich das Gesicht und trat ihm mit aller Kraft gegen das Schienbein.

»Na, na, du kleine Kratzbürste!« Er gab mir einen Stoß gegen die Brust, sodass ich auf ein Bett fiel, das sich direkt hinter mir befand. Breitbeinig stand der Mann vor mir und blickte auf mich herab. Er hatte fettige Haare und einen dicken Bauch. Mit einem schnalzenden Geräusch knotete er seinen Ledergürtel auf und ließ ihn durch seine Finger gleiten. Sie waren dreckig und dick.

Panisch sah ich mich in dem dunklen Raum nach einer Fluchtmöglichkeit oder Waffe um. Der Mann verfolgte meinen Blick und grinste hämisch. Schritt für Schritt kam er auf mich zu. Ich rutschte auf dem Bett, das an einer Wand stand, so weit ich konnte nach hinten.

»Wenn du mir etwas tust, dann …«, drohte ich halbherzig.

»Was dann? Deine Kleidung sieht sonderbar aus«, stellte er unvermittelt fest. Er musterte mich von oben bis unten und ließ abermals den Ledergürtel durch seine Hände gleiten. »Besser du machst keine Schwierigkeiten!«

Jetzt oder nie! Ich schnellte von dem Bett hoch und versuchte, mich mit aller Kraft an dem Fiesling vorbei in Richtung Haustür zu drängeln. Er hatte offenbar damit gerechnet und fing mich mit seinen Armen ab. Nach einem kurzen Gerangel, das ihm Spaß zu machen schien, schleuderte er mich mit voller Wucht auf das Bett zurück. Ich landete unsanft auf dem Po, kippte nach hinten über und haute mit dem Kopf hart gegen die Wand. Für einen kurzen Augenblick wurde mir schwarz vor Augen. Nur das Keuchen des Mannes nahm ich wahr. Es kam bedrohlich näher und näher. Als ich wieder klar sehen konnte, machte der Kerl gerade Anstalten, seine Tunika hochzuheben. Angeekelt wandte ich den Kopf ab.

»Wie gesagt: Besser du machst keine Schwierigkeiten«, knurrte er.

»Das rate ich dir auch!« Kleon tauchte völlig unerwartet mit einem Knüppel bewaffnet im Türrahmen auf. Wo hatte er den auf einmal her? Noch nie hatte ich mich über seinen Anblick so gefreut wie in dieser Sekunde. Ich schickte ein Dankgebet zum Himmel.

Der Mann drehte sich zu Kleon um. »Was hast du hier zu suchen? Das ist mein Haus«, herrschte er ihn an.

»Schon möglich«, meinte Kleon mit leiser Stimme, »aber es ist nicht dein Mädchen. Elina, komm wir gehen!«

»Hier geht niemand, wenn ich es nicht erlaube.« Der Mann griff nach einem Messer, das auf einer Bank lag.

»Wie du meinst«, hörte ich Kleon sagen. Voller Entsetzen sah ich, wie er den Knüppel sinken ließ und auf dem Absatz kehrtmachte.

Mir blieb fast das Herz stehen. Kleon ließ mich allein! Einfach allein. Bei diesem grauenvollen Mann. Das konnte er doch nicht machen! Er konnte doch nicht einfach weggehen. Aber er tat es, er ließ mich im Stich.

»Ach, übrigens«, Kleon blickte kurz über die Schulter, »das Mädchen steht unter dem persönlichen Schutz von Senator Lucius Sulla. Erwähnte ich das schon?« Herablassend musterte er den Raum, um mit gelangweilter Stimme fortzufahren. »Zufällig weiß ich, dass der Senator es gar nicht gerne sieht, wenn man sich an seinen Schutzbefohlenen vergreift. Und das Gericht auch nicht. Dir ist klar, was mit Männern wie dir passiert?«

Dies war eindeutig keine Frage, sondern eine Drohung. Der Mann wurde blass.

»Senator Lucius Sulla, sagst du?!« Unruhig blickte er zwischen mir und Kleon hin und her. In seinem Gesicht arbeitete es. »Ich wollte sie doch nur vor dem Handgemenge da draußen beschützen. Mehr nicht. Ich schwöre es. Nur beschützen. Das alles ist ein Missverständnis«, stammelte er. »Sag das deinem Herrn, ja?!«

Kleon würdigte den Mann keines Blickes. »Komm, wir gehen«, sagte er zu mir. Mit wackeligen Beinen stand ich auf, drängte mich an dem Mann vorbei und verließ zusammen mit Kleon das Haus.

Selbst als wir schon lange wieder auf der Straße waren, hämmerte mein Herz noch wie verrückt. Sosehr ich mich auch anstrengte, ich schaffte es nicht, mich zu beruhigen. Vor allem wurde ich das Gefühl nicht los, alles schon mal erlebt zu haben. Ich konnte mich nur nicht erinnern, wann und wo. Plötzlich fiel es mir ein. Natürlich! Vor ein paar Wochen vorm Schultor, als Dennis mich bedroht hatte und Jonas mir zur Hilfe geeilt war. Wie hatte ich das nur vergessen können?! Seitdem war einfach zu viel passiert. Zwischen meinem alten und meinem jetzigen Leben lagen Welten. Und es gab nichts, was sie miteinander verband. Keinen Weg, keine Brücke. Nichts. Ich war gefangen in einer Zeit, die nicht meine war. Weder meine Eltern noch Jonas würde ich jemals wiedersehen. Ich kämpfte mit den Tränen.

»Was jetzt? Ich kenne keine weiteren Herbergen in der Umgebung«, beendete Kleon meine trübsinnigen Gedanken.

»Ich weiß auch nicht«, formte mein Mund. Ich stand noch immer unter Schock.

»Am besten bringe ich dich zum Haus des Senators zurück. Hier kannst du, so wie du aussiehst, nirgends bleiben«, entschied Kleon.

»Wie du meinst«, war alles, was ich sagen konnte.

Der Rückweg kam mir unendlich lang vor. Ich hatte Durst und mein Schädel brummte. Erst jetzt merkte ich, wie weh er tat. Zu allem Überfluss war es schwülwarm geworden, fast schon heiß. Ich sehnte mich nach einer kalten Dusche, um den Dreck von mir abzuspülen. Ich fühlte mich unglaublich beschmutzt. Am liebsten hätte ich auf der Stelle losgeheult.

Endlich passierten wir das Tor, hinter dem Lucius' Grundstück lag. Ich quälte mich an Kleons Seite den Sandweg zur Villa hinauf. Auf halber Strecke kam uns Filippa entgegen. Sie hatte einen Korb unterm Arm und wollte anscheinend zum Markt. Mit einem kleinen Freudenschrei ließ sie den Korb fallen, rannte auf mich zu und umarmte mich. »Du bist wieder da! Wie schön. Ich hatte es so gehofft.«

»Wir haben meinen Vater nicht gefunden.« Apathisch ließ ich ihre Umarmung über mich ergehen.

»Oh, das tut mir leid. Wie selbstsüchtig von mir. Ich freue mich und du bist traurig. Verzeih mir bitte.« Filippa ließ mich los und machte ein betretenes Gesicht.

»Du kannst ja nichts dafür«, entgegnete ich.

»Wie lange soll ich denn hier noch rumstehen?! Ich habe Durst«, murrte Kleon und scheuchte Filippa davon. Bevor sie hinter einer Wegbiegung verschwand, winkte sie mir noch einmal kurz zu. Ich schaffte es nicht, meine Hand zu heben und zurückzuwinken.

Wir hatten das Haus erreicht und machten uns auf die Suche nach Lucius. Was er wohl sagen würde, wenn er sah, dass Kleon mich wieder zurückgebracht hatte?

Vor dem Innenhof mit dem Wasserbecken, in dem, wie ich mittlerweile erfahren hatte, das Regenwasser aufgefangen wurde, stoppten wir und lauschten. Aus einem nahe gelegenen Zimmer ertönten Stimmen. Wir folgten dem Gemurmel und standen schon bald vor dem Raum, in dem ich Marcius' Wunde genäht hatte. Lucius befand sich in der Mitte des Zimmers, umringt von mehreren Männern, mit denen er hitzig diskutierte. Einige der Männer trugen rot gesäumte weiße Senatorentogen. Als sie Kleon und mich bemerkten, hörten sie augenblicklich auf zu reden und fuhren auseinander. Damit gaben sie den Blick frei auf Marcius, der auf einem Stuhl direkt hinter ihnen saß, sein verletztes Bein weit von sich gestreckt. Minutenlang, so schien es mir, schauten wir uns an. Marcius' Gesicht war völlig ausdruckslos. Ich konnte keine Gefühlsregung erkennen. Er sah mich einfach nur mit seinen gelblich braunen Steppenaugen an, und ich erwiderte seinen Blick.

Lucius' schneidende Stimme schreckte mich hoch: »Was hat das zu bedeuten, Kleon? Wieso ist das Mädchen hier?«

»Herr, wir konnten die Herberge nicht finden und da hielt ich es für das Beste, es wieder zurückzubringen.«

»Wieso konntet ihr die Herberge nicht finden?«, fragte Lucius ärgerlich.

»Das Mädchen kann sich nicht mehr daran erinnern, wo sie ist. Außerdem kam es auf den Straßen zu Krawallen, da haben wir die Suche lieber abgebrochen.« Kleon zupfte nervös an seinem Ohrläppchen.

»Was soll das heißen, das Mädchen kann sich nicht erinnern?! Das ist äußerst merkwürdig.« Lucius machte ein unwilliges Gesicht. »Und? Was sollen wir jetzt mit ihm anfangen?«

»Ich wüsste schon was«, mischte sich ein junger Mann halblaut ein. Wenn ich mich nicht täuschte, war es Verus, Marcius' bester Freund. Er und ein paar andere Männer, die zur sogenannten Ritterschaft gehörten, hatten Marcius neulich verwundet nach Hause gebracht. Danach hatte ich Verus noch ein paar Mal aus der Ferne gesehen. Er war mir aufgefallen, weil er größer als die anderen war und rötliche Haare hatte. »Überlass das Mädchen ruhig mir«, fügte Verus hinzu und grinste anzüglich.

»Wage nicht einmal, daran zu denken«, zischte Marcius leise. Ich hatte es trotz allem gehört. Erst jetzt bemerkte ich, wie blass und eingefallen sein Gesicht war. Er sah überanstrengt aus. Bestimmt hatte er Schmerzen. Auf einmal machte ich mir mehr Sorgen um ihn, als um mich selbst.

»Du hättest nicht aufstehen sollen. Das ist zu früh. Du ...«, setzte ich an.

»Kleon, kümmere dich um sie! Morgen sehen wir weiter«, unterbrach Marcius mich. Seine schroffe Stimme traf mich wie eine Ohrfeige. Ich fühlte meine Wange brennen, wie an dem Abend, als mich Kleon geschlagen hatte. Wut stieg in mir auf. Wie redete Marcius eigentlich mit mir? Erst rettete ich ihm sein Leben, und nun setzte er mit seinem Leichtsinn seine Gesundheit und meine ganz Arbeit aufs Spiel.

Bevor ich etwas erwidern konnte, schnappte mich Kleon und brachte mich zu Filippas Zimmer. Wieder eine wortlose Wanderung, die kein Ende zu nehmen schien. Erst vor dem beigen Vorhang, hinter dem sich Filippas kleines Reich befand, ließ Kleon meinen Oberarm los.

»Danke«, sagte ich leicht sarkastisch, und dann ernst: »Danke für vorhin.«

Kleon brummte nur etwas Unverständliches und verschwand in Richtung Innenhof. Er war noch nicht ganz außer Sichtweite, da wich sämtliche Kraft aus meinem Körper. Völlig erschöpft schob ich den Vorhang zur Seite, wankte zu meinem Bett, das zum Glück noch niemand weggebracht hatte, und ließ mich darauf fallen. Anders als erwartet, fühlte ich mich jedoch im Liegen auch nicht besser. Ich war zu kaputt und zu überdreht, um zur Ruhe zu kommen.

An Schlaf war erst recht nicht zu denken. Hoffentlich kam bald Filippa. Es gab so vieles, was ich ihr erzählen wollte: von unserer vergeblichen Suche nach der Herberge, von dem grässlichen Kerl, wie Kleon mich vor ihm gerettet hatte und über Marcius. Ich hatte das Gefühl, fast zu platzen, wenn ich nicht bald mit jemandem darüber sprach.

Beinahe genauso wie der Vorfall in der Stadt, belastete mich die Frage, warum Marcius so unfreundlich zu mir war. Schon beim Abschied hatte er sich eigenartig benommen. Andererseits hatte er auf Verus' schlüpfrige Bemerkung scharf reagiert: »Wage nicht einmal, daran zu denken!« Das musste doch etwas bedeuten. Oder nicht? Ich unterdrückte einen Schluchzer. Bloß nicht weinen! Mein Kopf schmerzte auch so schon genug. Hoffentlich hatte ich keine Gehirnerschütterung. Wenn wenigstens Marcius nicht so komisch zu mir wäre! Ich unterdrückte wieder einen Schluchzer und schimpfte mit mir selbst. Marcius war nun wirklich mein geringstes Problem! Viel entscheidender war die Frage, was aus mir werden sollte.

Die Zeit tröpfelte dahin, ohne dass Filippa auftauchte. Dabei wollte ich so gern mit ihr reden.

Ich wartete und wartete. Mit jeder Sekunde, die verstrich, wurde ich wütender. Nie war jemand da, wenn man ihn brauchte!

Die Sonne war bereits untergegangen, als Filippa endlich ins Zimmer gehuscht kam. In meinem ganzen Leben hatte ich noch nie jemanden erlebt, der sich so geräuschlos bewegen konnte. Fast wie ein Geist.

»Ich bin so froh, dass du wieder da bist«, hörte ich den Geist mit Filippas Stimme flüstern. Er beziehungsweise sie musste direkt vor meinem Bett stehen.

Ich reagierte nicht, sondern tat so, als würde ich bereits schlafen. Jetzt wollte ich nicht mehr mit ihr sprechen! Ich war sauer, dass sie mich so lange hatte warten lassen. Sie kam zu spät. Sie war selbst schuld daran, wenn ich ihr nichts über mich und meine Gehirnerschütterung erzählte! Ich wollte einfach nur noch meine Ruhe haben.

Ich hörte, wie Filippa leise zu ihrem Bett tappte, sich auszog und hinlegte, während ich mit geschlossenen Augen über meine Zukunft nachdachte. Eine Zukunft, die aller Wahrscheinlichkeit nach in der Vergangenheit lag. Eine beklemmende Vorstellung.

MARCIUS' BOTSCHAFT

Gleich nach dem Aufstehen kam Kleon zu uns ins Zimmer. Da es keine Tür gab, an die er klopfen konnte, kündigte er sich durch ein Räuspern an.

»Der junge Herr lässt dir ausrichten, dass du als Gast in diesem Haus bleiben darfst. Allerdings bittet er dich, das Anwesen von Senator Lucius nicht zu verlassen. Wann immer du in die Stadt willst, sollst du Bescheid sagen, damit dich einer von uns begleitet.« Kleon stand vor dem Schemel, auf dem ich gerade saß und mir die Haare kämmte, und sah mich eindringlich an. »Ich hoffe, du begreifst, welche Gunstbezeugung das ist. Du hättest auch als Sklavin enden können.«

Mein Mund zuckte. Ich konnte mich nicht entscheiden, ob ich nach Luft schnappen oder Kleon eine scharfe Antwort servieren sollte. Den letzten Satz hätte er sich wirklich sparen können – er war eine unnötige Gemeinheit. Eigentlich hatte ich nach den gestrigen Ereignissen gehofft, unser Verhältnis hätte sich gebessert, doch da hatte ich mich wohl wie so oft getäuscht. Andererseits ahnte ich, dass Marcius' Anordnung für ihn und Filippa sehr verletzend sein musste. Ausgerechnet ich, die Fremde, galt als Gast, während sie Sklaven waren und blieben. Nützliches Handwerkszeug und Handelsware. Mehr nicht.

Ich beschloss, einfach nur tief durchzuatmen.

»Warum hat mir Marcius das nicht selbst mitgeteilt?«, fragte ich Filippa, kaum dass Kleon gegangen war. Über Nacht hatte meine Wut auf sie nachgelassen und glücklicherweise auch meine Kopfschmerzen.

Mit großen Augen sah sie mich an. »Warum sollte er? Dafür ist Kleon da! Sei doch froh, dass du hier bleiben kannst. Also wenn du nicht glücklich darüber bist, ich bin es. Komm, ich mache dir jetzt die Haare!« Sie nahm mir den Kamm aus der Hand.

»Nicht, das kann ich selbst«, wehrte ich sie ab.

»Was ist? Habe ich etwas verkehrt gemacht?«

»Nein, ich kann das nur selbst tun. Du musst das nicht machen.«

Ich wollte nicht, dass sich Filippa mir gegenüber wie eine Bedienstete benahm oder fühlte. In Afrika hatten wir zwar Hauspersonal gehabt, das hatte für seine Arbeit jedoch Geld bekommen und mir auch nie die Haare gekämmt.

»Ich würde dich gern wie eine richtige Römerin frisieren. Es würde dir bestimmt gut stehen.« Sie hielt den Kopf etwas schief und sah mich bittend an.

»Ich weiß nicht.«

»Es würde mir nicht nur Spaß machen, es könnte auch hilfreich sein«, meinte sie vorsichtig.

»Wieso?«

»Du siehst anders aus als wir. Und du benimmst dich auch so.« Filippa wählte jedes Wort sehr bedächtig. »Das macht die meisten hier – sagen wir mal – vorsichtig. Wenn du so aussiehst wie eine Römerin, gibt sich das vielleicht.«

Erst wollte ich hochfahren und ihr sagen, dass das Quatsch sei und es mir zudem gleichgültig sei, was die anderen über mich dachten. Da das jedoch nicht stimmte und ich auch nicht wusste, was *Quatsch* auf Lateinisch hieß, gab ich mit einem Seufzer nach.

»Na gut, meinetwegen.«

Augenblicklich machte sich Filippa an die Arbeit. Sie kämmte meine Haare zurück, teilte einzelne Strähnen ab und toupierte sie. Anschließend zwirbelte sie die Strähnen mehrmals um ihren Ringfinger und steckte die so entstandenen Haarkringel mit Nadeln an meinem Hinterkopf fest. Andere Strähnen flocht sie zu Zöpfen und befestigte sie ebenfalls am Hinterkopf. Nach und nach entstand eine kunstvolle Hochsteckfrisur.

»Jetzt siehst du aus wie eine vornehme Römerin. Sieh nur!« Sie reichte mir einen Handspiegel, der ganz und gar aus Bronze bestand. Die Spiegelfläche war so glatt poliert, dass ich mich in ihr tatsächlich sehen konnte.

»Hmm, hübsch.« Ich drehte meinen Kopf von rechts nach links. Ob ich nun einer Römerin glich und mich die anderen deswegen eher akzeptieren würden, wagte ich weiterhin zu bezweifeln. Für meine Begriffe sah ich einfach nur verkleidet aus. Viel interessanter als meine neue Frisur fand ich die Tatsache, dass Filippa offenbar keinen Spiegel aus Glas besaß. Ob der noch nicht erfunden worden war? Ich konnte sie schlecht danach fragen.

»Du, Filippa?! Warum ist Marcius eigentlich so abweisend zu mir? Ich habe ihm doch nichts getan«, fragte ich sie stattdessen.

»Du hast ihn wohl gern?!« Um ihre Lippen spielte ein wissendes Lächeln. Sofort bereute ich meine Frage.

»Nein. Also schon. Aber nicht so, wie du denkst«, entgegnete ich hastig.

»Das wirkt auf mich ganz anders.« Sie lächelte immer noch.

»Du irrst dich. Es gibt da jemanden in meinem Leben. Beziehungsweise gab. Wir haben uns vor ein paar Monaten getrennt. Eigentlich hat er sich von mir getrennt. Na ja, erst nachdem ich ihn verlassen habe. Es ist kompliziert.« Zum ersten Mal erzählte ich jemandem die Geschichte von Harry und mir. Anfangs stockend, schließlich immer lebhafter. Zum Schluss sprudelten die Worte förmlich aus mir heraus. Erst hatte ich Angst, dass mich der Schmerz wieder überwältigen würde. Doch das geschah nicht. In mir machte sich lediglich eine ruhige Traurigkeit breit, die ich gut ertragen konnte.

Filippa erwies sich als perfekte Zuhörerin. Sie zeigte Anteilnahme, ohne mich zu unterbrechen. Nachdem ich ihr alles erzählt hatte, schwiegen wir gemeinsam. Auch das fühlte sich gut an. In die Stille hinein sagte Filippa: »Weißt du Elina, nicht jeder, der nett zu dir ist, meint es auch gut mit dir. Umgekehrt gibt es Menschen, die behandeln dich unfreundlich, dennoch sind sie dir wohlgesonnen. Aus irgendeinem Grund können oder wollen sie dir nur nicht zeigen, dass sie dich mögen. Verstehst du, was ich meine?«

Ich spürte ein leises Ziehen in der Herzgegend. Nicht wegen Harry und auch nicht wegen Marcius, sondern weil ich Filippa so unglaublich gern hatte. Ich gab ihr einen Kuss auf die Wange und berichtete ihr auch gleich noch von meinen gestrigen Erlebnissen.

GAIUS QUINTUS

Nach besten Kräften half ich Filippa im Haushalt. Ich kontrollierte die Vorräte in der Speisekammer, goss Blumen, räumte auf oder entfernte den Staub auf den Möbeln und Büsten mit einem Wedel. Nicht weil es von mir erwartet wurde oder mir Spaß machte, sondern weil ich nicht wusste, was ich ansonsten tun sollte. Es gab keine Bücher, kein Internet, kein Telefon, keinen Fernseher. Zu Joggen war völlig ausgeschlossen. Spätestens dann hätten mich alle für verrückt gehalten.

Filippa hatte recht. Die meisten im Haus begegneten mir ohnehin mit Misstrauen. Ich bemerkte es an ihren Blicken, und ich hörte es an ihrem Getuschel. Wieder einmal war ich die Fremde, die keiner mochte. Daran änderte auch meine neue Frisur nichts. Außer Filippa gab es niemanden, mit dem ich reden konnte. Entsprechend schlich die Zeit dahin. Langsam. Zäh. Sie schien Umwege zu nehmen. Mein Leben hatte sich auf dramatische Weise entschleunigt. Was in Schweden eine Stunde gewesen war, entsprach hier fast einem halben Tag. Jedenfalls kam es mir so vor. Ich vermisste meinen alten Rhythmus. Meinen ganz normalen Alltag. Und vor allem meine Eltern.

Marcius sah ich, wenn überhaupt, nur aus der Ferne. Ich versuchte, an Filippas Worte zu denken. Trotzdem versetzte mir sein distanziertes Verhalten jedes Mal aufs Neue einen Stich. Sosehr ich mich auch bemühte, ich verstand es nicht. Beziehungsweise ich verstand ihn nicht.

»Heute kann er mir nicht mehr aus dem Weg gehen. Wenn ich die Fäden ziehe, muss er mich wohl oder übel ertragen. Es bleibt doch dabei, dass ich es mache, oder?«, fragte ich Filippa gähnend. Ich war gerade erst wach geworden und saß noch etwas verschlafen auf meiner Bettkante.

»Ja, natürlich. Aber du darfst so nicht denken, Elina!« Filippa setzte sich neben mich aufs Bett.

»Und was soll ich denn stattdessen denken?«

»Ach, Elina!« Sie legte begütigend ihre Hand auf meine. Manchmal wirkte Filippa fast schon mütterlich. Ich musste an Hedda denken und daran, wie oft wir uns gestritten hatten. Zu oft. Traurig legte ich meinen Kopf an Filippas Schulter und stellte mir vor, es wäre die meiner Mutter.

Hufgetrappel schreckte uns auf. Ich stolperte zum Fenster und sah gerade noch Marcius und Verus auf ihren Pferden hinter ein paar Bäumen verschwinden.

Das war doch nicht zu fassen! Ungläubig starrte ich den beiden hinterher. Wie konnte sich Marcius in seinem Zustand auf ein Pferd setzen? Viel wichtiger aber war die Frage, wann er zurückkehrte. So wie es aussah, konnte ich ihm vorerst nicht die Fäden ziehen. Ich wandte mich vom Fenster ab, um Filippa mein Leid zu klagen. Doch sie hatte bereits das Zimmer verlassen. Wahrscheinlich um schon mal das Frühstück vorzubereiten. Oder um meinem Jammern zu entgehen.

Missmutig schüttete ich Wasser aus einem Krug in eine Schüssel und wusch mir Gesicht und Hände. Zum Zähneputzen hatte Filippa mir ein kleines Töpfchen mit einer Paste gegeben, die aus Gerstenasche, Salz, Honig und Wein bestand. Als Zahnbürste diente mir mein Zeigefinger.

Ich war morgens noch nie besonders schnell gewesen. Inzwischen jedoch bewegte sich eine Schnecke im Vergleich zu mir fast schon dynamisch. Wozu auch beeilen? Ich hatte Zeit. Mehr als genug. Ich trödelte noch eine Weile herum, dann streifte ich mir Filippas blaue Tunika über und machte mich auf den Weg zum Speisezimmer.

Auf den Fluren und Innenhöfen herrschte bereits reges Treiben. Normalerweise gingen Lucius' Sklaven ihrer Arbeit ruhig und mit einer gewissen Würde nach. Heute lag eine seltsame Nervosität in der Luft. Auf einem der zahlreichen Gänge eilte mir Filippa entgegen. Der Duft von frisch gebackenem Brot haftete an ihr.

»Da bist du ja endlich, Elina! Gerade wollte ich dich holen!« Hektische Flecken brannten in ihrem Gesicht.

»Ist was passiert?«, fragte ich besorgt. Automatisch musste ich an Marcius denken.

»Wir bekommen heute Abend wichtigen Besuch. Kannst du mich zum Markt begleiten und mir beim Einkaufen helfen? Kleon hat es erlaubt.«

»Natürlich. Wer kommt denn?«

Fahrig strich sich Filippa eine Locke aus der Stirn. »Senator Gaius Quintus hat sich angekündigt. Er gilt als Anhänger von Julius Cäsar. Ich fürchte, der Besuch hat nichts Gutes zu bedeuten.«

»Wie kommst du darauf?«, wollte ich wissen.

»Kommst du jetzt mit zum Markt oder nicht?« Filippas Augen huschten unruhig umher.

»Ich hab doch längst *ja* gesagt«, erwiderte ich etwas beleidigt.

Ohne Frühstück brach ich mit Filippa auf. Drei kräftige Sklaven begleiteten uns den Palatin hinunter. Die Sonne hatte sich bereits durch den morgendlichen Dunst hindurchgekämpft und schien für die Jahreszeit viel zu warm vom Himmel herab. Nach Filippas Erzählungen zu urteilen, musste es Oktober im Jahr 50 vor Christus sein, denn Cäsar hielt sich noch in Gallien auf, schien aber nach Rom zurückkehren zu wollen. Cäsar. Ein Mythos, der für mich immer mehr zur Realität wurde. Ich konnte nach wie vor kaum glauben, was mit mir geschehen war. Es war alles so unwirklich. Und auch wieder nicht. Mein knurrender Magen und der Staub auf meinen Füßen fühlten sich sehr real an.

Vor uns auf dem Sandweg waren die Hufspuren von Marcius' und Verus' Pferden zu erkennen. »Weißt du, wohin sie geritten sind?«, fragte ich so beiläufig wie möglich. »Ich meine, weil für heute doch geplant war die Fäden zu ziehen.«

Filippa zuckte nur die Achseln.

»Hat es was mit dem Besuch dieses Senators zu tun, dass er weggeritten ist – wie heißt er gleich noch mal?« Wir waren inzwischen am Fuße des Hügels angekommen und Filippa steuerte, ohne zu antworten, auf den Markt zu.

»Filippa, wie heißt er?«, wiederholte ich meine Frage.

»Wer?«

»Der Senator, der uns heute besucht.« Ich verdrehte die Augen.

»Gaius Quintus. – Elina, du musst aufhören, über Dinge nachzudenken, die dich nichts angehen!«

»Aber ...«

»Nichts aber. Halt das lieber.« Sie drückte mir einen Korb in die Hand. Wir hatten die ersten Marktstände auf dem Forum erreicht. Nicht weit von hier hatte mich in irgendeiner Seitenstraße neulich der schmierige Kerl in sein Haus gezogen. Nervös blickte ich nach rechts und links.

»Keine Sorge«, sagte Filippa, die meine Unruhe bemerkte. »Die Sklaven sind nicht nur zum Tragen da, sondern auch zu unserem Schutz. Keiner wird es wagen, uns anzurühren.« Sie ließ mich stehen und konzentrierte sich auf das Obst und Gemüse auf den Tischen vor uns. Kritisch hielt sie es in die Höhe und beäugte es von allen Seiten. Unverzüglich eilte ein Händler zu ihr und begann, seine Ware anzupreisen. Filippa schürzte die Lippen und legte das Obst scheinbar unzufrieden zurück auf den Tisch. Das Feilschen begann. Fasziniert beobachtete ich, wie Filippa erfolgreich die Preise herunterhandelte. Wenn ein Händler ihr Angebot absolut nicht akzeptieren wollte, drehte sie ihm einfach den Rücken zu und tat so, als würde sie zu einem benachbarten Stand gehen. Spätestens die Aussicht, eine Kundin an die verfeindete Konkurrenz zu verlieren, führte zu den gewünschten Preisnachlässen. Ich staunte. So hatte ich meine neue Freundin noch nie erlebt. *Menschen können einen überraschen. Wenn du denkst, du kennst sie, merkst du, dass du sie noch lange nicht kennst.* Ich musste an Heddas Worte denken, und an ihre leicht rauchige Stimme, die ich wohl nie wieder hören würde.

Beladen mit Feigen, Oliven, Melonen, Käse und Fleisch traten wir den Rückweg an. Langsam quälten wir uns durch die Menschenmassen. Es gab kaum ein Vorwärtskommen. Ich wurde angerempelt, geschubst und auf die Füße getreten. Dabei versuchten die drei Sklaven, die Filippa zum Tragen mitgenommen hatte, uns schon bestmöglichst abzuschirmen.

Unvermittelt blieb unsere kleine Gruppe stehen. Ein Mann hatte sich mit seinem Pferd vor uns aufgebaut. »Na, ihr Hübschen, wohin des Weges?«, fragte er. Ich zuckte zusammen. Doch dann erkannte ich Verus' Gesicht. Marcius' Freund grinste. »Darf ich mich euch anschließen?«, fragte er der Form halber und sprang von seinem Rappen. Filippa grunzte etwas, das ich nicht verstand. Die anderen Sklaven huschten ehrerbietig zur Seite, sodass Verus bequem neben mir gehen konnte. Sein Pferd führte er am Zügel.

»Wie gefällt es dir im Haus des Senators, Elina? So heißt du doch, oder?« In seinen Augen funkelte es übermütig.

»Danke, gut«, erwiderte ich vorsichtig.

»Lass sie in Ruhe«, zischte Filippa.

»Na, na, was ist das für ein Ton, werte Filippa! Muss ich dich daran erinnern, wer du bist?!« Sein grobes Gesicht verzog sich zu einem gutmütigen Lachen, wodurch er weniger furchteinflößend wirkte. Eigentlich sah er aus der Nähe betrachtet sogar ganz nett aus, fand ich. Verus erinnerte mich ein wenig an Jonas. Er hatte seine Statur, ähnliche Gesichtszüge und Augen. Nur seine Haare waren länger und rötlicher.

»Woran denkst du, meine schöne Blume?«, unterbrach er meine Überlegungen. Mit wiegenden Schritten stapfte er neben mir her. Bei seinem Anblick machten die Menschen schleunigst Platz für uns.

»An nichts Besonderes. – Bist du allein hier?«

»Sieht so aus.« Verus guckte mich verschmitzt an.

»Wo ist Marcius?«

»Zu Hause. Ich nehme an, er wartet schon ungeduldig darauf, dass du ihm endlich die Fäden ziehst, damit er dem ehrenwerten Senator Gaius Quintus heute Abend in tadellosem Zustand unter die Augen treten kann.«

»Zu Hause? Aber ihr seid doch zusammen weggeritten ...«

»Stimmt. Wir haben einen kleinen Ausritt gemacht. Die Pferde brauchten Bewegung.«

»Wieso ist Marcius schon zu Hause und du nicht?«

»Du stellst ziemlich viele Fragen. Ein kluge Frau sollte so etwas nicht tun.« Er wurde plötzlich ernst.

»Wer nicht fragt, bleibt dumm«, hielt ich dagegen. Verus blickte mich verdutzt an und brach in schallendes Gelächter aus.

»Du machst mir Spaß, mein Blümchen!« Noch immer lachend schwang er sich auf sein Pferd und galoppierte davon. Staub wirbelte auf. Ich hörte Filippa leise schimpfen. Einer der Sklaven hustete.

EINE UNERWARTETE FRAGE

Beeil dich, er kann manchmal sehr ungeduldig sein«, trieb mich Verus an. Er hatte den Auftrag erhalten, mich zu Marcius zu bringen und zu überwachen wie ich ihm die Fäden zog, da Kleon und Lucius dafür keine Zeit hatten. Sie seien, wie er mir erklärte, zu sehr mit den Vorbereitungen für den Besuch von Senator Quintus beschäftigt.

Schweigend folgte ich ihm mit Eriks Tasche unter dem Arm durch das große Haus. Marcius erwartete uns bereits in seinem Zimmer. Mit einem Nicken begrüßte er uns.

»Hier bringe ich dir Elina«, grinste Verus. »Ich lass euch mal lieber allein, damit ich dein Gejammere nicht mit anhören muss«, neckte er Marcius und verschwand. Ich blickte ihm einigermaßen verwundert hinterher. So richtig ernst nahm er seine Aufgabe anscheinend nicht, was Marcius nicht zu stören schien. Zumindest sagte er kein Wort. Auch nicht, als ich anfing, nervös in Eriks Tasche zu wühlen.

Das letzte Mal, als ich mit Marcius allein gewesen war, hatte er hohes Fieber gehabt. Heute hingegen war er bei vollem Bewusstsein. Mit zusammengekniffenen Augen verfolgte er jede meiner Bewegungen. Ich tat so, als würde ich es nicht bemerken, kramte aus der Tasche eine Schere hervor und beugte mich über die Naht an seinem Oberschenkel. Vorsichtig begann ich, den Faden in kleine Stücke zu zerschneiden. Dann schnappte ich mit einer Pinzette das erste Fadenende und zog es mit einem Ruck heraus. Marcius zuckte leicht zurück. Dort, wo sich eben noch der Faden befunden hatte, fing die Wunde leicht zu bluten an. Verdammt! Ich hatte mit dem Fädenziehen zu lange gewartet. Jetzt war der Faden schon an einigen Stellen eingewachsen.

»Tut mir leid.« Mein Zeigefinger strich wie von selbst tröstend über die Wunde, bevor ich mich an das nächste Fadenende machte, das wie ein schwarzer Stachel aus dem Narbengewebe ragte.

»Ich hörte, du warst verlobt?!«

»Wie bitte?« Ich ließ verblüfft die Pinzette sinken.

»Ich habe gehört, du warst mit einem Mann aus Afrika verlobt?«

»Nein.«

»Nein?« Er sah mich mit seinen gelblich braunen Augen durchdringend an, so als wollte er auf den Grund meiner Seele schauen. Es war schwierig, seinem Blick standzuhalten.

»Es gab also keinen Mann, dem du versprochen warst?«

»Ja. Nein. Also, ich meine, irgendwie schon. Woher weißt du das?« Ich war völlig überrumpelt. Mit einer derartigen Frage hatte ich nicht gerechnet.

»Irgendwie schon? Was heißt das?«

»Ich hatte einen Freund. Stimmt. Aber wir waren nicht verlobt. – Ist ja auch egal. Wir haben uns vor längerer Zeit getrennt.«

»Ein Freund? Wie konntet ...« Marcius suchte nach den richtigen Worten. »Wie konntet ihr euch nahestehen, wenn ihr nicht verlobt wart?«

»Er und ich – wir hatten – eine Verlobung war nicht notwendig – ich meine, wir waren dafür noch zu jung. Jetzt ist sowieso alles vorbei. Meine Eltern und ich sind aus Afrika weg, und er ist ...« Ich brach ab. Was ging das Marcius überhaupt an?! Während der vergangenen Tage hatte er mich keines einzigen Blickes gewürdigt und nun auf einmal interessierte er sich mehr für mich, als mir lieb war. Ich wurde wütend auf Filippa. Nur sie allein wusste von Harry. Sie musste es weitererzählt haben. Ich beschloss, sie später zur Rede zu stellen.

»Zu jung für Wein und zu jung für eine Verlobung. Sag Elina, wofür bist du noch zu jung?« Der Anflug eines Lächelns huschte über Marcius' Gesicht.

Ich merkte, wie ich ihn mit halb geöffnetem Mund anstarrte, was bestimmt wenig intelligent aussah. Am liebsten hätte ich mich hingesetzt. Aber wohin? In meinem Magen begann es zu kribbeln. Von den Flügelschlägen eines kleinen Schmetterlings, der ungebeten anfing, seine Runden zu drehen.

Marcius hatte es tatsächlich behalten! Er wusste noch, dass ich an dem Abend, an dem ich seine Wunde genäht hatte, keinen Wein trinken wollte, weil ich erst siebzehn war.

»Ich habe dich etwas gefragt?« Wieder dieser durchdringende Blick.

»Dort, wo ich herkomme, verlobt man sich frühestens mit achtzehn Jahren. Meistens ist man sogar noch älter.« Mir fiel selbst auf, dass das keine Antwort auf seine Frage war. Marcius hatte es bestimmt auch gemerkt, ging aber darüber hinweg.

»Woher kommst du?«

»Das habe ich doch schon tausendmal gesagt«, seufzte ich. »Ich würde viel lieber wissen, warum du immer so abweisend zu mir bist. Nicht gerade jetzt. Aber sonst«, entfuhr es mir. Zu spät biss ich mir auf die Zunge. Die Worte waren heraus. Ich konnte sie nicht mehr einfangen. Was hatte ich mir bloß dabei gedacht?!

»Du wunderst dich, weil ich abweisend bin?« Er schüttelte unmerklich den Kopf. »Und du weißt wirklich nicht, warum? Ich will es dir sagen. Der Grund ist: Du erzählst uns nicht die Wahrheit über dich.«

Ich kaute auf meiner Unterlippe. Was sollte ich dazu sagen? Marcius hatte recht. Ich konnte und durfte mein Geheimnis nicht preisgeben. Niemand würde mir glauben, und alles würde nur noch schlimmer werden. Mein Leben hier war schon so schwierig genug.

»Alles, was ich erzählt habe, ist wahr«, versuchte ich, mich aus der Affäre zu ziehen.

»Und was ist mit dem, was du nicht erzählst?« Marcius ließ sich nicht abschütteln. Er blieb mir auf den Fersen wie ein Jäger. Ich probierte es mit einem Gegenangriff. Bei Filippa hatte es neulich geklappt.

»Du erzählst mir auch nicht alles!«

»Wie meinst du das?«, fragte er.

»Ich weiß zum Beispiel nicht, wobei du dich so verletzt hast.«

»Das geht dich nichts an!«

»Verstehe! Dann gehen dich meine Angelegenheiten auch nichts an.« Ich griff nach der Pinzette, um weiterzuarbeiten.

»Du verkennst, dass es einen entscheidenden Unterschied gibt«, sagte Marcius ruhig, »Du bist Gast in unserem Haus und *nicht* ich bin es, der Gast in deinem Haus ist. Oder in dem deiner Eltern.«

»Vielen Dank für den Hinweis!« Mit einem Ruck entfernte ich den nächsten Faden, der ebenfalls eingewachsen war. Marcius griff mit schmerzverzerrtem Gesicht nach meinem Handgelenk.

»Elina, ich werde dich im Auge behalten. Früher oder später werde ich dein Geheimnis entdecken.«

»Gut. Wenn du es kennst, sag mir Bescheid. Vielleicht verstehe ich dann auch endlich, warum es gerade so ist, wie es ist«, bemerkte ich spitz. Marcius sah mich irritiert an. Ich ließ mich davon nicht beirren und entfernte die restlichen Fäden.

»Danke«, presste er zwischen den Zähnen hervor und zog das Bein weg, als ich fertig war.

»Ich wollte eigentlich noch dies draufkleben.« Ich hielt ihm ein großes Pflaster unter die Nase, obwohl ich ahnte, dass ich ihn damit erneut misstrauisch machen würde.

»Was ist das?«, fragte er prompt.

»Etwas, um die Wunde abzudecken. Damit kein Schmutz hineingelangt.«

»Du hast viele Geheimnisse, Elina. Du sagst, du kommst aus dem Norden. Du siehst auch so aus. Andererseits hast du einen, wie du es zu nennen beliebst, *Freund* in Afrika. Du behauptest außerdem, für vieles zu jung zu sein. Gleichwohl kannst und weißt du Dinge, die für uns völlig neu sind. Du besitzt seltsame Instrumente und Sachen, die wir noch nie gesehen haben. Meinst du nicht, du bist mir eine Erklärung schuldig?«

Ich wusste nicht, was ich darauf antworten sollte. Also zuckte ich nur hilflos mit den Schultern und presste die Lippen zusammen, damit ich nicht wieder etwas Unüberlegtes sagte.

Marcius rückte von mir ab. »Du kannst jetzt gehen. Das da brauche ich nicht.« Er zeigte auf das Pflaster.

»Wie du meinst.« Ich packte meine Sachen zusammen und wandte mich mit dem unguten Gefühl ab, ihn enttäuscht zu haben.

»Elina!« Seine Stimme klang heiser. Ich drehte mich um und sah direkt in seine Steppenaugen. Sie hatten einen eigentümlichen Glanz.

»Liebst du ihn noch?« Er stieß die Frage förmlich hervor.

»Wen? – Harry?« Ich blieb wie angewurzelt stehen. »Ich, ich weiß es nicht. Ich habe darüber noch nicht nachgedacht«, stotterte ich.

Über Marcius' Gesicht wanderte ein Schatten. »Geh jetzt«, sagte er in einem Ton, den ich nicht deuten konnte.

KLEONS SYSTEM

Gedankenverloren streifte ich durch den Säulengang, der um den größeren der beiden gartenähnlichen Innenhöfe führte. Niemand außer mir war hier. Ich seufzte laut. Ich musste an Marcius' Augen denken, die fast schon einen fiebrigen Glanz gehabt hatten, als er mich gefragt hatte, ob ich Harry noch liebte. Und ich musste daran denken, dass er mir niemals trauen würde. Selbst wenn ich ihm die Wahrheit sagte. Mein Leben war seit einem Jahr eine einzige Katastrophe. Warum musste das ausgerechnet alles mir passieren? Wieso ich? Was hatte ich getan, dass die ganze Welt gegen mich war?

»Hier steckst du also. Ich habe gehört, du bist mit dem Fädenziehen fertig. Das ist gut, ich brauche unbedingt deine Hilfe.« Filippa hatte sich mir leise von hinten genähert.

Ich fuhr zu ihr herum. »Ja, ich bin fertig, und ...«, ich überlegte, was *sauer* auf Lateinisch hieß. Da mir nichts Besseres einfiel, sagte ich: »Und ich bin sehr verärgert über dich.«

»Elina, ich habe jetzt keine Zeit ...«

»Das glaube ich dir aufs Wort. Es macht bestimmt viel Arbeit, alles auszuplaudern, was ich dir anvertraue«, unterbrach ich sie bissig.

Filippa wurde rot. Es dauerte eine Minute, bis sie sich gefangen hatte. »Wie kommst du darauf?«

»Marcius hat mich nach Harry gefragt. Er schien gut informiert zu sein.« Ich verschränkte die Arme vor der Brust.

»Elina, du verstehst das nicht. Kleon zwingt mich, alles zu erzählen, was im Haus vor sich geht. Es tut mir leid. Aber ich muss gehorchen.«

»Musst du gar nicht. Du könntest ihm einfach irgendwas sagen. Wie will er das überprüfen?«, widersprach ich.

»Du hast keine Ahnung.« Sie knetete ihre Finger. »Er befragt jeden Sklaven im Haus. Wenn ihm nur einer etwas verrät, was ich ihm nicht erzählt habe, forscht er nach. Und wenn er herausfindet, dass ich ihm bewusst etwas verschwiegen habe, droht mir eine Strafe.«

Ich merkte, wie mein Ärger verflog und sich Mitleid in mir regte. Immer vergaß ich, dass Filippa eine Sklavin war und tun musste, was man ihr befahl. An ihrer Stelle hätte ich vermutlich auch nicht gewagt, mich zu widersetzen. Meine Heldennatur hielt sich meistens ziemlich in Grenzen.

»Ist schon gut. Ich bin dir nicht mehr böse«, sagte ich.

»Wirklich nicht?«

»Wirklich nicht!«

»Kommst du mit und hilfst mir bei den Vorbereitungen?«

»Natürlich!«

Gemeinsam begaben wir uns in den Westflügel des Hauses, wo sich die Küche befand. Dort roch es nach Braten, Minze, Honig und heiler Welt. Während ich Teller, Becher und Silber aus einem Regal nahm und polierte, wusch Lea, die Köchin, das Obst, das wir vormittags auf dem Markt gekauft hatten. Zum Trocknen legte sie es auf weiße Tücher auf einen Tisch. Von dort nahm sich Filippa die Weintrauben, Feigen, Datteln und Quitten und ordnete sie dekorativ auf zwei großen silbernen Schalen an.

»Sieht hübsch aus«, lobte ich sie.

Filippa trat ein paar Schritte zurück und betrachtete kritisch ihr Werk. »Ja, ich denke, so kann es bleiben.« Sie nickte zufrieden, um in letzter Sekunde zwei Quitten weiter in die Mitte des Tellers zu legen. »So, jetzt müssen wir uns aber endlich ums Esszimmer kümmern.« Sie rückte ein letztes Mal die Quitten zurecht. Für meine Begriffe lagen sie nun wieder an ihrem ursprünglichen Platz. Das sagte ich aber nicht, sondern lief mit ihr in den nahe gelegenen Esssaal. Mehrere Sklaven waren dort damit beschäftigt, drei mit elfenbeinfarbenem Stoff bespannte Sofas in Hufeisenform um einen niedrigen Tisch zu stellen.

»Dieses Sofa steht nicht richtig. Es muss mehr nach rechts«, befahl die sonst so ruhige Filippa hektisch. Ich hielt mich aus der Diskussion heraus, die daraufhin entbrannte, und fing an, den Tisch zu decken.

»Wie weit seid ihr? Ist alles fertig vorbereitet?« Kleon hatte den Raum betreten und sah sich prüfend um.

»Ja, fast. Ich wollte nur noch Blumen auf den Tisch stellen«, antwortete Filippa.

»Sehr schön. Danach geht euch waschen und umziehen. Der Senator wird in etwa einer Stunde eintreffen. Ich erwarte, dass ihr besonders höflich und zuvorkommend zu ihm seid.«

»Elina wird auch dabei sein?« Filippas Frage hörte sich mehr wie eine Feststellung an.

»Lucius und der junge Herr wünschen es so.« Kleon kam auf mich zu und sagte: »Du wirst auf einem Stuhl neben den Sofas Platz nehmen.«

»Warum? Ich meine, welche Aufgabe habe ich?« Zum wiederholten Mal an diesem Tag fühlte ich mich überrumpelt.

»Keine, du speist mit. Mehr nicht.«

UNTER BEOBACHTUNG

Hast du eine Ahnung, was das zu bedeuten hat?«, fragte ich Filippa, die mir in einem bemerkenswerten Tempo die Haare frisierte.

»Sieh nur, Kleon hat mir kürzlich diese Bänder geschenkt. Die werde ich dir ins Haar flechten. Sie passen perfekt zu deiner Tunika, findest du nicht?« Filippa wedelte vor meinen Augen mit zwei schmalen blauen Bändern herum, die mit goldgelben Fäden durchwirkt waren.

»Ja, hübsch. Aber ich habe dich etwas gefragt. Und im Übrigen ist das nicht meine Tunika, sondern deine«, erwiderte ich.

»Nein, es ist deine. Ich habe sie dir geschenkt. Warum bist du so gereizt?«

»Bin ich nicht«, verteidigte ich mich. »Ich wüsste nur gern, warum ich heute Abend mit am Tisch sitzen und essen soll.«

»Weil du Gast des Hauses bist«, entgegnete Filippa.

»Stört dich das nicht?«

»Was?«

»Ich sitze mit am Tisch und du ...«, ich sprach nicht zu Ende. Eigentlich hatte ich sagen wollen *und du nicht*. Aber das kam mir taktlos vor.

Filippa hatte auch so verstanden, was ich meinte. »Warum sollte es mir etwas ausmachen?!« Sie schürzte gleichmütig die Lippen und befestigte eine letzte Locke an meinem Hinterkopf. Fast gleichzeitig ertönte Stimmengewirr. Ich hörte ein Pferd wiehern. Von allen Seiten des Hauses kamen Menschen herbeigelaufen. Stoff raschelte über die Marmorfliesen, jemand klatschte in die Hände.

»Schnell, beeile dich, Senator Gaius Quintus ist da. Wir müssen runter in die Halle«, befahl Filippa. Ich strich meine Tunika glatt, band mir einen Ledergürtel um die Taille und lief mit ihr zur Haustür. Wir kamen gerade rechtzeitig, um zu sehen, wie sich ein dicker Mann aus einer Sänfte quälte. Obwohl er keinen Schritt zu Fuß gegangen, sondern die ganze Zeit getragen worden war, standen ihm

Schweißtropfen auf der kahlen Stirn. In seinem Gefolge befanden sich neben fünf Sklaven auch drei Reiter.

Senator Gaius Quintus ordnete seine Toga, die ihm beim Aussteigen von der Schulter gerutscht war und sagte mit unangenehm quiekiger Stimme: »Sei gegrüßt, Lucius!«

»Ave, Quintus! Ich schätze mich überaus glücklich, dich in meinem bescheidenen Haus begrüßen zu dürfen«, erwiderte Lucius. Seine Höflichkeit war derart frostig, dass ich mir sicher war, dass er seinen Besucher nicht mochte. »Darf ich dich mit meinem Sohn Marcius und Verus, einem Freund des Hauses, bekannt machen?«

Mit halb geschlossenen Augenlidern nickte Quintus gelangweilt Marcius und Verus zu. Als sein Blick auf mich fiel, kam Leben in ihn. »Ich wusste gar nicht, dass du so eine hübsche Tochter hast. Die wichtigen Dinge enthältst du mir immer vor, mein lieber Lucius.« Er tat beleidigt.

Um Lucius' Mundwinkel zuckte es kurz. »Elina ist eine entfernte Verwandte. Sie ist zu Gast bei uns. Und nun möchte ich dich bitten, mir zu folgen.« Er machte eine einladende Bewegung.

Quintus zwinkerte mir auf eine Art zu, die mir nicht gefiel, und trippelte hinter Lucius her. Im Esszimmer ließen er, Verus, Lucius und Marcius sich auf die bereitgestellten Sofas nieder. Die Männer, die Senator Quintus begleitet hatten, und ich nahmen auf Stühlen Platz.

Schon bald herrschte im Raum eine drückende Luft. Verstohlen wischte ich mir ein paar Schweißtropfen von der Oberlippe. Verus, der genau gegenüber von mir auf einem Sofa lag, sah es und grinste. Auch Marcius guckte mich an. Intensiv und forschend. Verlegen schaute ich weg und bemerkte, wie Lucius' Blick zwischen mir und Quintus hin und her wanderte. Oberhalb von Lucius' Nase hatte sich eine steile Falte gebildet. Kleon, der etwas abseits im Dunkeln stand, schien ebenfalls Quintus und mich zu beobachten. Mit einem Mal dämmerte mir, warum ich am Essen teilnehmen sollte. Lucius und Marcius wollten herausfinden, ob Quintus und ich uns kannten und ob ich eventuell für ihn spionierte. Das also war der Grund! Ich war wie vor den Kopf geschlagen. Die ganze Zeit hatte ich insgeheim gedacht, Lucius hätte mich in seinem Haus aufgenommen, weil Marcius mich gern hatte und ihn darum gebeten hatte. Aber die Wahrheit war: Sie wollten mich nur im Auge behalten. Meine Gedanken wirbelten umher. Auf der einen Seite ahnten Marcius und sein Vater, dass ich aus einer ihnen völlig unbekannten Welt stammte, auf der anderen Seite hielten sie es für möglich, dass ich für diesen Quintus arbeitete. Das ergab doch alles keinen Sinn! Lucius' Haus war demnach nichts anderes als ein Gefängnis für mich. Am liebsten wäre ich aufgestanden, in mein Zimmer gerannt und hätte die Tür laut hinter mir zugeschlagen, was nicht ging, weil ich kein eigenes Zimmer hatte. Und eine Tür gab es auch nicht. Welche Art von Gast war ich, dass ich mir eines mit einer Sklavin teilen musste? Prompt schämte ich mich für diesen hässlichen Gedanken. Das hatte Filippa nicht verdient.

Quintus schien von der angespannten Atmosphäre nichts zu bemerken. Lüstern beobachtete er die angemieteten Tänzerinnen, die zusammen mit Flötenspielern und Trommlern den Raum betreten hatten und mit ihrer Vorführung begannen. Zwischendurch griff Quintus immer wieder nach den Vorspeisen, die gereicht wurden, und musterte mich kurz unter seinen halb geschlossenen Augenlidern. Dankbar sah ich, wie eine besonders hübsche Tänzerin mit langen, offenen, roten Haaren sich Quintus näherte und ihn mit wiegenden Hüften umkreiste. Seine Aufmerksamkeit galt nun uneingeschränkt ihr, und ich hatte meine Ruhe. Erst als Quintus die Hand nach der verführerischen Rothaarigen ausstreckte, wandte sie sich ab und tanzte auf Marcius zu. Mehrmals beugte sie sich im Rhythmus der Musik tief zu ihm herunter. Dabei verrutschte der Ausschnitt ihres Kostüms, sodass ihre Brüste zum Vorschein kamen. Obwohl Marcius anders als Quintus und Verus an ihr und ihrer Nacktheit wenig Interesse zeigte, fühlte ich einen Stich im Herzen.

Endlich machten die Tänzerinnen und Musiker eine Pause. Sogleich drehte Quintus seinen Kopf zu Lucius: »Nun, mein Freund, hast du schon das Neueste gehört?«

»Wie es scheint, bist du wieder einmal besser informiert als ich«, erwiderte Marcius' Vater und gab Kleon ein Zeichen, die Hauptspeise servieren zu lassen.

»Der gute alte Labienus und Cäsar haben, wie es heißt, Differenzen.« Quintus nahm mit seinem verschmierten Mund einen Schluck Wein. Geräuschvoll stellte er den Becher zurück auf den Tisch. »Was wohl passiert, wenn es tatsächlich zum Bruch kommt?«

»Mit Labienus würde Cäsar einen engen Vertrauten und seinen besten Offizier verlieren«, bemerkte Marcius.

»In der Tat.« Quintus leckte sich die Finger ab und betrachtete dann seine perfekt manikürten Fingernägel. »Vielleicht verhandelt er ja schon heimlich mit Pompeius. Euch ist nicht zufällig Derartiges zu Ohren gekommen?«, fuhr er fort.

»Hm, die Pilze sind delikat. Die müsst Ihr unbedingt probieren, Senator. Auch die Linsen. Einfach lecker. Fast so wie die kleinen Tänzerinnen«, schmatzte Verus mit einem Augenzwinkern in Richtung Quintus. Anders als dieser hatte ich gesehen, wie Verus zuvor einen schnellen Blick mit Marcius gewechselt hatte.

»Du hast recht, wir sollten uns das schöne Essen nicht mit Politik verderben«, gab Quintus zu. Verus' Ablenkungsmanöver hatte funktioniert.

Filippa und eine ältere Sklavin brachten Platten mit zerlegtem Fleisch. Sie stellten sie auf den Tisch und verschwanden wieder. Das Hauptgericht bestand aus Wildschweinfleisch, Huhn sowie Hasenschulter, was eine Delikatesse war und nur zu besonderen Anlässen verspeist wurde. Dazu gab es verschiedene Soßen.

Für mein Leben gern wäre ich zu Filippa in die Küche geflüchtet. Ich fühlte mich immer unwohler. Erneut hatte ich den Eindruck, dass alle Augen nur auf mir ruhten und dass die Atemluft einfach nicht für alle im Raum reichte. Ohne Rücksicht auf die Tischmanieren zu nehmen, stand ich auf. Zeitgleich, als hätten wir uns abgesprochen, schnappte Quintus zu. Blitzschnell wie eine Schlange und ohne Vorwarnung: »Wenn es zum Krieg kommt, auf welcher Seite wird deine Familie stehen, Lucius?«

Die Katze war aus dem Sack. Quintus war einzig und allein deshalb zu Besuch gekommen, um in Erfahrung zu bringen, ob Lucius Freund oder Feind war. Unter anderen Umständen hätte mich Lucius' Antwort interessiert, doch ich hielt es im Speisesaal nicht eine

Sekunde länger aus; ich hatte das Gefühl, zu ersticken. Bevor Lucius etwas erwiderte, eilte ich hinaus.

DUNKLER GARTEN

Die spärlich verteilten Öllampen spendeten nur wenig Licht. In einer dunklen Ecke des Hauses blieb ich stehen und lehnte mich an die Wand. Die Steinmauer fühlte sich angenehm kühl an meinem Rücken an. Erschöpft schloss ich kurz die Augen. Als ich sie wieder öffnete, stand Filippa zusammen mit einem Sklavenmädchen vor mir, das einen Krug Wein trug.

»Elina, was machst du hier? Du kannst doch nicht einfach die Tafel so kurz vor der Nachspeise verlassen.«

»Mir geht es nicht gut.« Ich wischte mir den Schweiß von der Stirn.

»Du siehst tatsächlich fiebrig aus«, meinte Filippa. Sie stellte die Platten mit Trauben, Feigen, Datteln und Quitten, die sie vor wenigen Stunden liebevoll angerichtet hatte, auf die Erde und legte mir ihre Hand auf die Stirn.

»Du glühst. Geh für eine Weile in den kleinen Innenhof. Dort ist es schön kühl. Ich werde Kleon sagen, dass du unwohl bist. Er wird dich bei Lucius entschuldigen.«

»Würdest du das für mich tun?«, fragte ich dankbar.

»Natürlich. Nun mach schon.« Sie gab mir einen sanften Schubs. »Und nimm dir eine Öllampe mit! Im Garten ist es dunkel.«

Ich griff mir eine Tonschale, in der ein schwaches Licht brannte, und ging in den nächstgelegenen Innenhof. Vorsichtig tappte ich zu einem der Zierbrunnen, setzte mich dort auf eine Steinbank und sog die frische Luft ein.

Langsam ging es mir besser. Das Plätschern des Wassers hatte eine beruhigende Wirkung. Ich lauschte in die Dunkelheit. Sie war voller Geräusche. Eine letzte Grille zirpte, irgendwo in der Nähe raschelte es im Gebüsch.

Ich legte den Kopf in den Nacken und betrachtete den funkelnden Herbsthimmel über mir. Milliarden von kleinen Brillantsplittern blitzten um die Wette. Ich suchte nach dem Polarstern. Oberhalb des großen Wagens entdeckte ich ihn. Hell leuchtete er in der Nacht. Minutenlang starrte ich ihn an. Fast kam es mir vor, als würde er nur für mich scheinen, um mir den Weg nach Norden zu weisen. Zurück nach Schweden, zu meinen Eltern. Ich müsste immer nur dem Polarstern nachlaufen. Wieder raschelte es. Dieses Mal ganz dicht neben mir.

»Wen haben wir denn da?« Quintus stand unerwartet vor mir.

»Senator Gaius Quintus«, stammelte ich. »Was macht Ihr hier?«

»Dasselbe wie du. Mich vom Essen und der Wärme im Haus erholen«, sagte er und setzte sich unaufgefordert neben mich auf die Bank.

»Ich wollte gerade wieder reingehen. Es ist doch etwas kalt hier draußen«, log ich und machte Anstalten, aufzustehen.

»Nicht so eilig. Da wir uns nun zufällig getroffen haben, können wir ruhig ein wenig miteinander plaudern.« Quintus hielt mich am Arm zurück.

»Die anderen werden uns vermissen!«

»Wir müssen ja nicht so lange fortbleiben, mein Täubchen.« Der Senator lächelte. Es war kein schönes Lächeln. Keines, das die Augen erreichte. »Du bist also eine Verwandte von Lucius?«

»Ja«, sagte ich zögerlich. Ich konnte ja schlecht Lucius in den Rücken fallen und das Gegenteil behaupten.

»Tatsächlich?« Quintus musterte abschätzig den groben Stoff von Filippas Tunika und griff ohne Vorwarnung nach meinen Haaren und zog kräftig an ihnen.

»Aua, was soll das?!« Reflexartig schlug ich nach seiner Hand.

»Dachte ich es mir doch.« Er fuhr sich zufrieden mit der Zungenspitze über die Lippen. »Du trägst keine Perücke. Deine blonden Haare sind echt. Seit wann hat Lucius germanische Verwandte?«

»Ich komme nicht aus Germanien, sondern aus Skandinavien«, widersprach ich.

»Mach mir nichts vor! Du bist eine kleine germanische Sklavin.« Quintus rückte näher an mich heran. »So etwas wie dich hätte ich auch gern bei mir zu Hause. Meinst du, ich kann dich mal ausleihen?« Seine Lippen waren ganz nah vor meinem Gesicht. Erneut versuchte ich, aufzustehen, wieder hielt er mich zurück. Irgendwo in der Nähe raschelte es. Vermutlich ein Vogel. Oder eine Maus.

»Lasst mich los! Was fällt Euch ein?! Ich bin keine Sklavin, sondern Gast hier. Wenn Ihr mich jetzt nicht in Ruhe lasst, schreie ich«, zischte ich.

Quintus schien das wenig zu beeindrucken. »Ich möchte zu gern wissen, warum Lucius eine Sklavin für seine Verwandte ausgibt«, überlegte er laut. »Welchen Grund könnte das wohl haben? Willst du ihn mir nicht nennen, mein Täubchen?!« Er fuhr mit seiner Hand unter meine Tunika und legte sie auf mein Knie. Angewidert zuckte ich zurück. Quintus lachte. »Wenn du mir die Wahrheit sagst, lasse ich dich in Frieden. Auch wenn es mir zugegebenermaßen schwerfällt.«

»Elina, dein Onkel verlangt nach dir!« Verus tauchte plötzlich vor uns auf. Weder Quintus noch ich hatten ihn kommen hören.

Ich atmete auf und lockerte meine Hand, die ich bereits zur Faust geballt hatte. Quintus blieb seelenruhig sitzen und nahm betont langsam seine Hand von meinem Knie.

»Lucius' Nichte und ich haben ein wenig geplaudert. Sehr nett, das Mädchen. Mit ihren blonden Haaren könnte man sie glatt für eine germanische Sklavin halten. Senator Lucius Sulla hat wirklich eine außergewöhnliche Verwandtschaft.« Quintus gab ein schnalzendes Geräusch von sich.

»Lucius Sulla ist eben ein außergewöhnlicher Mann«, erwiderte Verus kalt.

»Das ist wahr.« Quintus erhob sich schwerfällig. »Wir wollen diesen außergewöhnlichen Senator nicht länger warten lassen.« Er furzte und trippelte auf den Säulengang zu, der den Garten umrahmte.

»Elina, komm, wir müssen zurück«, sagte Verus. Er stand direkt neben der Bank, auf der ich noch immer saß, und blickte auf mich hinunter. Quintus war bereits außer Hörweite.

»Ich kann nicht.«

»Wieso kannst du nicht?«

Erst dieser entsetzliche Mann in der Stadt und nun der fette Quintus! Ich war wie erstarrt. Das Einzige, was sich bewegte, waren meine Schultern. Sie zuckten. Erst ein wenig, dann immer stärker.

»Weinst du, Elina?« Verus klang betroffen. Unruhig ging er vor mir auf und ab. Schließlich setzte er sich neben mich und legte etwas unbeholfen seinen Arm um mich. »Wein nicht, Elina. Alles wird wieder gut.«

Schluchzend lehnte ich meinen Kopf an die breite Brust vor mir. Sie fühlte sich gut an. Allerdings nur für einen kurzen Augenblick. Als ich begriff, was geschehen war, hob ich den Kopf und fauchte: »Wieso hast du zugelassen, dass er mich belästigt und begrapscht? Du hast die ganze Zeit im Gebüsch gesessen und uns belauscht, oder? Ich habe es immerzu rascheln hören. Warum hast du mir nicht früher geholfen, Verus? Du bist ein ...« Mit aller Kraft schlug ich ihm gegen die Brust. Ich war wütend, so furchtbar wütend, dass ich zu weinen aufhörte. Niemandem hier konnte ich trauen; alle ließen mich im Stich. Ich setzte zu einem weiteren Schlag an. Verus verhinderte ihn, in dem er mich am Handgelenk festhielt und mich dicht an sich zog.

»Es tut mir leid, Elina«, flüsterte er. »Wirklich.« Er klang aufrichtig. Ich wehrte mich nicht, als er mich in den Arm nahm.

»Wie ich sehe, Verus, hast du das Mädchen gefunden. Es wäre schön, wenn ihr euch dazu entschließen könntet, mir jetzt zurück in den Esssaal zu folgen, damit wir weiter speisen können.« Seine Stimme war schneidend wie ein Schwert.

Erschrocken fuhren Verus und ich auseinander. Marcius stand etwa zwei Meter von uns entfernt unter einem Baum. Die Öllampe, die er in der Hand hielt, warf ein flackerndes Licht auf sein Gesicht und verlieh ihm etwas Unheimliches. Seine Lippen waren zu einem schmalen Strich zusammengepresst, seine Augen hatten einen merkwürdigen Ausdruck. Weder Verus noch ich konnten ein Wort sagen.

»Kommt jetzt!« Abrupt wandte sich Marcius ab. Seine humpelnde Gestalt verschwand hinter einer Hecke.

»Verdammt! Warte, ich kann dir das erklären«, rief Verus, der sich wieder gefangen hatte, und lief seinem Freund hinterher.

Marcius reagierte nicht.

Völlig benommen stand ich von der Bank auf und folgte den beiden mit gesenktem Blick. Als ich ihn wieder hob, konnte ich Marcius und Verus nicht mehr sehen. Es war so dunkel und es gab so viele Gänge, in denen man sich verlaufen konnte. Und ich war so durcheinander.

In der Ferne tauchte ein Lichtschein auf. Flötenspiel drang zu mir. Dort vorn musste der Speisesaal sein. Statt weiter geradeaus zu gehen, bog ich kurz entschlossen nach rechts ab. Ich konnte jetzt beim besten Willen nicht mit Quintus in ein und demselben Raum sein. Stattdessen lief ich in Filippas Zimmer, in dem ich mich einigermaßen sicher und halbwegs geborgen fühlte. Ein besserer Ort fiel mir nicht ein, jedenfalls nicht in dieser Welt.

Aufgewühlt wanderte ich zwischen ihrem und meinem Bett umher. Was jetzt? Ich hatte noch immer Mühe zu begreifen, was vorgefallen war. Bei dem Gedanken an Quintus' Hand auf meinem Knie schüttelte ich mich. Es war einfach zu eklig! Mit einem Ächzer ließ ich mich auf meine Holzpritsche fallen. Ich legte die Hände vor die Augen und versuchte, meinen Atem und meinen Herzschlag zu beruhigen.

»Du kannst dich hier nicht verkriechen. Du musst zurück in den Esssaal. Dein Verhalten ist unhöflich.« Filippa kam mit einer Öllampe in der Hand hinter dem dünnen Vorhang hervor, der das Zimmer vom Flur abgrenzte.

»Das ist mir egal«, sagte ich.

»Elina!«

»So wie ich aussehe, kann ich nirgendwohin.«

Filippa kam näher und leuchtete mir mit ihrer Lampe ins Gesicht. »Du hast ja geweint! Was ist geschehen?«

»Nichts. Is' egal«, winkte ich ab.

»Was für ein Durcheinander«, klagte Filippa und setzte sich auf meine Bettkante. »Kurz nachdem ich dich in den Garten geschickt hatte, kam Neilos zur mir – du weißt schon, der große schlanke Sklave. Er wollte wissen, wo du seist. Ich sagte es ihm. Kleon hatte ihn beauftragt, nach dir zu suchen. Etwas später fing mich Verus auf dem Gang vor dem Esssaal ab und fragte, ob ich Senator Gaius Quintus gesehen hätte. Verus war richtig aufgeregt, weil der Senator auf einmal verschwunden war. Eigentlich wollte Quintus wohl nur kurz austreten, aber er kam einfach nicht von der Latrine zurück. Ich hatte keine Ahnung, wo er war. Dafür sagte ich Verus, dass du im Garten seist und schon ein Sklave nach dir sehen würde. Verus lief sofort zum Garten. Kurz darauf sah ich, wie Marcius nach Verus suchte. Ich schickte ihn ebenfalls zum Garten. Was für ein Durcheinander!«

»Woher wusste Quintus, dass ich im Garten war? Das Haus ist so groß. Ich hätte überall sein können«, schniefte ich.

»Er war im Garten bei dir?« Filippa zog die Augenbrauen hoch.

»Ja.«

»Ich nehme an, er hat mein Gespräch mit Neilos belauscht«, erwiderte sie nachdenklich.

»Neilos habe ich nicht gesehen. Nur Quintus, Verus und Marcius.«

»Seltsam! Wahrscheinlich hat Quintus Neilos abgefangen und ihn weggeschickt.« Filippa machte eine Pause, bevor sie fortfuhr: »Was auch immer genau passiert sein mag, es tut mir leid, Elina. Vielleicht magst du mir später davon berichten. Jetzt muss ich zurück an die Arbeit. Sonst bekomme ich Ärger. Willst du dir nicht das Gesicht waschen und mich begleiten?«

»Nein, ich bleibe hier. Ich will niemanden sehen.«

»Hältst du das für klug?«

»Ist mir egal.«

»Wie du meinst.« Filippa stand auf und ging mit der Öllampe in Richtung Vorhang, der sich durch den Windzug leicht bewegte. Filippas Schatten tanzte auf der Wand. »Ich werde versuchen, dich zu entschuldigen.«

»Danke«, murmelte ich.

Ihr Schatten glitt aus dem Zimmer, und ich blieb allein zurück mit meinen Gedanken. Filippa hatte recht. Der ganze Abend war ein einziges Durcheinander gewesen. So wie es aussah, hielten mich Lucius und Marcius unsinnigerweise für Quintus' Spionin. Oder sah ich jetzt schon Gespenster? Wenn sie mich für seine Spionin hielten, überlegte ich, konnte dies nur bedeuten, dass sie nicht auf Cäsars Seite standen. Denn Quintus galt als Cäsars Anhänger, wie mir Filippa vormittags erzählt hatte. Blöderweise hatte Quintus mich vor Verus' Augen betatscht. Hoffentlich hatte mir Verus wirklich geglaubt, dass es gegen meinen Willen geschehen war. Und als wäre das nicht alles schon schlimm genug, hatte Marcius gesehen, wie ich in Verus' Armen gelegen hatte und mit Sicherheit daraus völlig falsche Schlüsse gezogen. Ich stöhnte laut auf. Es war wirklich alles ein einziges Durcheinander, und ich befand mich mittendrin.

GEREIZTE STIMMUNG

Es war über Nacht kalt geworden. Und grau. Sämtliche Farben waren wie vom Erdboden verschluckt. Nach Quintus' Besuch ging mir Marcius endgültig aus dem Weg. Wie ich es befürchtet hatte. Vergeblich streifte ich in den darauffolgenden Tagen durch die Flure und Innenhöfe, in der Hoffnung ihn irgendwo abzupassen. Nur einmal sah ich ihn von Weitem. Mein Herz machte einen Hüpfer. Doch er drehte sich um und verschwand in die Richtung, aus der er gekommen war, als er mich erblickte. Sosehr ich mich auch bemühte, er gab mir keine Chance, ihm alles zu erklären.

Allmählich musste ich mir eingestehen, dass ich mich in Marcius verliebt hatte. Es war mehr als offensichtlich. Abends beim Einschlafen war er mein letzter und morgens, wenn ich die Augen aufschlug, mein erster Gedanke. Alles drehte sich nur noch um ihn. Ich versuchte, mich dagegen zu wehren, aber es gelang mir nicht. Es war zum Verrücktwerden. Ich hatte mich in jemanden verliebt, der rund zweitausend Jahre älter war als ich. Unmöglicher konnte eine Liebe kaum sein. Aber was spielte das noch für eine Rolle? Marcius wollte mich sowieso nicht sehen, geschweige denn sprechen.

Ich war gereizt wie lange nicht mehr. Die Nervenenden vibrierten in meinem Körper. Ich war dünnhäutig und fahrig. Obwohl mir ein wenig Abwechslung wahrscheinlich gutgetan hätte, lehnte ich es mittlerweile ab, Filippa im Haushalt zu helfen. Ich war zu unruhig dafür. Außerdem kam mir die Arbeit sinnlos vor. Ich wusste nur zu genau, dass ich eigentlich nicht gebraucht wurde. Für jede Aufgabe, die anfiel, gab es mehr als genug Sklaven.

Filippa hatte besonders unter meiner schlechten Stimmung zu leiden, was bestimmt nicht leicht für sie zu ertragen war, weil sie nicht wusste, warum ich mich so verhielt, wie ich mich verhielt. In letzter Zeit redete ich kaum noch mit ihr, und wenn, nur über Belanglosigkeiten. So gern ich ihr meinen Kummer mit Marcius anvertraut hätte, ich wagte es nicht; ich hatte Angst, sie würde es Kleon weitererzählen.

Beim Mittagessen war Filippas Schmerzgrenze erreicht. Mehrfach hatte sie versucht, mich in ein Gespräch zu verwickeln, aber ich hatte immer nur einsilbige Antworten gegeben. Zum ersten Mal erlebte ich, dass sie für ihre Verhältnisse verärgert reagierte.

»Was ist bloß los mit dir, Elina?«

Lustlos kaute ich auf einem Stück Brot und einer Ecke Käse herum.

»Hab Heimweh«, sagte ich. Das war noch nicht einmal gelogen.

»Das kann ich verstehen. Es ist bestimmt schwierig, in der Fremde zu sein. Erzähl mir doch ein wenig von deinem Zuhause«, forderte sie mich auf.

»Jetzt nicht.« Ich stand auf und räumte das Geschirr zusammen.

»Lass, das kann die Sklavin machen«, Filippa dirigierte eines der Mädchen mit den Augen herbei.

»Hat sie keinen Namen?«, fuhr ich Filippa an.

»Doch. Wieso kümmert dich das?«, erwiderte sie scharf.

»Sie ist ein Mensch und keine namenlose Sache!«

»Ich verstehe nicht, warum du dich so aufregst.«

Gereizt winkte ich ab. Einerseits fühlte ich mich im Recht, andererseits ahnte ich, dass ich Filippa unfair behandelte.

»Hast du Lust, mit Kleon und mir zum Markt zu gehen?«, wechselte sie das Thema. Ihre Stimme klang schon wieder versöhnlich. Selten zuvor hatte ich einen Menschen kennengelernt, der so auf Ausgleich und Harmonie bedacht war wie sie. Manchmal nervte das. Vor allem an Tagen, an denen mich alles nervte. Und von denen gab es immer mehr.

»Nein danke. Ich fühl mich nicht so«, antwortete ich.

»Wenn du nicht mitkommst, was willst du stattdessen machen?«

»Weiß noch nicht. Vielleicht lege ich mich ein bisschen hin.«

Ich war vom vielen Denken und von den zahlreichen Versuchen, Marcius zu treffen, todmüde. Und ich war es leid, Filippa weiter zu verletzen. Ich war ihre Fragen leid. Ihre Anteilnahme. Einfach alles. Ich gab auf. Einfach so. Genau in diesem Moment. Marcius hatte sich entschieden, und ich konnte nichts dagegen tun.

Wortlos ließ ich Filippa stehen und ging in unser Zimmer. Ich legte mich aufs Bett und verbrachte den Rest des Tages damit, an die Decke zu starren.

GRAU

Ein weiterer trüber Tag. Ich blieb im Bett. Es gab keinen Grund, aufzustehen. Plötzlich, ich hatte sie schon fast vergessen, musste ich an die flüsternde Stimme und den kräftigen Arm unter meinem Nacken denken, die mich zu Hause und im Flugzeug getröstet hatten. Was war mit ihnen geschehen? Seit meiner Zeitreise hatte ich nichts mehr gehört und gespürt. Ich vermisste sie – wie ich nahezu alles aus meinem früheren Leben vermisste. Ganz besonders fehlte mir die Heizung in meinem Zimmer in Helsingborg. Ich hätte mich gern auf die Erde gesetzt, den Rücken an sie gelehnt und die Vorhänge vor dem Fenster zugezogen. Aber es gab keine Heizung. Und keinen Arm. Und keine Stimme.

DUNKELGRAU

Irgendwann Ende Oktober. Irgendwann vor mehr als zweitausend Jahren. Immer noch kein Arm. Immer noch keine Stimme. In Filippas Zimmer war es kalt. Mir war kalt. Ich kannte mittlerweile sämtliche Flecken an der Decke über mir und jede Gestalt oder Figur, die man in sie hineindichten konnte und in die sie sich verwandeln konnten.

DER PLAN

Warum konnte sie mich nicht endlich in Ruhe lassen? Wie oft musste ich ihr noch sagen, dass ich keine Lust hatte aufzustehen?! Jemand war zu mir ins Zimmer gehuscht und räusperte sich leise. Als hätte man mir einen elektrischen Schlag verpasst, setzte ich mich abrupt in meinem Bett auf. Das war nicht Filippas Stimme. Tatsächlich! Vor mir stand niemand anderes als Verus, und zwar so nah, dass ich zu ihm hinaufschauen musste. Aus der Froschperspektive wirkte er besonders groß und breit. Mir fiel auf, wie ungepflegt er aussah. Seine Haare waren für römische Verhältnisse lang und zottelig, und auf seinen Wangen und seinem Kinn sprossen jede Menge rötliche Stoppeln. Er musste dringend zum Friseur. Wieder einmal wunderte ich mich, dass Verus und Marcius enge Freunde waren. Die beiden passten überhaupt nicht zusammen. Auf den ersten Blick hatten sie nichts, aber auch rein gar nichts gemeinsam.

»Was machst du hier?«, fragte ich Verus und fuhr mir mit der Hand durch meine ebenfalls ungekämmten Haare.

»Psst, ich muss mit dir sprechen.« Verus legte den Zeigefinger auf die Lippen. »Darf ich reinkommen?«

»Die Frage kommt etwas spät. Ich weiß nicht, ob das klug ist. Wenn uns jemand sieht ...«

»Keine Sorge. Kleon hat Lucius zum Senat begleitet. Filippa ist unten in der Stadt und Marcius ist im Auftrag seines Vaters unterwegs. Wir sind ungestört.«

»Und die anderen Sklaven? Sie werden Kleon erzählen, dass du bei mir warst«, gab ich zu bedenken.

»Außer Neilos hat mich niemand gesehen. Du weißt schon, der große, dünne Sklave, der immer so düster guckt. Der wird sich hüten, etwas zu sagen.«

»Wieso?«, fragte ich misstrauisch.

»Sagen wir mal so: Er weiß, dass sein Schicksal in meiner Hand liegt. Ein Wort von mir genügt, und er wird den Löwen im Zirkus zum Fraß vorgeworfen.«

»Was redest du da?!«

»Mir ist es auch lieber, wenn es niemals so weit kommt. Lebend nützt Neilos mir mehr als tot.« Verus zog eine Grimasse. Er schien das, was er eben gesagt hatte, tatsächlich ernst zu meinen. »Es ist immer hilfreich, die dunklen Geheimnisse der anderen zu kennen«, fügte er hinzu.

»Du erpresst ihn?! – Du bist widerlich!« Ich schüttelte mich. Verus benahm sich wie ein Barbar. Wie hatte ich nur meinen Kopf an seine Brust lehnen können? Ich musste neulich von allen guten Geistern verlassen gewesen sein. Vor allem begriff ich Marcius nicht. Wie konnte er nur mit so jemandem befreundet sein?

»Ach, nun hab dich nicht so. Jeder andere an meiner Stelle würde das auch machen«, meinte Verus leichthin.

»Ich nicht! Und nun verschwinde aus meinem Zimmer.«

»Elina, ich bin nicht gekommen, um mit dir zu streiten. Ich wollte wissen, ob du mit Marcius gesprochen hast.« Verus hob besänftigend die Hände in die Luft.

Als ich Marcius' Namen hörte, horchte ich auf. »Nein, er geht mir aus dem Weg. Und du?«

»Er empfängt mich nicht. Sein Sklave sagt, er hätte keine Zeit. Oder er behauptet, Marcius sei unterwegs. – Verdammt, Elina, du musst mit ihm reden und ihm sagen, wie harmlos das mit uns im Garten war.«

»Wie denn, wenn ich ihn nie sehe?«

Verus überlegte einen Augenblick. Seine Stirn legte sich in drei tiefe Falten. »Bitte doch Filippa, Kleon alles zu erklären. Der erzählt es Lucius, und so würde es letztlich Marcius erfahren. Marcius wird seinem Vater eher glauben, als einem von uns beiden. Ja, so müsste es gehen«, meinte er.

Die Idee war zwar clever, aber nicht nach meinem Geschmack. »Das werde ich bestimmt nicht machen. Das ist doch, das ist – einfach peinlich!«

»Das ist mir gleichgültig, rede mit Filippa!«

»Rede doch selbst mit ihr – oder gleich mit Kleon!« Mein Ton wurde genau wie seiner schärfer.

»Wie sieht das denn aus? Ich bitte doch einen Sklaven nicht in dieser Angelegenheit um Hilfe. Das kommt überhaupt nicht infrage. Du könntest es dagegen tun. Du könntest mit Filippa reden. Frauen haben doch immer etwas miteinander zu tuscheln.«

»Ich will aber nicht.«

»Warum nicht?« Er kam zu meinem Bett, auf dem ich noch immer saß, packte mich an den Schultern und schüttelte mich.

Ich haute ihm auf die Hände und fauchte: »Weil mir das peinlich ist. Außerdem ...«

»Was außerdem?« Verus ließ meine Schultern los.

»Nichts, schon gut!« Ich biss mir auf die Zunge. Beinahe hätte ich ihm gesagt, wie wenig ich Kleon und Lucius traute. Ich war mir ziemlich sicher, dass die beiden Marcius irgendetwas erzählen würden, nur nicht unbedingt das, was sich im Garten wirklich abgespielt hatte. Das musste Verus allerdings nicht wissen. Genauso wenig, wie Kleon und Lucius von unserer Umarmung wissen mussten.

»Du bist ganz schön dickköpfig«, grollte Verus.

Ich zeigte auf den Zimmerausgang. »Du solltest jetzt gehen!«

Verus stand unschlüssig vor meinem Bett. »Ich dulde nicht, dass du einen Keil zwischen Marcius und mich treibst. Er ist mein bester Freund. Du musst mit Filippa sprechen. Das bist du mir schuldig«, knurrte er schließlich.

»Ich bin dir gar nichts schuldig. Geh jetzt!« Das Gespräch deprimierte mich. Verus' Anblick deprimierte mich. Alles deprimierte mich.

EIN LETZTER VERSUCH

Worauf warten? Ich hatte in dieser Zeit nichts verloren und in meine konnte ich nicht zurück. Vermutlich niemals mehr. Von allen Menschen, die mir etwas bedeuteten, war ich getrennt. Durch Raum, Zeit und Missverständnisse. Ich hatte keine Hoffnung mehr, und ich wollte mich auch nicht mehr an eine klammern. Hoffnungen bestraften nur; sie waren sadistisch. Sie machten den nächsten Absturz nur schlimmer – schneller, tiefer und schmerzhafter. Das Gespräch mit Verus hatte mir gestern den Rest gegeben.

Vorsichtig erhob ich mich von meinem Bett und schlich auf Zehenspitzen aus dem Zimmer, ohne dass Filippa etwas merkte. Im Haus war es dunkel und totenstill. Es musste noch sehr früh morgens sein. Ich schob den Riegel der Haustür beiseite und ging nach draußen. Ziellos streifte ich ums Haus. Einen konkreten Plan hatte ich nicht. Ich wusste nur, dass ich so nicht mehr leben wollte. Die ersten Vögel fingen an zu singen und hinter den Baumwipfeln im Osten reckte und streckte sich die Sonne. Aber ihre Strahlen erreichten mich nicht. Ich schlenderte durch einen mit Wein bewachsenen Laubengang. An den wenigen verbliebenen Blättern funkelten die Tautropfen im ersten Morgenlicht. Sie erinnerten mich an Tränen.

Plötzlich zuckte ich zusammen. Ich hatte mir meinen großen Zeh an einem spitzen Gegenstand gestoßen. Der Zeh fing auf der Stelle an zu bluten. Verdammt, auch das noch! Ich bückte mich und hob den Gegenstand auf, an dem ich mich verletzt hatte: eine Tonscherbe. Versonnen betrachtete ich ihre scharfen Kanten. Ich schloss meine Finger um die Scherbe und ging weiter. Jetzt wusste ich, was zu tun war. Vorher wollte ich jedoch noch einen allerletzten Versuch unternehmen. Nur noch einen einzigen.

Ich verließ den Laubengang und eilte den Sandweg hinunter. Mein Zeh blutete noch immer. Ich ignorierte den Schmerz und lief bis zu der Stelle, wo ich den Weg verlassen musste. Hastig schob ich die Zweige zur Seite und kämpfte mich zwischen Sträuchern und

Büschen hindurch, bis ich zu der Baumgruppe kam, wo mich Kleon gefunden hatte. Etwas außer Atem lehnte ich mich gegen den nächstbesten Stamm.

Nichts geschah. Ich versuchte es bei einem der anderen Bäume. Wieder nichts. Auch bei Baum Nummer Drei und Vier hatte ich kein Glück.

Ein Rascheln ließ mich aufhorchen. Mist. Jetzt hatte mich Kleon erwischt. Oder einer seiner Spitzel. Ärgerlich drehte ich mich um.

Ich hatte mich geirrt. Weder Kleon noch irgendjemand anderes stand vor mir. Eine graue Schlange schlängelte sich über den Boden und zischte mich an. Vor Schreck schrie ich auf. Als Kind war ich in Kenia von einer Viper gebissen worden. Seitdem hatte ich vor Schlangen panische Angst. Regelmäßig verfolgten sie mich in meinen Träumen. Regelmäßig wachte ich schweißgebadet mitten in der Nacht auf, um mein Zimmer nach ihnen abzusuchen.

Gelähmt starrte ich auf das Maul der Schlange, aus dem im raschen Tempo die Zunge herauszüngelte. Ganz deutlich konnte ich ihre Giftzähne erkennen. Mit erhobenem Kopf bewegte sie sich auf mich zu. Ihr Zischeln ging mir durch Mark und Bein. Dies war kein Albtraum, sondern Realität. Ich hielt die Luft an, das Blut dröhnte in meinem Kopf. Völlig außer mir schaute ich nach rechts und links. Ich wollte fliehen, aber meine Beine waren wie angewurzelt.

Bitte nicht, dachte ich verzweifelt. Ich wollte nicht sterben. Nicht so. Und auch sonst nicht … Das also war mein Ende! Ich wartete auf den grauenvollen Schmerz, der einsetzte, wenn sich das Gift im Körper ausbreitete.

»Bleib stehen! Beweg dich nicht«, hörte ich eine Stimme ganz in meiner Nähe. »So ist es gut, nicht bewegen und ja nicht vorbeugen. Sonst glaubt sie, du greifst sie an.«

Halb wahnsinnig vor Angst sah ich aus dem Augenwinkel, wie er einen großen Stein aufhob und nach der Schlange zielte. Im Zeitlupentempo flog der Stein durch die Luft in Richtung Schlange. Genau auf ihren Kopf zu. Er traf sie mit voller Wucht. Er zerschmetterte ihren Kopf. Regungslos blieb sie liegen. Nur das Schwanzende zuckte. Sekundenlang starrte ich gebannt auf das tote Reptil, dann ging ich in die Knie.

Marcius half mir auf. »Gut, dass es noch so kühl ist. Schlangen sind bei diesen Temperaturen eher langsam. Sonst hätte ich sie unter Umständen nicht getroffen«, hörte ich ihn sagen.

»Danke.« Mehr als dieses eine Wort brachte ich nicht heraus.

»Was hast du da?«

Von meiner rechten Hand, die ich zu einer Faust geballt hatte, tropfte Blut. Vorsichtig bog Marcius meine verkrampften Finger auseinander. Die Tonscherbe kam zum Vorschein. Fragend blickte er erst sie und dann mich an. Ich konnte noch immer keinen Ton über die Lippen bringen. Die Bäume fingen an, um mich herum zu schwanken. Erneut gaben meine Knie nach. Ehe ich mich versah, hatte mich Marcius auf den Arm genommen und zwängte sich mit mir durch das Gebüsch zurück zum Sandweg. Obwohl er nach wie vor humpelte, schien es ihm nichts weiter auszumachen, mich zu tragen. Schritt für Schritt bewegten wir uns auf das Haus zu. Sein Gesicht war ernst, die Augen starr geradeaus gerichtet. Doch er wirkte nicht wie sonst abweisend, sondern eher besorgt. Noch nie war ich ihm so nahe gewesen wie in diesem Moment. Ich spürte seine Arme, seine Brust, jede Bewegung, die er machte. Der Duft seines Körpers drang in meine Nase und vermischte sich mit dem Geruch des frühen Morgens. Es hätte keinen schöneren Platz auf der Welt für mich geben können. Umso erstaunter war ich, als ich mich auf einmal sagen hörte: »Ich glaube, ich kann jetzt wieder selbst gehen.«

Augenblicklich setzte er mich ab. »Fühlst du dich besser?«

»Ja. Danke für deine Hilfe.«

»Keine Ursache. Aber was um Himmels willen hast du um diese Zeit hier draußen zu suchen?«

»Ich konnte nicht mehr schlafen.« Ich senkte die Lider.

Er machte einen Schritt auf mich zu und hob mein Kinn an. Unwillkürlich zuckte ich zurück und bereute es sofort. Marcius zog seine Hand so rasch zurück, als hätte er einen Stromschlag bekommen. Das hatte ich nicht gewollt. Im Gegenteil.

»Entschuldige ... ich wollte nicht ... ich dachte ...,« völlig durcheinander brach ich mitten im Satz ab.

Marcius musterte mich. »Warum läufst du, wenn du nicht schlafen kannst, ausgerechnet in dem Dickicht dort drüben herum?«

Ich hatte ihm gar nicht richtig zugehört, sondern fragte ohne nachzudenken: »Bist du noch böse auf mich?«

»Böse?« Ich sah, wie es in seinem Kopf arbeitete. »Nein, ich bin nicht böse auf dich«, antwortete er langsam.

»Ich dachte nur, weil du mir ständig aus dem Weg gehst.« Was redete ich da bloß? Ich musste noch unter Schock stehen. Anders war mein Verhalten nicht zu erklären.

»Das Thema hatten wir doch schon.« Er lächelte, wobei sich der linke Mundwinkel mehr nach oben zog als der rechte. »Wenn ich mich richtig erinnere, sprachen wir darüber, als du die Fäden zogst.«

»Ja, ich weiß. Aber du hast in letzter Zeit irgendwie, … irgendwie verärgert gewirkt, seit ...« Ich war mir unsicher, wie ich es am besten ausdrücken sollte. »... seit du mich und Verus im Garten gesehen hast.«

Marcius schwieg und blickte in die Ferne. Etwas am Horizont schien seinen Blick zu fesseln. »Ich wollte dir und Verus nicht im Weg stehen«, sagte er endlich.

»Wieso ...«, setzte ich an.

»Ich denke, es ist das Klügste, wenn ihr heiratet«, redete er unbeirrt weiter. »Die Zeiten sind unruhig, du bist eine Frau und du brauchst unbedingt jemanden, der dich beschützt. Besonders ein Mädchen wie du darf nicht allein bleiben. Es ist keine Dauerlösung, dass du im Haus meines Vaters wohnst.«

»Was heißt das, ›ein Mädchen wie du‹?«, fragte ich entrüstet.

»Du bist fremd hier, Elina. Das birgt Gefahren. Das hast du selbst gemerkt. Außerdem bist du«, er zögerte, »du bist schön, Elina. Sehr schön sogar. Du machst alle Männer verrückt. Es ist gut, wenn die Leute wissen, dass du zu jemandem gehörst. Einer wie Verus kann auf dich aufpassen. Er wird allseits respektiert, von manch einem sogar gefürchtet.«

»Ich will Verus nicht heiraten.«

»Warum nicht? Er ist ein guter Mann. Ein bisschen raubeinig vielleicht, aber gut. Ich könnte mir vorstellen, dass ihr ganz gut zueinander passt.«

»Aber ich habe ihn nicht gern«, sagte ich mit Nachdruck. Ich fand es schwierig, darüber mit Marcius zu reden. Außerdem hing ich noch seinen letzten Worten nach. Er hatte gesagt, ich sei sehr schön. Hatte er das wirklich gesagt????

»Ich dachte – also neulich im Garten – ich hatte den Eindruck, ihr wärt einander zugetan.« Marcius schien das Thema auch nicht angenehm zu sein.

»Das war alles nur ein Missverständnis. Quintus war mir in den Garten nachgelaufen und hatte mich bedrängt.« Ich erzählte Marcius in möglichst knappen Worten, was an jenem Abend vorgefallen war. Er hörte mir aufmerksam zu, ohne mich auch nur ein einziges Mal zu unterbrechen.

»Es hatte nichts zu bedeuten?«, fragte er mich, nachdem ich geendet hatte.

»Nein, gar nichts«, antwortete ich.

Marcius dachte abermals nach. »Willst du Verus nicht wegen dieses Mannes in Afrika heiraten? Liegt es daran?«

»Nein, es ist nicht wegen Harry. Das ist vorbei. Das hat auch mit Verus nichts zu tun. Ich will ihn einfach nicht heiraten. Kannst du das nicht verstehen? Ich will ...« Ich merkte, wie ich mich um Kopf und Kragen redete. »Ich möchte, dass du, … dass du …« Ich konnte nicht weiter sprechen. Ich hatte ohnehin schon mehr als genug gesagt.

Marcius schaute mich mit großen Augen an. Gleichzeitig hob er die Hand und machte Anstalten, mir eine Haarsträhne aus dem Gesicht zu streichen. Dieses Mal war ich klüger und hielt still. Trotzdem zog er in letzter Sekunde seine Hand zurück und biss sich auf die Lippen. Mein Herz bewegte sich immer schneller in einem fremden Takt. Marcius sah so unglaublich schön aus, und ein bisschen traurig. Er stand vor mir im glitzernden Morgenlicht, die Schultern weniger gerade als sonst und den Kopf leicht gesenkt – wie ein tragischer Held aus der römischen Mythologie.

»Ich werde nicht immer da sein. Unabhängig davon ...«, Marcius stockte, »unabhängig davon kann ich mein Herz nicht an ein Mädchen verschenken, das mir nicht traut – und dem auch ich nicht traue.«

»Aber ich vertraue dir doch, Marcius. Wirklich, das tue ich. Kannst du mir nicht auch vertrauen? Zumindest ein wenig?« In meiner Stimme lag ein mir unbekanntes Flehen.

In seinem Gesicht zuckte es. »Du weißt, was du tun musst, um mein Vertrauen zu gewinnen. Ich muss wissen, wer du bist. Das habe ich dir bereits gesagt, und daran hat sich nichts geändert. Es liegt allein bei dir.«

»Aber ...«

»Kein aber!«

Ich überlegte, während er mich beobachtete. »Wie kommt es, dass du vorhin bei den Bäumen warst?« Die Frage hatte mich schon die ganze Zeit beschäftigt.

»Ich bin deiner Spur gefolgt«, er zeigte auf meinen noch immer blutenden Zeh. »Dann habe ich deinen Schrei gehört. Wie ich schon sagte: Ich lasse dich nicht aus den Augen. Jedenfalls nicht so lange, bis ich weiß, wer du bist.«

»Elina, was machst du ...?«, Filippa war vor die Haustür getreten. Als sie Marcius bemerkte, hielt sie mitten im Satz inne und begrüßte ihn mit höflich gesenktem Kopf. »Guten Morgen, Marcius.«

»Guten Morgen, Filippa. Bitte kümmere dich um Elina. Sie hat sich verletzt. Ich muss für ein paar Tage fort. Pass in der Zwischenzeit gut auf sie auf. Sie hat leider ein Talent dafür, sich in Gefahr zu bringen«, sagte Marcius ganz ohne Ironie. Sein Blick streifte mich flüchtig. Ich meinte, darin einen Anflug von Zärtlichkeit zu entdecken.

»Sehr wohl, Herr, das werde ich.« Diskret zog sich Filippa ins Haus zurück.

»Falls es etwas gibt, das du mir doch erzählen möchtest: Ich bin in drei Tagen zurück«, raunte er mir zu. Ich hätte schwören können, dass seine Lippen dabei mein Ohr berührten.

GEHEIMNISVOLLE SKLAVIN

Marcius hatte mich gern. Daran gab es keinen Zweifel mehr. Ich hätte glücklich sein müssen, war es aber nicht. Denn er stellte eine Bedingung. Er wollte die Wahrheit wissen. Selbst wenn ich mich dazu entschließen sollte, sie ihm zu erzählen, was nützte es? Er würde mir niemals glauben und sich wieder von mir zurückziehen. Vielleicht würde er sogar erst recht auf einer Heirat mit Verus bestehen. Blieb mir also nur, eine glaubhafte Geschichte zu erfinden und ihn anzulügen. Eine schreckliche Vorstellung! Ich würde Marcius danach nie mehr in die Augen sehen können. Andererseits waren Notlügen erlaubt, und hierbei handelte es sich eindeutig um eine Notlüge. Was allerdings würde passieren, wenn Marcius entdeckte, dass ich gelogen hatte? Er würde es mir nie verzeihen. Notlüge hin oder her.

Ich wusste keinen Ausweg.

Warum war auf einmal alles so kompliziert? Früher hatte ich einfach in den Tag hineingelebt. Zusammen mit Harry. Jeden Tag waren wir als Kinder auf Entdeckungstour gegangen. Wir hatten bunt schillernde Käfer beobachtet, die mühevoll an langen, sich immer stärker biegenden Grashalmen emporgekrabbelt waren.

Mit nackten Füßen waren wir über verdorrte Felder gelaufen und hatten zitronengelbe Schmetterlinge mit der bloßen Hand gefangen und sie anschließend ohne schlechtes Gewissen heimlich mit frisch gepflückten Blumen und Blättern zwischen Buchseiten gepresst, um sie unsterblich zu machen. Wenn ich die Augen schloss, konnte ich wieder die harten Stoppeln unter meinen Fußsohlen spüren und das feine Kitzeln der Flügel zwischen meinen Handflächen. Später, als wir älter wurden, hatten Harry und ich gemeinsam Musik gehört, Händchen gehalten und uns heimlich geküsst. Ich sehnte mich nach dieser sorgenfreien Zeit zurück, in der jede Minute voller Zauber gewesen war und in der meine Eltern alles für mich geregelt hatten. Aber dieses Leben war vorbei. Unwiderruflich.

»Was habt ihr so früh da draußen gemacht?« Filippa hatte in der Eingangshalle auf mich gewartet, während ich noch eine Weile vorm Haus auf- und abgegangen war, um in Ruhe nachzudenken.

»Ich konnte nicht schlafen. Wir haben uns zufällig getroffen«, nuschelte ich.

»Habt ihr euch endlich ausgesprochen?«

»Wieso? Wie meinst du das?« Ich bemühte mich, ein möglichst harmloses Gesicht zu machen, was mir anscheinend nicht besonders gut gelang.

»Ich dachte wir wären Freundinnen. Wenn du mit mir darüber nicht reden willst, werde ich nicht weiter in dich dringen. – Komm mit, ich will deine Wunden versorgen.«

»Lass nur, das ist halb so schlimm. Ich kann das selbst machen«, wiegelte ich ab.

»Wie du meinst.« Filippa ließ mich stehen und eilte den Gang zum Innenhof mit dem Wasserbecken hinunter. Ich hatte sie gekränkt. Gerade wollte ich ihr nachlaufen, um mich zu entschuldigen, da sah ich durch die noch immer offene Haustür Marcius in Begleitung mehrerer Männer davongaloppieren. Wenn er sich jetzt umdreht, dachte ich, hat er mich wirklich gern und alles wird gut.

Die Männer ritten auf eine Baumgruppe zu. Kurz bevor sie diese erreichten, wandte Marcius den Kopf und hob kurz die Hand zum Gruß. Mein Herz machte einen Sprung. Er hatte sich tatsächlich nach mir umgedreht. Ich hob ebenfalls meine Hand, aber da hatten die Bäume ihn und die anderen schon verschluckt. Auf einmal hatte ich Angst, Marcius würde nie mehr zurückkehren. Es liegt bei dir, Elina, hörte ich seine Stimme in Gedanken. Es liegt bei dir.

Ich folgte Filippa in den kleineren der beiden Essräume, wo sie wie jeden Morgen das Frühstück für Lucius hinstellte. »Wollen wir uns nachher, wenn du eine Pause machst, bei unserer Bank treffen?«, fragte ich.

»Gern.« Sie strahlte mich an. Filippa konnte nie lange auf jemanden böse sein. Erleichtert ging ich in unser Zimmer und verarztete mich selbst. Anschließend legte ich mich auf mein Bett und dachte an Marcius und seine Bedingung. Wie gern hätte ich mit Filippa darüber geredet und ihren Rat eingeholt, aber dafür hätte ich das Geheimnis meiner Herkunft preisgeben müssen, was unmöglich war. Selbst sie würde mir niemals glauben. Ich musste daher vorsichtig sein, was ich ihr nachher erzählte und was nicht. Warum war alles bloß so schwierig?

Ich fing an, mich zu langweilen. Seitdem Marcius gesund war, hatte ich keine Aufgabe mehr, die mich wirklich ausfüllte. Ich stand auf und schaute aus dem Fenster. Nicht allzu weit entfernt erblickte ich zwei Sklavinnen, die zunehmend meine Aufmerksamkeit erregten. Die ältere der beiden Frauen redete heftig auf die jüngere ein. Was sie genau sagte, konnte ich nicht verstehen. Ihrer Mimik und Gestik nach zu urteilen, schimpfte sie mit ihr. Die junge Sklavin machte eine wegwerfende Handbewegung und wollte fortgehen. Die ältere hielt sie jedoch fest und gab ihr eine Ohrfeige. Ich konnte das klatschende Geräusch bis in mein Zimmer hören. Das Mädchen heulte auf, riss sich los und stolperte davon. Erst jetzt bemerkte ich den runden Bauch, der sich unter seiner Tunika wölbte. Die junge Sklavin war hochschwanger. Wie konnte man sie in diesem Zustand nur so behandeln? Ich war empört. Zu gern hätte ich gewusst, was da vor sich ging. Ich beschloss, Filippa später danach zu fragen. Oder besser noch, ich ging einfach wieder nach draußen, um die junge Sklavin zu suchen. Vielleicht konnte ich ihr helfen. Sie war in Richtung Pferdestall gelaufen. Es konnte also nicht so schwierig sein, sie zu finden.

Ich schnappte mir ein Tuch, legte es mir um die Schultern und rannte los. Auf dem Weg zum Stall begegnete ich mehreren Sklaven, die ich noch nie zuvor gesehen hatte. Wieder einmal wunderte ich mich darüber, wie viele Menschen für Lucius arbeiteten. Sie alle hatten spezielle Aufgaben. Einige von ihnen waren nur für die Wäsche zuständig, andere ausschließlich für die Küche, den Wein, das Bad oder den Garten. Darüber hinaus besaß Lucius einen Sklaven, der ihm als Sekretär diente. Die Sklaven, die mich jetzt anstarrten, kümmerten sich vermutlich einzig und allein um die Pferde, was erklären würde, warum ich sie nicht kannte. Ihre Blicke folgten mir, als ich den Stall betrat, in dem ich vorher noch nie gewesen war. Pferde- und Heugeruch schlugen mir entgegen. Ich brauchte einen Augenblick, bis sich meine Augen an das Halbdunkel gewöhnt hatten. Selbst dann konnte ich das Mädchen nicht sehen, sondern nur hören. Ich ging in die Richtung, aus der das Schluchzen kam. In einer dunklen Ecke, versteckt hinter einer Futterkiste, entdeckte ich die schwangere Sklavin. Ich überlegte, wie ich sie ansprechen sollte. Wir waren uns bislang noch nicht begegnet und ich wollte nicht zu neugierig erscheinen.

»Kann ich dir helfen?«, fragte ich vorsichtig.

Die Sklavin schrak auf. Sie hatte lange dunkle Locken und, soweit ich das in dem Licht erkennen konnte, bräunlich gelbe Augen.

»Verschwinde, ich kann deine Hilfe nicht gebrauchen.« Sie blitzte mich feindselig an. Für eine Sklavin hatte sie Mut. Und Stolz.

»Ich hörte dich weinen, da dachte ich …«, versuchte ich es noch einmal.

»Los, verschwinde«, zischte das Mädchen. Schwerfällig stand es auf und hielt sich mit der rechten Hand den stark gewölbten Bauch. »Geh endlich!« Ihr Zischen erinnerte mich an die Schlange von heute Morgen.

»Entschuldige, ich wollte dich nicht belästigen.« Ich drehte mich um und ging die Stallgasse zurück. Warum war das Mädchen so unfreundlich zu mir? Fast schon hasserfüllt. Die meisten Sklaven begegneten mir zwar mit Misstrauen, Hass hatte ich hingegen noch nicht zu spüren bekommen. Dafür musste es einen besonderen Grund geben und den konnte mir, wenn überhaupt, nur Filippa verraten. Bestimmt würde sie wenig begeistert sein, wenn ich ihr nachher wieder so viele Fragen stellte, vor allem weil ich ihren immer auswich. Nachdenklich trat ich ins Freie. Die Sklaven auf dem Vorplatz starrten mich erneut an. Dieses Mal meinte ich in ihren Augen nicht nur Misstrauen zu sehen.

GERÜCHTE

Die Sonne hatte ihren höchsten Punkt am Himmel erreicht. Ich lief zur Terrasse, wo Filippa bereits auf unserer Lieblingsbank saß und auf mich wartete. Unverzüglich erzählte ich ihr von meiner Begegnung mit der schwangeren Sklavin.

»Ach, du meinst bestimmt Cornelia«, meinte sie schmallippig.

»Was ist mit ihr?«

»Das hast du doch gesehen. Sie ist schwanger und ihre Mutter ist ärgerlich.«

»Warum? Ist sie nicht verheiratet?«

»Ja.«

»Was ja?«

»Sie ist *nicht* verheiratet.« Aus irgendeinem Grund war Filippa das Thema unangenehm.

»Ist ihre Mutter deshalb ärgerlich auf sie?«

»Glaube ich nicht ...«, Filippa zögerte, »... eher umgekehrt.«

»Das verstehe ich nicht.«

»Sklaven dürfen üblicherweise nicht heiraten. Da Cornelia glaubt, sie sei etwas Besseres, könnte es gut sein, dass sie genau das aber möchte.«

»Wieso glaubt Cornelia, etwas Besseres zu sein?« Jetzt war ich richtig neugierig geworden.

Filippa zögerte wieder. Sie schien zu überlegen, was sie mir erzählen sollte und was nicht. »Immer fragst du mir ein Loch in den Bauch, Elina. Und wenn ich etwas von dir wissen möchte, weichst du mir aus.«

»Nun sag schon!« Ich puffte ihr mit dem Ellenbogen auffordernd in die Rippen.

Sie seufzte. »Es geht das Gerücht, Cornelia sei die Tochter von Lucius.«

»Lucius hat eine Tochter?« Ich hielt die Luft an. »Wieso ist sie dann eine Sklavin?«

»Elina, stell dich nicht so dumm an«, schimpfte Filippa. »Ihre Mutter ist eine Sklavin. Sie ist nur eine uneheliche Tochter von Lucius.«

»Na und? Wenn Lucius ein Kind in die Welt setzt, muss er sich auch drum kümmern.«

»Psst, nicht so laut! – Er kümmert sich doch um Cornelia! Nach meinem Geschmack sogar zu sehr. Er lässt ihr viel zu viele Frechheiten durchgehen. Sie kann sich Dinge erlauben, die andere Sklaven niemals machen dürften.«

»Und wer ist der Vater von Cornelias Baby?«, bohrte ich weiter.

»Keine Ahnung.«

Ich war mir sicher, dass Filippa log. Sie wich meinem Blick aus und knetete ihre Finger. Warum nur? Mit einem Mal wusste ich wieso. Mir wurde abwechselnd heiß und kalt. Deshalb hatte sich Cornelia mir gegenüber so feindselig verhalten.

»Das Baby ist von Marcius, stimmt's?«, flüsterte ich mit tonloser Stimme. Ich starrte auf ein einsames Blatt, das in dem Zierbrunnen mit dem wasserspeienden Löwenkopf gleich rechts von uns seinem Unglück entgegentrieb. Es kam dem Wasserstrahl aus dem Maul des Löwen näher und näher, bis es von ihm getroffen und ertränkt wurde.

»Bist du verrückt? Natürlich ist Marcius *NICHT* der Vater. So etwas würde er niemals tun. Außerdem ist er, wenn das Gerücht stimmt, Cornelias Stiefbruder. Auf welche Gedanken du nur kommst?!« Sie schüttelte missbilligend den Kopf.

»Ach ja, natürlich, er ist ihr Stiefbruder«, murmelte ich erleichtert. Irrte ich mich oder war das kleine Blatt wieder an der Wasseroberfläche aufgetaucht? »Aber wer ist dann der Vater?«

»Ich weiß es nicht«, erwiderte Filippa mit Nachdruck.

Ich wurde das Gefühl nicht los, dass sie mir die Wahrheit vorenthielt. Wir schwiegen eine Weile.

»Was habt ihr heute morgen so früh dort draußen gemacht?« Jetzt war Filippa mit Fragen an der Reihe. Ich erzählte ihr von der Schlange und wie Marcius sie getötet hatte. Den Rest behielt ich für mich.

»Darf ich dir einen Rat geben?«, fragte Filippa, als ich zu Ende geredet hatte.

»Ja, natürlich!«

»Auch wenn du Marcius gern hast und er dich vielleicht auch mag, solltest du nicht dein Herz an ihn hängen.«

Fragend zog ich die Augenbrauen hoch. »Wie kommst du darauf, dass wir uns mögen?«

Filippa ging gar nicht auf meine Bemerkung ein. »Soweit ich es beurteilen kann, wird er sich niemals für dich entscheiden«, sagte sie, wobei sie die Worte sehr vorsichtig wählte. »Er ist der Sohn eines Senators und wie du weißt, sind es unruhige Zeiten. Wen auch immer Marcius einmal heiratet, es wird eine politische Verbindung sein. Eine, die Lucius bestimmt. Marcius kann nicht einfach so heiraten.«

Ich stand von der Bank auf. Wo war das Blatt hin? Eben war es doch wieder auf der Wasseroberfläche geschwommen? »So ein Quatsch. Als ob ich irgendjemanden heiraten wollte«, sagte ich eine Spur zu laut und zu schrill.

»Sei mir nicht böse, Elina. Es ist besser, wenn du dir keine Hoffnungen machst.«

»Ich mache mir keine Hoffnung! Du bildest dir da was ein!«

Filippa war ebenfalls aufgestanden und legte mir beruhigend die Hand auf den Arm. Ich schüttelte sie ab. Schreckliches Heimweh überkam mich plötzlich. So heftig, dass es fast schon körperlich wehtat. Ich wollte nach Hause. Aber wo war das? In Schweden? Oder in Afrika? Ich wusste es nicht. Es spielte auch keine Rolle. Hauptsache fort von hier. Doch das ging nicht. Nichts ging mehr.

HOFFEN UND BANGEN

Ich musste ständig an das denken, was Filippa zu mir gesagt hatte. Auch an die Worte, die Marcius mir beim Abschied zugeraunt hatte. Ich war hin- und hergerissen zwischen Hoffen und Bangen. Ruhelos wanderte ich durch die Gärten und das Haus oder lag grübelnd auf meinem Bett, was Filippa nicht gern sah. Für sie waren das die Allüren einer reichen Römerin. Wenn ich mich von ihr frisieren ließ, machte sie mir diesen Vorwurf allerdings nicht.

Die Tage schlichen eintönig dahin. Ich hatte keine Aufgabe, nichts, was mich ablenkte. Mir fehlten mein Computer, meine Bücher. Noch nicht einmal Papier und Stift gab es, sonst hätte ich geschrieben. Doch so? Die Zeit wollte einfach nicht vergehen. Sie hatte sich gegen mich verschworen.

Am Morgen des dritten Tages wachte ich mit einem Kribbeln im Magen auf. Für meine Verhältnisse sprang ich regelrecht aus dem Bett. Ausnahmsweise war ich mal schneller gewaschen und angezogen als Filippa. Während sie sich ihre langen schwarzen Haare bürstete, trommelte ich mit den Fingern auf der Bettkante. Ich hatte das Gefühl, dass sich Filippa heute besonders viel Zeit für ihre Frisur nahm, was mich erst recht nervös machte. Endlich war sie fertig und wir gingen zum Frühstücken in das kleine Zimmer neben der Küche. Ich schlang ein Stück Brot und ein paar Oliven hinunter. Filippa beobachtete mich, sagte aber nichts.

»Ich geh ein bisschen vor die Tür!« Ungestüm stand ich von meinem Stuhl auf. Bevor ich es verhindern konnte, fiel er um und krachte gegen eine Bodenvase, die zum Glück heil blieb.

»Pass doch auf«, tadelte mich Filippa.

»Tut mir leid«, nuschelte ich.

»Ich verstehe nicht, was du um diese Zeit da draußen willst? Es ist kalt.«

»Ich brauche frische Luft.«

»Willst du mir nicht lieber helfen?«

»Wobei? Es gibt doch gar nichts für mich zu tun. Für jeden Handschlag habt ihr einen Sklaven.« Ohne Filippas Antwort abzuwarten, lief ich hinaus. Feuchtkalte Luft empfing mich. Es war inzwischen schätzungsweise Anfang November, und über Lucius' Anwesen lagen wabernde Nebelschwaden, aus denen vereinzelt Statuen und Bäume herausragten. Auf einmal erschien es naheliegend, dass sich an einem Ort, der so verwunschen aussah wie dieser, Gegenwart und Vergangenheit berührt hatten oder sogar noch berührten. Aber wo genau mochte das Tor zur anderen Welt jetzt sein? Und wann war es geöffnet? Ich zog das Schultertuch, das Filippa mir geliehen hatte, enger vor der Brust zusammen und lief um das Haus, um nach Marcius Ausschau zu halten. Heute wollte er zurückkehren. Doch das Einzige, was ich sah, war mein eigener Atem. Fröstelnd kehrte ich nach etwa einer halben Stunde in Filippas und mein Zimmer zurück. Aufmerksam beobachtete ich von dort aus den Sandweg, doch ich konnte nirgends Reiter entdecken. Einerseits wünschte ich, Marcius würde endlich zurückkehren. Andererseits wusste ich nach wie vor nicht, was ich ihm erzählen sollte. Im Grunde war ich genauso ratlos wie immer.

Ich setzte mich auf mein Bett, zog die Knie ans Kinn und schlang die Arme um die Beine. Ich grübelte und grübelte, ohne zu einem Ergebnis zu kommen. Nach einer Weile stand ich auf und guckte erneut aus dem Fenster. Nichts! Der einzige Mensch, der sich um die Mittagszeit blicken ließ, war Filippa.

»Wollen wir zusammen essen?« Sie stand vor meinem Bett und strich sich fahrig eine Strähne aus dem Gesicht.

»Hab keinen Hunger.«

»Nur eine Kleinigkeit!«

Weil ich nicht wusste, was ich sonst hätte tun sollen, folgte ich ihr schließlich in den kleinen Raum neben der Küche. Dort saß zu meinem Erstaunen Kleon am bereits gedeckten Tisch. Üblicherweise aß er nicht mit uns, sondern mit Lucius. Ich ahnte nichts Gutes.

»Setz dich!« Kleon zeigte auf einen Schemel. Schweigend nahm ich gegenüber von ihm und Filippa Platz. »Möchtest du etwas hiervon?« Er hielt mir eine Platte mit Schinken und Käse unter die Nase.

Ich schüttelte den Kopf.

»Ein paar Weintrauben vielleicht?«

»Ja, danke«, antwortete ich.

Was ging hier vor sich? Wieso aß Kleon mit uns und warum spielte er die Rolle des aufmerksamen Gastgebers? Das passte ganz und gar nicht zu ihm. Am meisten beunruhigten mich Filippas Hände, die zitterten, während sie den Käse schnitt.

Kleon räusperte sich. »Elina, ich muss mit dir im Auftrag von Lucius reden.«

Mit zusammengekniffenen Augen sah ich von ihm zu Filippa, die meinem Blick auswich. Es war offensichtlich: Kleon sollte mir eine unangenehme Botschaft überbringen. Aber welche? Ich versuchte, ruhig zu bleiben und den Kloß in meinem Hals zu ignorieren.

Kleon räusperte sich nochmals und wollte gerade etwas sagen, da ertönten laute Schritte und aufgeregtes Stimmengewirr. Neilos, der Sklave, der von Verus erpresst wurde, kam zu uns ins Zimmer gestürzt.

»Ich habe gesagt, dass ich nicht gestört werden will«, schnauzte Kleon ihn an.

Neilos, der ohnehin wie ein Gespenst aussah, wurde noch blasser. Er beugte sich zu Kleon hinunter und flüsterte ihm etwas ins Ohr. Aus dem Gesicht von Filippas Ziehvater wich ebenfalls sämtliche Farbe.

»Geh und sag Lucius Bescheid«, befahl er Neilos, und zu Filippa gewandt: »Wir müssen los, Cornelia bekommt ihr Baby.«

»Dafür ist es viel zu früh«, erwiderte sie verdattert.

Er nickte. »Es gibt Schwierigkeiten.«

»Soll ich mitkommen?«, fragte ich.

»Nein, du gehst am besten in dein Zimmer und wartest bis wir dich rufen«, entschied Kleon. Die beiden eilten davon. Ich räumte das Essen und das Geschirr vom Tisch ab und brachte es in die Küche zu Lea. Wieder einmal hatte ich den Eindruck, dass die Köchin mich nicht leiden konnte. Sie funkelte mich böse an. Doch ich hatte andere Sorgen. Marcius war noch immer nicht zurück. Ob Kleons Nachricht für mich etwas damit zu tun hatte? Vielleicht war Marcius wieder verwundet worden? Oder etwas noch Schlimmeres war ihm zugestoßen. Mir wurde ganz schlecht bei dem Gedanken. Ich wankte in Filippas Zimmer, zog Eriks Tasche unter meinem Bett hervor und nahm die letzte Aspirin heraus. In meinem Kopf braute sich ein Gewitter zusammen. Schnell schluckte ich die Tablette mit etwas Wasser herunter und massierte mit den Fingerspitzen meine schmerzenden Schläfen. Es half nur wenig.

Von Unruhe getrieben stand ich auf, trat ans Fenster und lehnte meine Stirn dort gegen die kühle Mauer. Zum wiederholten Mal an diesem Tag suchte ich mit den Augen den Sandweg ab. Besonders die Stelle, wo der Weg eine Kurve machte und hinter den Bäumen verschwand. Von dort muss er kommen, dachte ich. Gleich taucht er hinter den Zypressen und Platanen auf und rettet mich aus meinem Gefängnis. Er hebt mich einfach auf sein Pferd und reitet mit mir davon, ohne viele Fragen zu stellen.

Ein Luftzug riss mich aus meiner Träumerei. Filippa stand völlig aufgelöst hinter mir. »Elina, wo hast du deine Tasche? Schnell, folge mir!« Ihre Stimme klang hysterisch. Ich schnappte mir Eriks Tasche und rannte ihr hinterher.

Atemlos erreichten wir ein schwach erleuchtetes Zimmer, das sich in einem Nebentrakt befand. Cornelia lag schweißgebadet auf einem Bett und schrie. Mehrere Sklaven standen um sie herum und tuschelten. Ich erkannte Cornelias Mutter, die ihrer Tochter mit einem Tuch den Schweiß von der Stirn wischte. Eine andere Sklavin brachte eine Schüssel mit Wasser sowie saubere Tücher.

Cornelia stieß einen weiteren Schrei aus. Ich zuckte zusammen. Ich hatte noch nie eine Geburt miterlebt und einen Menschen derart schreien hören. Cornelia musste furchtbare Schmerzen haben. Fieberhaft überlegte ich, wie ich ihr helfen konnte. Die Sklaven, die eben noch um ihr Bett gestanden hatten, machten Platz für mich. Erst jetzt sah ich, dass sie in einer Blutlache lag. Vorsichtig sog ich die Luft durch die Nase ein. Daher also der Geruch! Diese süßlich metallische Mischung von entweichendem Leben. Ich hatte sie bereits mehrfach in Afrika gerochen.

Abermals hallte ein markerschütternder Schrei durch den Raum.

»Kannst du ihr helfen? Die Hebamme weiß nicht mehr, was sie tun soll. Das Kind liegt falsch herum und kann nicht heraus. Bitte hilf ihr«, bat mich Filippa. Ihre Unterlippe zitterte.

Wieder ein Schrei.

»Ich weiß nicht, was man da macht. Ich habe keine Ahnung.« Ich zuckte schwach mit den Achseln. Cornelias Anblick und ihre Schreie waren verstörend. Am liebsten wäre ich hinausgelaufen.

»Kannst du es nicht wenigstens versuchen?«, flehte Filippa.

Ich schüttelte wie in Trance den Kopf.

»Du kannst nicht oder du willst nicht?« Cornelias Mutter kam auf mich zu. Ihre Augen blitzten.

»Ich kann nicht. Es tut mir leid. Wirklich, ich habe keine Ahnung«, antwortete ich. Das Sprechen fiel mir schwer.

Ein weiterer Schrei.

Durch Cornelias Mutter ging ein Ruck. »Du könntest schon, stimmt's? Du willst nur nicht, weil das Kind von deinem zukünftigen Ehemann ist«, keifte sie.

»Was?«

»Du hast mich schon verstanden. Das Kind ist von Verus«, fauchte Cornelias Mutter. Ihre Augen schossen Pfeile auf mich ab.

»Geh, Elina. Es ist besser, wenn du gehst.« Filippa drängte mich aus dem Zimmer. »Es tut mir leid, dass du es so erfahren musstest. Wirklich. Geh jetzt, Elina.«

Wie betäubt stand ich minutenlang auf dem Gang vor dem Zimmer, in dem Cornelia zu verbluten drohte. Ich hörte das hektische Treiben hinter dem Vorhang und Cornelias furchtbare Schreie, die immer heiserer wurden. In ihr war kaum noch Leben.

SCHLIMME NACHRICHTEN

Mitten in der Nacht wurde ich von einem Schluchzen wach. Vorsichtig setzte ich mich in meinem Bett auf und lauschte in die Dunkelheit. Das Schluchzen kam von der gegenüberliegenden Seite des Raumes. Mit schwerem Herzen stand ich auf und tappte zu Filippa hinüber. Auf der Stelle rutschte sie zur Seite und machte für mich Platz. Ich legte mich neben sie und streichelte ihr übers Haar. Ihr Bett war kalt; sie musste sich erst vor wenigen Minuten hingelegt haben.

»Was ist passiert?«, fragte ich leise, obwohl ich die Antwort schon kannte.

»Sie sind tot. Cornelia und das Baby sind gestorben.« Filippas Körper bebte.

»Wie furchtbar«, murmelte ich. Meine schlimmsten Befürchtungen waren wahr geworden. »Wie geht es ihrer Mutter?«

»Artemisia? Sie ist fast wahnsinnig vor Kummer. Eigentlich wollte ich sie nicht allein lassen, aber sie hat mich fortgeschickt. Sie wurde richtig böse, als ich nicht sofort gegangen bin.« Filippa weinte jetzt hemmungslos.

»Es tut mir so leid«, war das Einzige, was mir dazu einfiel. Für derartige Tragödien gab es keine angemessenen Worte und meine lückenhaften Lateinkenntnisse machten es auch nicht gerade leichter.

»Elina?«

»Ja?«

»Ach, nichts.«

»Was wolltest du fragen?«

»Nichts, schon gut.«

»Sag schon.«

Filippa atmete tief durch. »Konntest du Cornelia wirklich nicht helfen?«

Ich rückte ein Stück von ihr ab. »Nein! Was denkst du denn?! Wenn ich es gekonnt hätte, hätte ich es getan. Das solltest du eigentlich wissen. Ich kann nicht fassen, dass du mir so eine Frage stellst!«

»Entschuldige!« Filippa drehte sich zu mir um und legte die Arme um mich. »Ich hätte das nicht fragen dürfen. Du hast recht. Bitte entschuldige.«

»Schon gut«, flüsterte ich. Aber das war es nicht. Ich war verletzt und verärgert.

»Es ist so furchtbar, was passiert ist.« Filippa musste erneut weinen.

»Ja, ist es.«

»Ich wünschte, du hättest nie erfahren, dass Verus der Vater des Babys war. Ich meine, jetzt da Cornelia und ihr Kind tot sind, spielt es keine Rolle mehr.«

»Mir ist das völlig egal, ob Verus der Vater ist oder nicht«, ereiferte ich mich.

»Ist es nicht kränkend für dich, wenn du hörst, dass dein zukünftiger Ehemann ein Kind mit einer anderen hat? Ich meine, beinahe gehabt hätte«, korrigierte sie sich.

»Wer sagt denn, dass ich Verus heirate?« Ich befreite mich aus ihren Armen und setzte mich im Bett auf.

»Kleon meint, es sei beschlossene Sache«, wisperte Filippa.

»Ist es nicht! Ich werde Verus definitiv nicht heiraten. Weder mit noch ohne Kind. Das spielt überhaupt keine Rolle. Ich will ihn nicht.« Mein mühsam unterdrückter Ärger von eben machte sich Luft. »Er ist ein mieser Kerl! Er setzt Kinder in die Welt und macht sich aus dem Staub. Ist doch ekelhaft. Wieso ist er nicht schon längst mit Cornelia verheiratet?« Ich musste an Harry denken, der sich wegen Susan und Katie von mir getrennt hatte.

»Sie ist eine Sklavin. Er konnte sie nicht heiraten.« Filippa hatte sich jetzt auch aufgesetzt.

»Is' mir egal. Ich werde ihn jedenfalls nicht heiraten. Und wenn ihr euch auf den Kopf stellt!«

»Elina?«

»Hmm.«

»Kleon ist bereits mit den Hochzeitsvorbereitungen beschäftigt. Er wollte es dir heute Mittag sagen. Alle warten nur darauf, dass Marcius und Verus zurückkehren.«

»Das ist nicht wahr, oder?«, begehrte ich auf.

»Doch ist es.«

Ich war wie vor den Kopf geschlagen. Wie konnte das möglich sein? Ich hatte doch eine Vereinbarung mit Marcius. Wieso bereiteten sie dann meine Hochzeit mit Verus vor? Das musste ein Irrtum sein. Ein Missverständnis.

»Marcius hat gesagt ...«, ich verstummte mitten im Satz.

»Was hat er gesagt?«, fragte Filippa.

»Er meinte ...« Ich hielt erneut inne und überlegte. Was hatte Marcius eigentlich gesagt? Genau genommen hatte er mir nichts versprochen. Weder, dass er auf mich warten würde, noch dass ich Verus nicht heiraten müsste, wenn ich seine Bedingung erfüllte.

»Er meinte, ich hätte es in der Hand«, murmelte ich.

»Das hat er gesagt?«

»Na ja, fast. Wortwörtlich sagte er, es läge allein bei mir.«

»Was?«

»Ich weiß es doch auch nicht! Er will, dass ich ihm die Wahrheit über mich sage. Und dann – dann will er – ich hatte den Eindruck – ich dachte – ich weiß auch nicht«, stammelte ich.

»Ach, Elina!« Filippa legte sich wieder hin und zog mich zu sich herunter. Ich ließ es geschehen. »Und was ist die Wahrheit?«, wollte sie nach einer Weile wissen.

Ich hatte gehofft, sie würde nicht mehr danach fragen. »Die Wahrheit glaubt mir sowieso niemand. Weder du noch Marcius. Deshalb ist es besser, wenn ich sie für mich behalte. Weißt du, ich kann es selbst kaum fassen, was mit mir geschehen ist. Manchmal denke ich, ich träume.«

»Ich würde dir glauben«, gähnte Filippa.

»Würdest du nicht.«

Filippa antwortete nicht. Sie war eingeschlafen.

STUMME ANKLAGE

In Lucius' Haus herrschte Trauer. Eine bedrückende Stille kroch durch die Flure und ergriff von allen Räumen nach und nach Besitz. Kaum jemand sprach ein Wort und wenn, nur mit gedämpfter Stimme. Selbst die Vögel und Insekten in den Gärten waren verstummt, was vielleicht auch an der Jahreszeit lag. Die Einzige, die ihrem Kummer freien Lauf ließ, war Artemisia, Cornelias Mutter. Sie hatte sich ihre langen Haare, die über Nacht grau geworden waren, mit einem Messer abgeschnitten und irrte weinend über den Palatin. Mehrmals sah ich, wie Lucius' Blick ihr folgte. Sein Gesicht war eingefallen und seine Schultern runder als sonst. Artemisias Schmerz schien ihm nahezugehen. Genauso wie Cornelias Tod, obwohl er sie nie als Tochter anerkannt hatte. Für meinen Geschmack entdeckte Lucius seine väterlichen Gefühle etwas spät, aber das behielt ich lieber für mich. Das Leben konnte manchmal sehr zynisch sein. Und ungerecht. Ich bekam es am eigenen Leib zu spüren.

Viele vorwurfsvolle Blicke streiften mich nach der vergangenen Nacht. Die meisten Sklaven machten nicht Verus oder Lucius, der es versäumt hatte, seine Tochter zu beschützen, für Cornelias Tod verantwortlich, sondern mich. Ausgerechnet mich. Weil ich ihr nicht geholfen hatte. Dabei hätte ich es getan, wenn ich gewusst hätte wie.

Fast genauso zynisch war, dass niemand mehr von meiner Hochzeit sprach. Alle waren mit der Vorbereitung für Cornelias Beerdigung beschäftigt. Ihr Tod hatte mir einen Aufschub verschafft. Ob ich wollte oder nicht: In gewisser Weise profitierte ich wirklich von ihrem Schicksal. Ein deprimierender Gedanke.

Von Marcius gab es nach wie vor kein Lebenszeichen, was alles nur noch schlimmer machte.

Ich beschloss, abends zur Entspannung und Ablenkung ein warmes Bad zu nehmen. Genau genommen war es Filippas Idee gewesen. Erst vor wenigen Tagen hatte sie mir mit Kleons Erlaubnis den Baderaum gezeigt und mir gesagt, ich dürfe ihn fortan jederzeit nutzen. Ich nahm an, dass ich diesen Gunstbeweis Marcius zu verdanken hatte. Vermutlich hatte er Kleon noch eine entsprechende Anweisung gegeben, bevor er fortgeritten war. Ob er Kleon wohl auch befohlen hatte, meine Hochzeit mit Verus vorzubereiten? Ich konnte mir das einfach nicht vorstellen.

Ich holte mir ein Handtuch aus meinem Zimmer und lief in Richtung Bad, wo ich mich mit Filippa treffen wollte. Auf dem Weg dorthin hörte ich Kleons Stimme von den Wänden im Flur widerhallen. Unverzüglich huschte ich hinter eine dicke Marmorsäule. Ich wollte auf keinen Fall mit ihm reden müssen, vor allem nicht über das Thema Hochzeit. Das Geräusch von klappernden Ledersandalen näherte sich, zusammen mit einem schwachen Lichtschein, der über die hellen Steinfliesen flackerte. Kleon war nicht allein.

»Ist Marcius immer noch nicht zurück?« Ich erkannte das Näseln des Senators.

»Nein, Herr.«

Die Männer blieben in der Nähe der Säule stehen, hinter der ich mich versteckt hatte. Mir stockte der Atem. Warum gingen sie nicht weiter?! Wenn sie mich jetzt entdeckten, wäre das nicht nur peinlich, sondern auch gefährlich. Bestimmt würden sie glauben, dass ich gelauscht oder – schlimmer noch – spioniert hätte. Mein Herzschlag dröhnte derart laut in meinen Ohren, dass ich kaum hören konnte, was Lucius sagte.

»Marcius ist gleich eineinhalb Tage überfällig. Langsam mache ich mir Sorgen.«

»Ich weiß, Herr.«

»Hoffentlich ist ihm nichts passiert. Die Lage hat sich zugespitzt. Bitte sprich mit niemandem darüber, aber vorgestern haben einige Senatoren darüber diskutiert, ob der Senat nicht Julius Cäsar dazu auffordern sollte, sein Amt in Gallien niederzulegen und seine Truppen aufzulösen. Cäsar wird vielen zu mächtig. Er stellt für Rom zunehmend eine Gefahr dar.«

»Ich kann mir nicht vorstellen, dass Cäsar einer solchen Aufforderung nachkommen wird«, erwiderte Filippas Ziehvater.

»Das sehe ich auch so. Er weiß genau: Seine Immunität endet mit seiner Amtszeit als Statthalter. Danach kann ihm jederzeit der Prozess in Rom gemacht werden. Gründe dafür finden sich im Überfluss. Während seines Konsulats vor neun Jahren hat er den Senat zu oft übergangen. Mit seinen kriminellen Machenschaften hat er sich unzählige Feinde gemacht. Wenn der Senat ihn also jetzt tatsächlich auffordern sollte, als normaler Bürger zurückzukehren und Cäsar dies – wovon wir ausgehen können – ablehnt, bedeutet das ...«

»Krieg«, beendete Kleon Lucius' Satz.

»Ja, so ist es.« Ich sah auf der gegenüberliegenden Wand den Schatten von Lucius' Kopf. Er nickte bedächtig. »Hoffentlich ist Marcius nicht wieder diesen Schlägertrupps in die Hände gefallen, die von Cäsar bezahlt werden.«

»Er ist ein kluger junger Mann. Er wird sich dieses Mal besser vorsehen. Außerdem begleiten ihn dieses Mal erfahrene Ritter. Du solltest dir keine unnötigen Sorgen machen, Herr.«

»Ich hoffe, du hast recht. Er ist mein einziger Sohn. Es könnte nicht schaden, die Götter um Hilfe zu bitten.«

»Du hast recht. Ich werde es noch heute tun.«

»Du bist ein wahrer Freund, Kleon. Nicht mehr lange und ich werde dir die Freiheit schenken. Du hast sie dir redlich verdient.« Lucius legte seine Schattenhand auf Kleons Schulter. »Wie weit bist du mit den Vorbereitungen für die Bestattung?« Die Stimmen wurden leiser, sodass ich Kleons Antwort nicht mehr hören konnte. Die Männer waren weitergegangen. Kaum waren sie außer Sichtweite, trat ich hinter der Säule hervor und lief mit weichen Knien in den Baderaum. Das war gerade noch mal gut gegangen!

»Da bist du ja endlich«, empfing mich Filippa voller Ungeduld.

»Entschuldige, ich bin aufgehalten worden«, sagte ich und zog mir die Tunika über den Kopf.

»Von wem?«

»Nicht so wichtig.« Ich glitt zu ihr ins warme Wasser. »Das tut gut«, seufzte ich.

Obwohl ich nicht zum ersten Mal hier war, versetzte mich das beheizte Bad erneut in Erstaunen. Aufwändige Mosaiken zierten die Wände und den Boden. Die dargestellten Pflanzen, Vasen und exotischen Tiere waren von Schmuckornamenten umrahmt. Lauter kleine bunte Steine, die ein Künstler liebevoll zusammengefügt hatte. Rechts und links vom Becken befanden sich Bänke aus hellem Marmor, auf denen Öllampen, kostbare Amphoren, Tiegel und Dosen standen. Nicht dass ich mich damit besonders gut ausgekannt hätte, aber für meine Begriffe stand Lucius' Baderaum den Wellness-Oasen der Neuzeit in nichts nach. Im Gegenteil. Ich atmete laut aus.

»Machst du dir wegen Marcius Sorgen?«, erkundigte sich Filippa postwendend.

»Mhmm.«

»Ihm wird schon nichts passiert sein.«

»Hoffentlich.« Ich war mir da nicht so sicher. Seine Wunde am Bein war mir in deutlicher Erinnerung.

»Morgen wird Cornelia bestattet«, wechselte Filippa ohne Vorwarnung das Thema.

»Ich weiß.«

»Du wirst doch dabei sein, oder?«

»Jaaaa ...«

»Aber?«

»Mir graut davor. Wahrscheinlich gucken mich alle wieder so vorwurfsvoll an. Dabei kann ich gar nichts für Cornelias Tod«, stieß ich hervor und erschrak selbst darüber, wie herzlos es klang.

»Nein, natürlich nicht.« Filippa nahm sich aus einer Amphore ein wenig von dem weißen Pulver, das als Seife diente.

»Ist das alles, was dir dazu einfällt?«

»Sie werden sich schon wieder beruhigen. Die Menschen vergessen schnell«, versuchte sie zu beschwichtigen.

»Ich weiß nicht. Ich hatte schon vorher den Eindruck, dass mich viele nicht mögen. Lea, die Köchin, zum Beispiel.«

»Du bist eine Fremde, Elina. Du siehst anders aus als wir, du benimmst dich anders, und du hast ein Geheimnis, das du niemandem verrätst. Du darfst dich nicht wundern, wenn sie misstrauisch sind.«

»Misstrauisch? Ich habe eher das Gefühl, sie hassen mich.« Gedankenverloren plätscherte ich mit den Füßen im Wasser. Kleine, schillernde Luftblasen entstanden, die aufeinander zutrieben und sich Halt suchend miteinander vereinigten, um kurz darauf nach und nach zu zerplatzen. Wie Träume. Oder Hoffnungen.

»Die Menschen brauchen immer jemanden, den sie verantwortlich machen können, um sich selbst besser zu fühlen. Das ist nicht gerecht, doch so ist das nun mal«, sagte Filippa.

»Du hast leicht reden. Dich machen sie ja auch nicht verantwortlich, sondern mich. Ich will aber nicht die Schuldige sein! Erst recht nicht, wenn ich es nicht bin!« Ich haute ärgerlich mit der Hand auf die Wasseroberfläche. Geistesgegenwärtig drehte Filippa den Kopf zur Seite, damit ihr kein Wasser in die Augen spritzte.

»Glaub mir, ich kann dich verstehen. Gib ihnen einfach Zeit, sie werden sich schon beruhigen.« Sie hatte mir ihr Gesicht wieder zugewandt, hielt jedoch für alle Fälle ihre Hand schützend davor. Ihre Fingerkuppen sahen genauso weich und dellig aus wie meine.

»Mir reicht's«, sagte ich und stieg aus dem Becken.

ASCHE ZU ASCHE

Es knisterte. Flammen tanzten auf und ab. Eine Rauchsäule stieg einem Warnzeichen gleich zum Himmel empor, als ihre sterblichen Überreste vor den Stadtmauern Roms auf dem Campus Esquilinus dem Feuer übergeben wurden. In einer bewegenden Zeremonie hatten Lucius und sämtliche Sklaven Abschied von Cornelia genommen. Es war ein wolkenverhangener Morgen, an dem wir ihr die letzte Ehre erwiesen. Ein paar professionelle Klageweiber hatten sich unaufgefordert unserer Trauergemeinde angeschlossen, die von einem Priester angeführt wurde. Die Frauen hatten gehofft, ein paar Münzen für ihr Gejammere von Lucius zu erhalten, doch Marcius' Vater machte keinerlei Anstalten, sie zu bezahlen. Er war in eine schwarze Toga gehüllt und blickte mit versteinerter Miene auf das brennende Holzgerüst, auf dem Cornelia aufgebahrt war. Ich selbst hielt mich etwas abseits im Schutz einer mächtigen Platane auf, um die anderen in ihrer Trauer nicht zu stören. Am liebsten wäre ich der Zeremonie und dem ganzen Drumherum ganz ferngeblieben. Aber das hätten mir die Sklaven bestimmt erst recht übel genommen.

Sogar von meinem Platz aus konnte ich Artemisias Kummer förmlich spüren. Sie versuchte, sich zusammenzureißen und Haltung zu bewahren, was fast noch schlimmer mit anzusehen war, als wenn sie wieder geweint und geschrien hätte.

Ein einsamer Rabe balancierte auf den Zweigen über mir und krächzte anklagend. Ich hörte es. Und auch wieder nicht. Eine eigenartige Ruhe hatte mich ergriffen. Daran änderte auch die kleine Staubwolke nichts, die sich uns in schnellem Tempo näherte. Mit jeder verstreichenden Sekunde nahm sie mehr und mehr Gestalt an. Niemand außer mir bemerkte sie. Erst als die Reiter fast das Feuer erreicht hatten, schreckten die anderen Anwesenden auf.

Marcius zügelte seinen schweißüberströmten Grauschimmel, der schnaubend zum Stehen kam, und sprang mit einem Satz aus dem Sattel. An seinem Blick sah ich, wie er zu begreifen versuchte, was vor sich ging. Irgendjemand musste ihn zum Campus Esquilinus geschickt haben. Als er mich unter der Platane erspähte, entspannten sich seine Gesichtszüge. Er machte einen Schritt auf mich zu, blieb stehen und ging dann zu seinem Vater, der mit Kleon in der Nähe des langsam herunterbrennenden Feuers stand. Verus folgte ihm mit zusammengepressten Lippen. Ich konnte sehen, wie die vier Männer miteinander tuschelten.

Bei Verus' Anblick erwachte Artemisia aus ihrer Trauer. Sie reckte mit blitzenden Augen ihr Kinn empor und ballte ihre Hände zu Fäusten. Neilos und ein anderer Sklave griffen nach ihren Armen, um zu verhindern, dass sie auf Verus losging. Artemisia mochte moralisch im Recht sein, von Gesetz wegen war sie es nicht. Eine Sklavin durfte niemals ihre Hand gegen einen vornehmen Römer erheben. Umgekehrt durfte dieser mit Sklaven tun und lassen, was er wollte. Wenn überhaupt, konnte nur Lucius Verus zur Rechenschaft ziehen. So lautete das geltende Recht, das mit Gerechtigkeit lediglich ein paar Buchstaben gemeinsam hatte.

Filippa schien meine trüben Gedanken zu ahnen. Sie kam zu mir und legte ihren Arm tröstend um meine Taille. Unseren gestrigen Streit im Bad legten wir in diesem Moment bei. Einfach so, ohne viele Worte.

Das Feuer war inzwischen komplett heruntergebrannt. Zwei Sklaven sammelten die Asche ein und füllten sie in eine Urne. Artemisia, die von Neilos gestützt wurde, trat hinzu, nahm die Urne und küsste sie. Anschließend gab sie das mit Ornamenten verzierte Gefäß zurück und schlurfte davon. Eine gebrochene, alte Frau von vierzig Jahren. Unvorstellbar, dass sie jünger war als Hedda. Das also machte Liebe aus einem Menschen. Sie zerstörte ihn. Auch meine Liebe zu Harry hatte mich fast umgebracht.

Erneut wich ich einem Paar Steppenaugen aus, die mich fragend ansahen. Marcius stand noch immer direkt neben seinem Vater und Kleon, der den Sklaven mit der Urne letzte Instruktionen gab.

Es war verrückt: Endlich war Marcius zurück, und ich konnte ihm nicht in die Augen schauen. Es war nicht so, dass ich ihn nicht mehr liebte. Ich wusste einfach nur nicht, wie ich ihm begegnen sollte. Nach wie vor hatte ich keine Antwort für ihn. Außerdem war mir in den vergangenen Stunden klar geworden, dass ich in keinem Fall so enden wollte wie Cornelia oder Artemisia. Deshalb fand ich es klüger, Abstand zu Marcius zu halten – auch mit den Augen. Ganz besonders in diesem Moment. Verus hatte sich direkt hinter ihm aufgebaut, breitbeinig und mit verschränkten Armen. Mit Verus wollte ich erst recht keinen Blickkontakt haben. Auch keinen versehentlichen. Bestimmt hatte er Cornelia nur als ein Spielzeug betrachtet, das er jetzt auf bequeme Weise losgeworden war. Verus war ein widerlicher Mensch, den ich nie im Leben heiraten würde. Lieber würde ich sterben. Ich verachtete ihn.

DAS DIKTAT

Du darfst nicht so schlecht über Verus denken«, versuchte Filippa, mich zu besänftigen. »Cornelia wusste, was sie tat, als sie sich auf ihn einließ. Ihre Mutter hätte ihr ein warnendes Beispiel sein müssen.«

»Ich denke, Sklavinnen haben nicht das Recht *Nein* zu sagen?«, hielt ich dagegen.

»In diesem speziellen Fall wäre es wohl möglich gewesen.« Filippa trippelte unruhig auf der Stelle. Wie fast jeden Morgen wollte sie nach dem Frühstück zum Markt. Ich ließ sie nicht gehen, sondern bestand darauf, unser Gespräch fortzusetzen, das wir direkt nach dem Aufstehen begonnen hatten.

»Du stellst dich auf die Seite von Verus. Dabei ist Cornelia gerade mal eine Woche tot«, warf ich ihr vor.

»Das mache ich nicht. Selbst wenn Verus sie geheiratet hätte, was natürlich völlig unvorstellbar ist, da feine Herren niemals Sklavinnen heiraten, so wäre Cornelia trotzdem gestorben. Viele Frauen sterben bei der Geburt eines Kindes. Leider.«

»Verus ist kein *feiner* Herr.«

»Du weißt, was ich meine«, stöhnte Filippa.

»Ist das Kinderkriegen wirklich so gefährlich?«, fragte ich in die kalte Stille hinein.

»Was heißt gefährlich?« Sie wiegte den Kopf hin und her. »Kinder zu bekommen, ist etwas Natürliches. Aber wie gesagt, manche Frauen sterben dabei. Ist das bei euch nicht so?«

»Nein, eigentlich nicht.«

»Wie kommt das?«

»Wir haben gute Ärzte«, antwortete ich nach einigem Zögern.

»Wo auch immer dein Zuhause ist, es scheint ein guter Ort zu sein. Ich wäre gern einmal dort.«

»Ja, es ist schön dort«, hörte ich mich zu meinem eigenen Erstaunen sagen. Bis vor Kurzem hatte mir Schweden überhaupt nicht gefallen.

»Nimmst du mich mit, wenn du zurückkehrst?« Filippa griff unvermittelt nach meiner Hand und sah mich ernst an.

»So wie es aussieht, werde ich wohl niemals zurückkehren.«

»Aber wenn doch?«, beharrte sie.

Ein halblautes Niesen ließ uns auseinanderfahren. Filippa raffte umgehend ihre Tunika und eilte den Gang hinunter, der zur Eingangshalle führte. Ich ging vorsichtshalber in die entgegengesetzte Richtung und rannte prompt Kleon in die Arme. Hoffentlich hatte er uns nicht belauscht! Unser Gespräch war alles andere als harmlos gewesen. Filippa hatte laut über eine Flucht nachgedacht und mich um Hilfe gebeten. Nach römischem Recht war das ein schweres Verbrechen.

»Dich habe ich gesucht. Komm mit«, sagte Kleon.

»Wohin?«

»Das wirst du schon sehen.« Er führte mich in einen Teil des Hauses, in dem ich bislang noch nicht gewesen war. Deshalb vermutete ich, dass sich dort Lucius' Privatgemächer und sein Arbeitszimmer befanden. Ich hoffte inständig, dass nicht Marcius nach mir geschickt hatte. Nach wie vor bemühte ich mich, ihm aus dem Weg zu gehen, denn wenn ich etwas in letzter Zeit gelernt hatte, dann das: Wer etwas haben wollte oder sich gar etwas nahm, das nicht für ihn bestimmt war, musste dafür unter Umständen einen hohen Preis bezahlen. Außerdem wusste ich immer noch nicht, was ich Marcius sagen sollte. Ich konnte ihm einfach nicht die Wahrheit erzählen. Das Beste war also, ihn weiterhin zu meiden.

»Da lang«, brummte Kleon und zeigte auf einen Gang, der nach rechts führte.

Langsam hatte ich seine mürrische Art satt. »Warum bist du eigentlich immer so unfreundlich zu mir? Was habe ich dir getan?«

»Unfreundlich? Ich bitte vielmals um Verzeihung, das war nicht meine Absicht«, höhnte er.

»Siehst du, du bist schon wieder grantig. Glaubst du etwa immer noch, ich bin eine Spionin? Das ist doch lächerlich.«

»Nein, *das* glaube ich nicht.«

»Sondern?« Ich stemmte die Arme in die Hüften, während Kleon seine vor der Brust verschränkte.

»Ich glaube, du hast einen gefährlichen Einfluss auf Filippa.«

»Was meinst du damit?«

»Sie war immer ein liebes Mädchen. Seitdem du da bist, widerspricht sie ständig und wirkt unzufrieden.«

»Dafür kann ich nichts«, erwiderte ich wie aus der Pistole geschossen.

»Ich denke doch. Ich will nicht, dass du meiner Tochter einen Floh ins Ohr setzt und sie unglücklich machst.«

»Wirklich?«, fragte ich ironisch. »Vielleicht möchtest du ja auch nur, dass sie für alle Zeit immer genau das macht, was du ihr vorschreibst.«

Kleon bekam einen roten Kopf, gleichzeitig schnellte seine Hand nach vorne. Statt mich zu ohrfeigen, wie ich befürchtet hatte, wedelte er mit seinem Zeigefinger dicht vor meiner Nase hin und her. »Siehst du, genau davon spreche ich. Du führst aufrührerische Reden. Anders als du, ist Filippa eine Sklavin. Anders als dir, wird es ihr nie erlaubt sein, eine eigene Meinung zu haben. Sie wird auch niemals heiraten dürfen. Ich warne dich, Elina. Wecke in ihr keine Wünsche, die du nicht erfüllen kannst. Du machst sie damit nur traurig, und das lasse ich nicht zu. Ich liebe sie wie meine eigene Tochter, und ich werde sie vor dir beschützen.«

Ich war sprachlos. Einen derartigen Gefühlsausbruch hatte ich bei Kleon noch nie erlebt. Er schien wirklich an Filippa zu hängen. Viel mehr als er normalerweise zu zeigen bereit war. Ich fühlte mich auf einmal noch schlechter als sowieso schon. Niemand mochte mich, keiner traute mir. Und nun schadete ich sogar meiner einzigen Freundin.

»Es ist nicht meine Absicht, Filippa unglücklich zu machen. Wirklich nicht«, murmelte ich.

Kleon antwortete nicht, sondern schob mich in einen Raum, bei dem es sich nur um Lucius' Arbeitszimmer handeln konnte. Marcius' Vater saß an einem Tisch, hinter dem ein bunter Wandteppich hing, und studierte mit gerunzelter Stirn ein Schriftstück. Neben ihm stapelten sich unzählige Papierrollen.

»Herr, ich bringe dir das Mädchen.«

»Sehr gut.« Lucius winkte mich zu sich. »Ich habe gehört, du kannst schreiben?«

Das musste ihm Kleon erzählt haben, der es wiederum nur von Filippa wissen konnte. Bei einem unserer zahlreichen Terrassengespräche hatte ich ihr erzählt, dass ich schreiben, lesen und rechnen konnte, was sie mit Hochachtung und mich daraufhin ein bisschen mit Stolz erfüllt hatte.

»Ja, das stimmt. Aber nur lateinische Buchstaben«, antwortete ich.

Lucius und Kleon sahen mich entgeistert an, dann brach Marcius' Vater in ein hüstelndes Lachen aus. »So, so, nur lateinische Buchstaben! Ich denke, das reicht für unseren Zweck. Dem Senator, dem ich eine Nachricht zukommen lassen möchte, sollte des Lateinischen mächtig sein.« Auch Kleon konnte sich ein Grinsen nicht verkneifen.

Erst jetzt bemerkte ich, wie albern meine Bemerkung gewesen war. Natürlich lateinische Buchstaben! Was sonst? Arabische, kyrillische oder chinesische Schriftzeichen ergaben ja wohl kaum einen Sinn. Schließlich befand ich mich im antiken Rom, der Geburtsstätte der lateinischen Schrift.

»Du sollst einen Brief für mich schreiben. Mein Sekretär, der solche Aufgaben für gewöhnlich übernimmt, ist unpässlich, und Kleons Hände sind im Laufe der Jahre steif geworden«, fuhr Lucius fort.

»Ich könnte es versuchen«, antwortete ich noch immer etwas verlegen. »Wo sind Tinte und …?« Mir fiel das Wort für Papier nicht ein, also zeigte ich auf die Rollen auf seinem Arbeitstisch.

»Papyrus meinst du? Das brauchen wir nicht. Für den Brief reicht eine Wachstafel vollkommen.« Lucius unterdrückte ein Lächeln und deutete mit dem Kinn auf zwei Gegenstände, die auf einem Schemel lagen. »Du kannst dich dort hinsetzen und aufschreiben, was ich dir diktiere.«

»Wie funktioniert das?« Ratlos griff ich nach einer Art Metallstift und einer mit Wachs beschichteten Holztafel.

»Du hast damit noch nie geschrieben?« Lucius verzog skeptisch den Mund.

»Nein. Nur mit Papyrus«, entgegnete ich.

»Kleon, zeig ihr, wie es geht«, befahl der Senator.

Kleon nahm den Metallstift in die rechte Hand und ritzte damit ein *B* in das Wachs. »Wenn du etwas ändern willst, drehst du den Griffel einfach um und streichst damit das Wachs wieder glatt, siehst du? So macht man das.« Am anderen Ende des Stifts, den Kleon als Griffel bezeichnet hatte, befand sich ein kleiner Spatel, mit dem Kleon das Wachs so lange bearbeitete, bis das *B* wieder verschwunden war. »Hast du das verstanden?«, wollte Kleon wissen.

»Ja.« Ich setzte mich auf den Schemel mit der Wachstafel auf dem Schoß und wartete gespannt.

»Bist du so weit?« Lucius sah mich fragend an.

»Ja.«

»Gut, fangen wir an.« Die Hände auf dem Rücken verschränkt, lief Lucius vor mir auf und ab. »Salve, Titus ...«, diktierte er.

Ich hatte gerade einmal zwei Druckbuchstaben in die Wachstafel geritzt, da tippte mir Kleon von hinten auf die Schulter. »Was soll das sein?«, blaffte er mich an und zeigte auf das *a*.

»Das ist ein kleines *a*!«

»Was ist das?« Er wirkte irritiert. »So schreibt man den Buchstaben!« Er nahm mir den Griffel aus der Hand und ritzte ein krakeliges *A* in das Wachs. Er ächzte dabei.

»Also nur Großbuchstaben?!«

»Was meinst du damit?« Kleon rieb sich die schmerzenden Finger.

»Schon gut«, nuschelte ich.

»Kennst du nun unsere Schriftzeichen oder nicht?«, schaltete sich Lucius ein.

»Ich glaube, ich weiß jetzt, wie ihr es haben möchtet«, erwiderte ich und entfernte das *a* aus dem Wachs.

»Es geht nicht darum, wie wir es haben möchten, sondern wie es richtig ist«, belehrte mich Lucius. »Können wir jetzt weitermachen? Ja oder nein?«

»Ja. Nein. Aber schon mit Satzzeichen, oder?«

»Satzzeichen?«, staunte Lucius.

»Schon gut, also ohne.«

»Können wir nun endlich fortfahren?«

»Ja.« Ich schnitt heimlich eine Grimasse.

Lucius räusperte sich: »Also gut, noch einmal.«

SALVE TITUS ICH HOFFE DU UND DEINE FAMILIE SEID WOHLAUF NUR UNGERN BITTE ICH DICH DEIN LANDGUT ZU VERLASSEN ABER DIE POLITISCHE SITUATION GEBIETET ES BITTE KEHRE SO SCHNELL WIE MÖGLICH NACH ROM ZURÜCK NÄCHSTE WOCHE STEHT IM SENAT EINE WICHTIGE ENTSCHEIDUNG AN SENATOR CATO UND ICH BRAUCHEN UNBEDINGT DEINE STIMME ROM BRAUCHT DICH ALSO ZÖGERE NICHT MEIN FREUND DIE GÖTTER SEIEN MIT DIR
LUCIUS SULLA

Das Einritzen der Buchstaben war mühsam. Ich hatte es noch nie zuvor gemacht, entsprechend lange dauerte es. Obwohl das Schriftbild nicht besonders regelmäßig aussah, war Lucius zufrieden.

»Sehr schön!« Er beugte sich über die Wachstafel und kontrollierte meine Schreibkünste. »Kleon, sorge dafür, dass der Brief umgehend zu Titus gelangt!«

»Ja, Herr.« Kleon nahm mir die Wachstafel aus den Händen und eilte davon.

»Du kannst jetzt auch gehen«, sagte Lucius zu mir gewandt.

»Dürfte ich noch eine Bitte vortragen?« Ich setzte ein möglichst gewinnendes Lächeln auf.

»Schon gut, schon gut. Ich weiß, was du möchtest. Wenn es dich beruhigt: Du wirst Verus nicht heiraten. Ständig liegt mir jemand mit diesem Thema in den Ohren – und jeder aus einem anderen Grund.« Lucius fuchtelte mit den Händen in der Luft. Er wirkte gereizt.

»Wie bitte?« Ich sank zurück auf meinen Schemel. Eigentlich hatte ich Lucius um etwas ganz anderes bitten wollen.

»Er will nicht. Er weigert sich, dich zu heiraten, wenn du es genau wissen willst.« Lucius' Wangenmuskel zuckten.

»Ich verstehe nicht ...« Meine Gedanken rotierten. Ich selbst hätte es niemals gewagt, das Thema Hochzeit anzuschneiden, zumal ich den Eindruck hatte, dass es seit Marcius' Rückkehr vom Tisch war. Jedenfalls sprach seitdem niemand mehr davon. Ich war mir bis eben ziemlich sicher gewesen, dass ich das Marcius zu verdanken hatte. Aber sofern ich Lucius richtig verstanden hatte, lag es nicht an seinem Sohn, sondern an Verus.

Lucius fing wieder an, vor mir auf und ab zu laufen. »Was ist daran nicht zu verstehen? Dieser unverschämte Bursche behauptet, er würde um eine Frau trauern und könne dich daher nicht heiraten.« Ärgerlich stieß er die Worte hervor.

Ich brauchte eine Weile, um zu begreifen, was er gesagt hatte. Verus trauerte um eine Frau? Ich musste mich verhört haben. Um wen trauerte er? Doch nicht etwa um Cornelia?

Lucius kam vor dem Schemel zum Stehen, auf dem ich noch immer saß. »Was ist denn noch?«

»Ich … ich wollte Euch eigentlich nur fragen, ob es noch etwas anderes gibt, was ich für Euch erledigen kann. Ich brauche dringend eine Aufgabe.«

»Du brauchst eine Aufgabe?« Jetzt war auch Lucius verwirrt. »Wie meinst du das?«

»Ich muss irgendetwas tun. Ich weiß nicht, was ich den ganzen Tag machen soll. Ich … Ich langweile mich. Habt Ihr nicht Arbeit für mich?«

Lucius musterte mich verständnislos. »Wieso willst du arbeiten? Du bist keine Sklavin. Wenn du unbedingt möchtest, kannst du Filippa bei der Haushaltsführung unterstützen. Am besten besprichst du das mit Kleon.«

»Ich brauche eine eigene Aufgabe, etwas das mich fordert. Ich könnte öfter für Euch schreiben. So wie heute. Ich meine, solange Euer Sekretär krank ist«, schlug ich vor.

»Du bist ein seltsames Mädchen«, meinte Lucius und setzte seine Wanderung fort, was mich ganz nervös machte. »Aber warum eigentlich nicht?! Ich habe mir ein paar Schriftrollen ausgeliehen. Die könntest du abschreiben. Ich bin im Begriff, meine Bibliothek zu erweitern.« Er musterte seinen Arbeitstisch. »Wäre das eine dir genehme Aufgabe?«, fügte er sarkastisch hinzu.

»Ja, das würde ich gern machen. Soll ich alles auf Wachstafeln abschreiben?«

»Welch törichte Frage!« Lucius rümpfte die Nase. »Selbstverständlich auf Papyrus. Ich sagte doch, dass ich meine Bibliothek erweitern will. Hast du weitere Fragen?«

»Nein.« Ich musste mich sehr zusammenreißen, um freundlich zu bleiben. Lucius' arrogantes Benehmen stellte mich auf eine harte Probe.

»Gut, das wäre geregelt.« Lucius klatschte in die Hände und rief nach Kleon, der umgehend erschien.

»Ja, Herr?«

»Ist der Brief an Titus auf dem Weg?«

»Ja, Herr!«

»Sehr gut. Geleite das Mädchen in die Bibliothek. Zeig ihr die Rollen, die ich mir gestern ausgeliehen habe. Sie wird sie für mich kopieren.«

»Sehr wohl, Herr!« Kleon verneigte sich und dirigierte mich mit seinen Augen aus dem Raum heraus.

EIN TRAUM WIRD WIRKLICHKEIT

Lucius' Bibliothek befand sich nur zwei Zimmer weiter. Es war ein dunkler Raum voller Regale, in denen sich unzählige Papyrusrollen stapelten. Unterhalb des einzigen Fensters standen zwei mit Schnitzereien und Metallbeschlägen versehene Holztruhen sowie mehrere Krüge, in denen weitere Schriftrollen steckten. Gleich daneben entdeckte ich einen Tisch.

»Was soll ich abschreiben?« Fragend sah ich mich um.

Kleon öffnete eine Truhe, nahm eine Rolle heraus und reichte sie mir. »Dieses Buch.«

»Und womit schreibe ich?«

Kleon öffnete die andere Truhe und fischte ein unbeschriebenes Papyrusblatt heraus. »Sei achtsam damit. Papyrus ist wertvoll. Farbe und eine Rohrfeder lasse ich dir gleich bringen«, brummte er und verschwand.

Ich ging zu dem Tisch am Fenster und entrollte das Schriftstück, das ich kopieren sollte. Es bestand aus mehreren zusammengeklebten Blättern, war mindestens zehn Meter lang und mit einfachen Zeichnungen versehen, von denen ich nicht wusste, ob ich sie auch kopieren sollte und vor allem, ob ich es überhaupt konnte. Zeichnen gehörte nicht unbedingt zu meinen Stärken. Unschlüssig betrachtete ich die Illustrationen, als Neilos die Bibliothek betrat.

»Das soll ich dir bringen.« Er stellte ein Gefäß mit schwarzer Farbe auf den Tisch und legte einen aus Schilfrohr gefertigten Stift daneben, der am Ende spitz zulief. Das musste die Rohrfeder sein, von der Kleon gesprochen hatte. »Wenn du noch etwas brauchst, lass es mich wissen.«

»Danke, Neilos.« Ich lächelte ihn an, aber er warf mir nur einen düsteren Blick zu und verließ den Raum. Zum Schreiben hatte ich jetzt alles, was ich benötigte, blieb nur die Frage, was ich mit den Zeichnungen machen sollte. Ich raffte meine Tunika und lief aus der Bibliothek, um Lucius nach den Illustrationen zu fragen. Auf dem schummerigen Gang, der zu seinem Arbeitszimmer führte, prallte ich gegen einen Körper. Zwei kräftige Arme umfassten mich.

»Elina!«

Ich hatte schon beinahe vergessen, wie seine Stimme klang. Ein streichelnder Wind in den Gräsern, der meine guten Vorsätze, ihm möglichst gleichgültig zu begegnen, einfach davonblies.

»Was machst du hier?« Marcius strahlte mich an.

»Ich arbeite für deinen Vater«, erwiderte ich und versuchte, ihm nicht in die Augen zu sehen. Es war schon so schwierig genug, klar zu denken.

»Du arbeitest? Hier? – Das will ich sehen!« Marcius lachte fröhlich auf und schob mich zurück in die Bibliothek. »Was genau sollst du machen?«

»Dein Vater hat mich gebeten, dies abzuschreiben.« Ich tippte auf die Rolle, die auf dem Tisch lag. Neugierig beugte sich Marcius darüber und las halblaut vor:

»Erster Gesang:

Singe den Zorn, o Göttin, des Peleiaden Achilleus,
Ihn, der entbrannt den Achaiern unnennbaren Jammer erregte,
Und viel tapfere Seelen der Heldensöhne zum Aïs
Sendete, aber sie selbst zum Raub darstellte den Hunden,
Und dem Gevögel umher. So ward Zeus Wille vollendet:
Seit dem Tag, als erst durch bitteren Zank sich entzweiten
Atreus Sohn, der Herrscher des Volks, und der edle Achilleus.« 1

Ohne aufzublicken murmelte er: »Sieh an, eine Übersetzung der *Ilias*. Mein Vater möchte also zusätzlich zu seiner griechischen auch noch eine lateinische Version haben.« Marcius richtete sich auf und lächelte mich an. »Du kannst schreiben? – Natürlich kannst du es! Welch eine Frage!«

Ich wurde rot unter seinem Blick. »Du kennst den Text?«, erkundigte ich mich, um irgendetwas zu sagen.

---

1 Homer, *Ilias*.

»Die *Ilias*? Ja, mein Lehrer hat mich damit gequält.«

»Was ist die *Ilias*?«

»Ein Werk des griechischen Dichters Homer. Es handelt vom Zorn, der Götter und Menschen ereilt. Schauplatz ist der Trojanische Krieg, einer der Helden, Achilles ...« Er kam auf mich zu. »Aber darüber wollte ich mit dir eigentlich nicht sprechen.« Marcius' Augen ließen mich nicht los, was mich noch nervöser machte.

Fieberhaft suchte ich nach einem harmlosen Thema. Vor nicht allzu langer Zeit hatte ich den Film *Troja* im Fernsehen gesehen. Brad Pitt hatte Achilles gespielt, einen Verbündeten des Königs von Sparta. Gemeinsam hatten die beiden versucht, die Stadt Troja einzunehmen, um die schöne Helena zurückzuholen, die mit dem König von Sparta verheiratet war. Paris, ein trojanischer Prinz, dargestellt von Orlando Bloom, hatte sie nach Troja entführt. Genau genommen war Helena freiwillig Paris dorthin gefolgt, weil sie ihn liebte. Ungerechterweise war es nicht Paris gewesen, der im Laufe des Krieges von Achilles getötet wurde, sondern sein Bruder Hektor, der mit der vermeintlichen Entführung nichts zu tun hatte.

Von dem Film konnte ich Marcius natürlich nicht berichten. Ich konnte ihn höchstens fragen, ob die Geschichte mit Achilles, Paris und Hektor, so wie ich sie kannte, mit der *Ilias* identisch war. Ich seufzte. Es war wirklich schwierig und anstrengend, ständig mein altes Leben auszublenden und zu verschweigen. Manchmal machte es mich fast wahnsinnig. Es war als hätte ich keine Vergangenheit.

Das Ergebnis meiner langen Überlegungen war ein alles andere als unverfänglicher Gesprächsstoff: »Dein Vater hat gesagt, ich muss Verus nicht heiraten, was ich sowieso nie getan hätte«, platzte ich schließlich heraus. Na, toll! Was hatte ich mir dabei nur wieder gedacht?!

»Das hast du bereits mehrfach erwähnt. Ich erinnere mich.« Erneut huschte ein Lächeln über Marcius' Gesicht. Es stand ihm gut. Er sah so unglaublich gut aus. Und so unerreichbar. »Wie du weißt, war ich zusammen mit Verus fort. Auf dem Weg hierher hat er mir eröffnet, dass er einer anderen versprochen ist und dich deshalb nicht heiraten kann.« Marcius' Miene war jetzt ernst.

»Cornelia?«, fragte ich.

»Du weißt davon?« Er kratzte sich am Kopf. »In diesem Haus gibt es zu viele Ohren!«

»Er wollte sie heiraten?«

»Verus wollte zumindest meinen Vater bitten, sie ihm zu geben, um mit ihr zusammenzuleben. Ob er sie geheiratet hätte? Ich weiß es nicht. Sie war eine Sklavin. Bei Verus kann man allerdings nie sicher sein. Er setzt sich gern über alle Regeln hinweg und pfeift auf die guten Sitten. Ich war einigermaßen überrascht, als er mir von seinen Plänen berichtete.« Marcius klang verbittert.

»Du verurteilst ihn deswegen?«

»Ja, das tue ich. Manchmal beneide ich ihn aber auch um diese Haltung. Ich indessen habe die meiste Zeit meines Lebens damit verbracht, die Erwartungen meines Vaters zu erfüllen.« Marcius setzte sich auf eine der Truhen und klopfte mit der Hand neben sich. »Komm zu mir, Elina!«

Zögerlich folgte ich seiner Aufforderung. So schön seine Nähe auch war, sie war gefährlich.

»Das ist traurig«, murmelte ich.

»Was? Dass ich immer versuche, die Erwartungen meines Vaters zu erfüllen?«

»Nein. Cornelia ist gestorben, ohne zu wissen, dass Verus sich für sie entschieden hat. Bis zum Schluss hat sie geglaubt, er würde mich heiraten. Ist das nicht furchtbar?«

»Ja, ich weiß. Verus leidet deswegen.«

»Das merkt man ihm nicht an!«

»Er kann seine Gefühle gut verbergen. – Eigentlich stimmt das gar nicht«, korrigierte sich Marcius. »Bei Verus äußern sich Trauer und Schmerz nur anders. Er wird dann wütend und hadert mit dem Schicksal.«

»Dann habe ich ihm wohl Unrecht getan«, sagte ich nach einer Weile. An den Gedanken, dass Verus womöglich doch nicht so ein mieser Kerl war, musste ich mich erst noch gewöhnen.

»Wir alle tun von Zeit zu Zeit anderen Menschen Unrecht.«

»Warum ist das so?«

»Ich weiß nicht. Ich nehme an, weil der Mensch nicht perfekt ist. Wie es scheint, gibt es nichts Verlässlicheres als Ungerechtigkeit.« Marcius lachte gequält auf.

»Das ist deprimierend.«

»Nicht unbedingt. Man darf es nur nicht persönlich nehmen. Das Leben ist einfach so. Die Menschen sind so. Besser du gewöhnst dich daran, sonst wirst du häufig unglücklich sein, Elina.«

»Ich weiß nicht, ob ich das kann. Das ist leichter gesagt, als getan.«

Er nickte und schwieg, den Blick auf den Boden gerichtet. Ich wusste, dass er inzwischen längst über etwas anderes nachdachte. »Ist es ungerecht oder falsch, von dir zu verlangen, mir endlich die Wahrheit zu sagen?« Er griff nach meiner Hand und sah mich an.

Ich dachte, mein Herz würde stehen bleiben. Seine Hand, sie war es! Die Hand aus meinem Traum! Ich erkannte sie genau. Ich spürte es! Ein warmer Strom rieselte durch meinen Körper, von meiner Hand zu seiner und von seiner zurück zu meiner. Wie ein Kreislauf, der endlich geschlossen worden war. Kein Zweifel. Seine Hand war die richtige. Sie gehörte zu mir.

»Elina?«

Ich konnte nur nicken.

»Was meinst du? Wird es nicht Zeit für die Wahrheit?«

»Deine Hand ...«, setzte ich an.

»Was ist damit?« Er machte Anstalten, sie wegzuziehen, aber ich hielt sie fest.

»Spürst du nichts?«, flüsterte ich.

»Was soll ich spüren? Ich finde, es fühlt sich gut an. Ich halte gern deine Hand. Es ist, als hätte ich mein ganzes Leben darauf gewartet.« Er hob meine Hand hoch und berührte sie leicht mit den Lippen. Es war mehr ein Hauch als ein Kuss. Trotzdem wurde mir schwindelig.

»Mir geht es genauso.« Ich konnte kaum noch reden, so aufgeregt war ich.

Marcius lächelte. »Und was ist mit meiner Frage?« Er rückte ein wenig von mir ab, um mir besser in die Augen sehen zu können.

»Ach, Marcius. Ich würde ja gern. Aber ich kann nicht.«

»Warum nicht?«

»Weil du mir nicht glauben würdest. Du würdest mir eher eine Lüge glauben. Das weiß ich genau. Doch ich will dich nicht anlügen.«

»Woher willst du wissen, dass ich dir nicht glaube? Hast du so wenig Vertrauen zu mir?«

»Ich weiß es eben«, nuschelte ich.

Marcius erwiderte nichts. Eine Mauer des Schweigens baute sich zwischen uns auf. Als er keine Anstalten machte, sie einzureißen, sagte ich zögerlich: »Versprich, mir zu glauben!«

»Ich verspreche es«, sagte Marcius ernst und legte meine Hand auf seine Brust. Ich konnte seinen Herzschlag spüren. Oder war es meiner?

»Wirklich?«, vergewisserte ich mich.

»Wirklich!«

»Schwöre es!«

»Ich schwöre es beim Grab meiner Mutter!«

Wieder schwiegen wir eine Weile. Ich war ihm dankbar, weil er mich nicht drängte. Es war so schwierig, die richtigen Worte zu finden. Und so gefährlich, sie auszusprechen. Ich schluckte mehrmals; in meinen Ohren pulsierte das Blut. Tu es nicht! Lass es! Tu es nicht! Ich ignorierte die warnende Stimme in mir.

»Marcius, glaubst du, man kann in die Zukunft oder Vergangenheit reisen?«

Seine Augen weiteten sich. »Ich habe noch nie davon gehört.«

»Ich auch nicht«, sagte ich mit möglichst fester Stimme. »Genau das ist mir jedoch passiert.«

DAS TOR ZUR GEGENWART

»Du behauptest, du bist zweitausend Jahre nach mir geboren worden?«, fragte Marcius und runzelte die Stirn. Ich hatte ihm alles erzählt. Haarklein. Von meinem Leben in Afrika, der Rückkehr nach Schweden, meiner Reise mit Erik nach Rom bis zu dem Moment, in dem mich Kleon bei den Bäumen gefunden hatte.

»Ja, es sind sogar mehr als zweitausend Jahre.«

»Du kommt also aus der Zukunft?«

»Es sei denn, ich träume das alles nur. Du könntest mich ja zwicken, damit ich weiß, ob ich schlafe oder nicht«, versuchte ich, zu scherzen. Der Schatten, der sich auf Marcius' Gesicht gelegt hatte, wollte trotzdem nicht verschwinden. Seine Miene blieb ernst.

»Du schläfst nicht«, stellte er tonlos fest.

Ich entzog ihm meine Hand, die er noch immer festhielt, inzwischen auf eine leblose Weise. »Du glaubst mir nicht, stimmt's?«, stieß ich hervor.

Marcius zog die Augenbrauen zusammen. Über seiner Nase bildete sich eine steile Falte. »Ich habe immer noch nicht verstanden, wie es möglich sein soll, von der Zukunft in die Vergangenheit zu wechseln?«

»Von der Gegenwart in die Vergangenheit«, verbesserte ich ihn. »Das kann ich dir nicht sagen. Ich weiß nur, ich habe mich vor diesem Jungen, Giulio hieß er, im Gebüsch versteckt und gegen einen Baum gelehnt. Kurz darauf stand plötzlich Kleon vor mir. Mehr weiß ich auch nicht.«

»Wie kann man die Zeit wechseln, wenn man an einem Baum lehnt?«

»Ich weiß es nicht. Wie oft soll ich es noch sagen?!«

»Du hast keine Erklärung dafür?« Marcius stellte eine Frage nach der anderen. Schnell und knapp. Ich kam mir vor wie bei einem Verhör.

»Es gibt da so eine Theorie. Danach darf man sich die Zeit wohl nicht als gerade Linie vorstellen. Angeblich ist die Zeit irgendwie gekrümmt. Wenn das stimmt, könnte es sein, dass sie sich selbst berührt. Unter Umständen hat sich bei dem Baum, an den ich gelehnt habe, meine Zeit mit deiner gestreift. Verstehst du?!« Ich ließ meine Hände sinken, die zur besseren Verständlichkeit eine Zeitachse in die Luft gemalt hatten.

In der Bibliothek herrschte eine bedrückende Stille. Keiner von uns sprach mehr. Wozu auch? Alles war gesagt. Und alles verloren. Ich sah seine Zweifel. So wie ich es befürchtet hatte. Eben noch hatte er meine Hand genommen, sie geküsst und auf seine Brust gelegt, wo ich seinen Herzschlag fühlen konnte. Nun stierte er vor sich hin. Ich war selbst schuld. Ich hatte das Glück verscheucht, indem ich Marcius wider besseren Wissens die Wahrheit erzählt hatte. Eine Wahrheit, die er unmöglich glauben konnte.

»Lass uns zu diesem Baum gehen.« Marcius war mit einem Satz aufgesprungen.

»Was sollen wir dort?«

»Ich will die Stelle sehen«, sagte er und betonte dabei jede einzelne Silbe.

»Da gibt's nichts zu sehen! Ich war schon mehrmals ohne Erfolg dort. Zuletzt als du mich vor der Schlange gerettet hast. Du kennst die Stelle«, protestierte ich.

»Das ist egal. Ich will sie sehen!« Marcius stürmte zum Ausgang der Bibliothek. Als ich ihm nicht gleich folgte, blieb er stehen und sagte in einem Ton, der keinen Widerspruch duldete: »Komm, Elina!«

Ich zögerte kurz, dann trottete ich ihm hinterher. In meinem Kopf drehten sich die Gedanken wie ein Karussell. Wovon wollte er sich überzeugen? Ob es diesen Baum gab? Er wusste, ich hatte mich bereits vergebens an irgendwelche Stämme gelehnt. Gerade erst hatte ich es ihm erzählt. Was also sollte das Ganze?

Wir liefen den Sandweg entlang. Fröstelnd versuchte ich, mit Marcius Schritt zu halten. Am liebsten wäre ich umgekehrt und zurück ins Haus gegangen. Es war kalt und ich hatte nicht einmal ein Tuch bei mir, um es mir über die Schultern zu legen. In der vergangenen Nacht hatte es zum ersten Mal geregnet, seitdem ich hier war. An mehreren Stellen standen Pfützen. Meine Ledersandalen, die Filippa mir gegeben hatte, boten nur wenig Schutz. Genauso wenig wie meine Tunika, die aus Wollstoff war.

Marcius und ich hatten die Stelle erreicht, wo wir uns rechts vom Sandweg ins Gebüsch schlagen mussten. Wir zwängten uns zwischen triefenden Sträuchern und Farnen hindurch. Innerhalb kürzester Zeit war ich nass bis auf die Haut. Die Tunika klebte an meinem Körper, die Sandalen waren durchweicht und als wäre das nicht alles schon schlimm genug, prasselten unermüdlich Tropfen von den Zweigen über uns auf mein Haar herab.

»Da wären wir. Welcher ist es?« Wir waren zu den Bäumen gelangt, wo sich Marcius fragend umsah.

»Ich glaube, der da.« Ich zeigte auf einen besonders dicken Stamm.

»Sicher?«

»Nein.«

»Warum nicht?«

Ich biss die Zähne zusammen, um nicht zu explodieren. »Es ist zu lange her, es war damals dunkel und ich war aufgeregt. Ich konnte ja nicht ahnen, diesen Baum später einmal identifizieren zu müssen.«

Er ignorierte meine Empörung. »Gut, versuchen wir es einfach. Lehn dich gegen den Stamm!«

»Es wird sowieso nichts passieren!«

»Tu es«, forderte er.

Mit einem leisen Stöhnen lehnte ich mich gegen den Stamm, auf den er zeigte. Aufmerksam verfolgte er jede einzelne meiner Bewegungen. Auch dass ich mein Gesicht verzog, als ich die nasse Borke auf meinem Rücken spürte, entging ihm nicht. Es schien ihn nicht weiter zu kümmern. Wortlos standen wir uns gegenüber und blickten einander an. Die Sekunden verstrichen, ohne dass etwas geschah.

»Du bist noch da«, stellte er überflüssigerweise fest.

»Ich habe doch gesagt, nichts passiert!« Mir platzte endgültig der Kragen. Mir war kalt, ich war nass, ich befand mich nach wie vor in der Vergangenheit und zu allem Überfluss wurde ich wie eine Lügnerin behandelt. »Ich hab es dir gesagt«, grollte ich und machte einen Schritt auf ihn zu. »Ich habe dir auch gesagt, du würdest mir die Wahrheit niemals glauben. Doch du hast mich gedrängt. Ich sollte Vertrauen zu dir haben.« Meine Stimme überschlug sich fast. »So sieht also dein Vertrauen aus! Was ist aus deinem Versprechen geworden? Du hast beim Grab deiner Mutter geschworen, mir zu glauben. Und was ist jetzt? Du glaubst mir nicht! Du bist es also gewesen, der gelogen hat! Und nicht ich! Ich habe die Wahrheit gesagt!« Ich war außer mir.

Marcius verzog keine Miene; er wirkte seltsam steinern. Er packte mich, ohne eine Silbe zu sagen, am Ellbogen und zog mich hinter sich her. Zweige peitschten gegen meine Arme und Beine, ich stolperte über eine Baumwurzel, schließlich kamen wir zu dem Sandweg. Marcius ließ mich los und stapfte davon. Ich sah ihm durch einen Vorhang aus Wasser hinterher. Nicht nur der Himmel hatte seine Schleusen geöffnet.

OHNE WORTE

Sturzbäche ergossen sich über den Palatin. Unermüdlich trommelte der Regen auf die Bank, auf der Filippa und ich so viele Stunden zugebracht hatten. Die Tropfen hüpften und tanzten auf der marmornen Sitzfläche. Ich stand am Fenster und schaute hinaus. Die Welt versank in Schlamm und Trostlosigkeit. Ein Rabe flatterte herbei und setzte sich genau vor mir auf einen Mauervorsprung. Ich klatschte mehrmals laut in die Hände, was ihn nicht störte. Unbeeindruckt schüttelte er sein nasses, glitzerndes Gefieder. Wasser spritzte mir entgegen. Ich trat automatisch einen Schritt zurück, klatschte erneut in die Hände und machte »Schsch, schsch«, um ihn zu verscheuchen. Ich wollte ihn nicht hier haben; er erinnerte mich an Cornelias Totenfeier. Der große schwarze Vogel blickte mich nur mit harten Augen an und krächzte höhnisch. Er freute sich über seine Macht und mein Unglück.

DIE ILIAS

Ihm antwortete drauf der mutige Renner Achilleus:
Sei getrost, und erkläre den Götterwink, den du wahrnahmst.
Denn bei Apollon fürwahr, Zeus Lieblinge, welchem, o Kalchas,
Flehend zuvor, den Achaiern der Götter Rat du enthüllest:
Keiner, so lang' ich leb', und das Licht auf Erden noch schaue,
Soll bei den räumigen Schiffen mit frevelnder Hand dich berühren,
Aller Achaier umher! und nenntest du selbst Agamemnon,
Der nun mächtig zu sein vor allem Volke sich rühmet!

Jetzo begann er getrost, und sprach, der untadliche Seher:
Nicht versäumte Gelübd' erzürnten ihn, noch Hekatomben;
Sondern er zürnt um den Priester, den also entehrt' Agamemnon,
Nicht die Tochter befreit', und nicht annahm die Erlösung:
Darum gab uns Jammer der Treffende, wird es auch geben.
Nicht wird jener die schreckliche Hand abziehn vom Verderben,
Bis man zurück dem Vater das freudigblickende Mägdlein
Hingibt, frei, ohn' Entgelt, und mit heiliger Festhekatombe
Heim gern Chrysa entführt. Das möcht' ihn vielleicht uns versöhnen.

Fein säuberlich schrieb ich Buchstabe für Buchstabe die *Ilias* von Homer ab, die aus insgesamt vierundzwanzig sogenannten Gesängen bestand. Ich hatte schon hundert Zeilen zu Papier gebracht, und noch immer erinnerte mich nichts an den Film *Troja* mit Brad Pitt. In den Versen wurde nur Achilles erwähnt, der hier Achilleus hieß. Kein Wort hingegen von Helena, Paris oder seinem Bruder Hektor, der wegen Paris sterben musste. Oder ich hatte die drei überlesen, was kein Wunder wäre, da ich vieles von dem, was ich da kopierte, nicht verstand. Immerhin lenkte mich die Arbeit in der Bibliothek ab, und der Zorn und der Schmerz, um die es offenbar in der *Ilias* ging, passten gut zu meiner Stimmung. Ich tunkte die Feder mit Nachdruck in das Gefäß mit der dunklen Farbe und schrieb weiter.

Also redete jener, und setzte sich. Wieder erhub sich
Atreus Heldensohn, der Völkerfürst Agamemnon,
Zürnend vor Schmerz; es schwoll ihm das finstere Herz voll der Galle,
Schwarz umströmt; und den Augen entfunkelte strahlendes Feuer.

Punkt. Ich lehnte mich zurück und betrachtete mein Werk kritisch. Dabei tropfte Farbe von der Feder auf den Papyrusbogen. Mist! Schon wieder! Gleich rechts neben der vorletzten Zeile prangte ein dicker Fleck. Die Abschrift war ruiniert. Ich kam einfach nicht voran. Zweimal hatte ich bereits von vorn anfangen müssen, weil ich mit der Tinte gekleckert hatte. Es war wie verhext. Erst vergraulte ich Marcius, und dann war ich noch nicht einmal in der Lage, einen Text ordentlich abzuschreiben. Am liebsten hätte ich die Feder samt Farbe in die Ecke gefeuert. Warum hatte ich mich gestern bloß von Marcius dazu überreden lassen, die Wahrheit zu erzählen? Das hatte ich nun davon!

Gleich nach unserem Streit waren er, Verus und ein paar junge Männer fortgeritten. Ob und wann Marcius wiederkommen würde, wollte oder konnte mir niemand sagen. Lediglich Filippa machte Andeutungen, dass Marcius mal wieder im Auftrag seines Vaters unterwegs war und wichtige Gespräche führte. Hoffentlich stimmte das. Wenn ich mich recht erinnerte, stand der Bürgerkrieg kurz bevor.

Wie lange war das jetzt her, dass ich mich zu Hause in Schweden mit dem Bürgerkrieg beschäftigt hatte? Es kam mir wie eine Ewigkeit vor, was es genau genommen auch war.

Mein Magen krampfte sich zusammen. Was, wenn der Krieg schon in vollem Gang war und Marcius sich, wie ich vermutete, auf die Seite von Cäsars Gegnern geschlagen hatte? Dann wäre er jetzt in größter Gefahr. Ich atmete tief ein und aus. Bestimmt machte ich mir überflüssige Sorgen! Wenn der Krieg ausgebrochen wäre, hätte ich das sicherlich mitbekommen. So etwas geschah nicht still und leise. Wahrscheinlich führte Marcius wirklich nur Gespräche.

Wieso war alles so schwierig? Traurig betrachtete ich meine Arbeit. Vielleicht konnte ich ja wenigstens sie retten. Der Farbklecks war, wie ich feststellte, noch nicht getrocknet. Ich nahm die Rohrfeder und bemühte mich nach Kräften, ihm mithilfe der überschüssigen Farbe eine kreisrunde Form zu geben. Um den Kreis herum zeichnete ich ein Rechteck mit abgerundeten Ecken; die freie Fläche dazwischen verzierte ich mit Ornamenten. Aus dem ehemaligen Klecks war ein Schild entstanden. Fehlte nur der edle Krieger, der ihn in der Hand trug. Auf der Schriftrolle, die ich kopierte, fand ich eine passende Vorlage. So gut ich konnte zeichnete ich sie Strich für Strich ab. Immer wieder hielt ich inne und kontrollierte die Proportionen. Langsam nahm der Krieger Form an.

Gegen Nachmittag kam Lucius in die Bibliothek, um meine Fortschritte zu begutachten. Wie gern hätte ich ihn nach Marcius gefragt. Selbst als Lucius auf den Krieger mit dem Schild tippte und sagte »Der da sieht ein wenig aus wie mein Sohn«, traute ich mich nicht, zumal Lucius gleich fortfuhr: »Anscheinend hat mein Sohn schon vor über tausend Jahren in Troja gekämpft. Ich wusste gar nichts davon. Fürwahr, die Launen der Götter sind unergründlich. Oder sollte es etwa auf eine Laune von dir zurückzuführen sein?« Mit einem eigenartigen Lächeln stolzierte er aus der Bibliothek. Verdutzt blickte ich ihm hinterher.

Was hatte diese Bemerkung zu bedeuten? Wusste er etwa Bescheid und machte sich über mich lustig? Oder war das keine Anspielung gewesen, sondern nur ein seltsamer Zufall? Ich fühlte mich unbehaglich. Und ertappt. Der Krieger hatte tatsächlich Ähnlichkeit mit Marcius. Bisher war mir das gar nicht aufgefallen. Vorsichtig strich ich mit der Fingerkuppe über sein papiernes Gesicht. Es fühlte sich ein wenig rau an.

BESUCH IN DER NACHT

Stunde für Stunde verbrachte ich in der Bibliothek. Bis mir die Finger und der Rücken wehtaten. Ich schrieb nicht nur einen Vers nach dem anderen ab und kopierte die Illustrationen, ich verschnörkelte auch eigenmächtig so kunstvoll es eben ging die Buchstaben am Anfang einer jeden Strophe und umrahmte die einzelnen Gesänge mit Bordüren aus geraden und verschlungenen Linien. Damit wich ich zwar von der Vorlage ab, aber es machte mir einfach Spaß und ich hatte dadurch auch nicht so viel Zeit zum Grübeln. Nachts allerdings holten mich die Gedanken ein.

Wieder einmal wälzte ich mich von rechts nach links, auf den Bauch, dann auf den Rücken und wieder zurück auf den Bauch. Filippa schlief bereits. Mit geschlossenen Augen lauschte ich ihrem gleichmäßigen Atem. Er hatte etwas Beruhigendes, dennoch konnte ich nicht einschlafen.

Ich musste an Marcius denken. Wie jede Nacht. Ich vermisste ihn und seine Hand, die nie wieder nach meiner greifen würde. Marcius hielt mich für eine Lügnerin, da war ich mir hundertprozentig sicher. Sonst hätte er mich neulich bei den Bäumen nicht so blöd behandelt. Bevor es mit uns richtig begonnen hatte, war es bereits wieder vorbei. Und ich allein war daran schuld. Warum hatte ich meinen Mund nicht halten können? Ich hatte doch gewusst, dass mir niemand meine Geschichte glauben würde. Hätte mir jemand was von einer Zeitreise erzählt, würde ich ihn auch entweder für bekloppt oder für einen Lügner halten.

Erneut drehte ich mich im Bett um. Es knarrte leicht. Filippa brabbelte irgendetwas Unverständliches. Ich horchte, ob sie wach geworden war, dann hätte ich mit ihr reden können. – Nein, so wie es sich anhörte, schlief sie weiterhin tief und fest. Schade. Ich drehte mich zum hunderttausendsten Mal auf den Rücken. Um mich herum nichts als Finsternis.

Ohne, dass ich es richtig merkte, zwängte sich eine Träne durch meine Wimpern hindurch und lief meine Wange hinab. Millimeter für Millimeter arbeitete sie sich in Richtung Kinn vor. Gerade als ich die Hand hob, um sie wegzuwischen, spürte ich, wie sich von rechts ein starker Arm unter meinen Nacken schob. Langsam und vorsichtig, so wie damals in Schweden. Ich stutzte und hielt den Atem an. Ein zweiter Arm legte sich ganz sacht über meine Brust. Ich wagte kaum, mich zu bewegen, um die Arme, die mich umschlungen hielten, nicht zu verscheuchen. Eigentlich hätte ich mich wundern müssen. Aber wieder tat ich es nicht. Stattdessen genoss ich die Umarmung.

»Geht es dir gut?«, fragte eine stumme Stimme.

Meine Lippen formten eigenmächtig ein »Ja«.

Bevor ich mich wundern konnte, schlief ich ein.

JANICULUM

Ein Sonnenstrahl hatte sich durchs Fenster verirrt und kitzelte mich an der Nase. Mit einem Nieser wachte ich auf. Ich reckte und streckte mich in meinem Bett. Mein Nacken und mein Rücken waren verspannt, bestimmt weil ich in den vergangenen Tagen immer ziemlich krumm am Tisch gesessen und geschrieben hatte. Ich überlegte, ob ich heute mal eine Pause einlegen sollte.

Noch etwas müde massierte ich meinen Nacken. Plötzlich fiel mir ein, was vorige Nacht passiert war. Wieso hatte sich die Umarmung so echt angefühlt, und warum hatte sie mich so wenig erstaunt? Vor allem war es mir ein Rätsel, warum ich auf die Frage, ob es mir gut ging, mit »Ja« geantwortet hatte. Mir ging es nicht gut. Überhaupt nicht. Ich kam mir vor wie ein Planet, der aus seiner Umlaufbahn geschleudert worden war und nun einsam und ziellos durchs unendliche Universum trieb.

Energische Schritte, die sich meinem Zimmer näherten, ließen mich aufhorchen. Filippa konnte das nicht sein. Sie war zwar schon im Haus unterwegs, aber ihr Gang war leichter, nahezu geräuschlos.

Die Schritte kamen vor dem Zimmereingang zum Stehen. Der Vorhang bewegte sich leicht. Ich wartete darauf, dass er zur Seite geschoben wurde, was nicht geschah.

Wer mochte das sein? Für alle Fälle hielt ich mir die Bettdecke vor die Brust und lauschte. Die Schritte entfernten sich wieder. Eilig stand ich auf, schlüpfte in meine Tunika und spritzte mir Wasser aus der Waschschüssel ins Gesicht. Keinen Moment zu früh. Die Schritte kehrten zurück, der Vorhang flatterte in der Luft, und er stand vor mir. Seit wann war er wieder da? Ich glotzte ihn an wie ein Gespenst.

»Nimm dir etwas Warmes zum Überziehen mit und folge mir«, war alles, was er sagte. Seine Augen glänzten eigentümlich.

»Wohin?« Ich schnappte mir verdattert eine Decke aus Filippas Truhe und verließ mit Marcius das Zimmer.

»Das wirst du schon sehen.« Den Gang entlang zog er mich hinter sich her.

»Au, du tust mir weh«, beschwerte ich mich.

»Entschuldige.« Er ließ mich los. »Kannst du reiten?«

»Eigentlich nicht«, sagte ich und rieb mir die schmerzende Stelle am Arm.

»Somit wirst du es heute lernen!«

Wir verließen das Haus und gingen zum Pferdestall. Mir fiel auf, dass Marcius erneut humpelte. Ansonsten sah er aus wie immer. Unnahbar und gleichzeitig so anziehend, dass ich kaum meinen Blick von ihm wenden konnte.

Ein kühler Wind pfiff uns entgegen. Der übermütige Sonnenstrahl, der mich noch eben geweckt hatte, verkroch sich zusehends hinter einer dunklen Wand aus mächtigen Blumenkohlwolken.

Vor dem Stall stand ein bereits aufgezäumtes und gesatteltes Pferd. Es war ein kleines Tier mit braunem, zotteligem Fell und einem weißen, sternförmigen Fleck auf der Stirn.

»Kannst du allein aufsitzen?«, fragte Marcius mit Blick auf den Braunen.

»Ich weiß nicht. Der Sattel hat keine ...« Ich kannte das lateinische Wort für Steigbügel nicht. Marcius kam auf mich zugehumpelt und hob mich kurzerhand auf den Rücken des Pferdes. Verlegen zupfte ich meine Tunika zurecht, die etwas hochgerutscht war, wodurch meine nackten Beine zum Vorschein kamen. Um irgendetwas Unverfängliches zu sagen, bemerkte ich: »Du humpelst wieder?!«

»Mhm.«

»Hast du Schmerzen?«

»Nein. Das Bein ist nur ein wenig überanstrengt.« Marcius reichte mir Filippas Decke und schwang sich in den Sattel eines Grauschimmels, den ein Sklave in der Zwischenzeit aus dem Stall gebracht hatte.

»Wie heißt er?«, wollte ich von Marcius wissen.

»Wer?«

»Mein Pferd.«

»Amandus.« Zum ersten Mal an diesem Morgen huschte der Anflug eines Lächelns über sein Gesicht. Mit gesenktem Kopf wickelte ich die Decke um mich. Marcius sollte nicht sehen, wie ich rot wurde. Ins Schwedische übersetzt bedeutete Amandus nämlich so viel wie *der Liebenswerte*.

»Geht das so mit der Decke?«, erkundigte sich Marcius.

»Ja. Hast du keine?«

»Ich friere nicht so schnell. Außerdem habe ich ja noch den Umhang.« Er deutete auf das braune Tuch, das er sich um die Schultern geknotet hatte und das ihm gerade bis zur Taille reichte. »Fertig?«

Ich nickte.

Marcius trat dem Grauschimmel mit den Fersen in die Flanken. Dieser trabte daraufhin an. Amandus folgte ihm, ohne dass ich dafür etwas tun musste. Wir ritten einen mir unbekannten Weg entlang, der in Richtung Tiber führte. Es dauerte nicht lange und wir erreichten einen Viehmarkt. Trotz der frühen Stunde waren bereits unzählige Menschen unterwegs. Sie trieben ihre Tiere durch die Straßen, schrien, feilschten, schimpften und zogen schwer beladene Karren hinter sich her, sofern sie nicht über Zugtiere verfügten, die ihnen die Arbeit abnahmen. So gut es ging versuchte Marcius, das Gedränge zu umreiten, was nahezu unmöglich war. Wohin wir uns auch wandten, überall herrschte Chaos. Mehrfach beugte sich Marcius herab und griff mir vorsorglich in die Zügel.

»Ruhig, Brauner«, beschwor er Amandus, der von Zeit zu Zeit nervös auf der Stelle tänzelte. Sosehr ich mich auch anstrengte, ich wurde aus Marcius einfach nicht schlau. Mehr als eine Woche war es her, da hatte er mich ohne einen Ton buchstäblich im Regen stehen lassen. Jetzt ritt er neben mir her, als wäre es das Selbstverständlichste der Welt und zeigte sich besorgt um meine Sicherheit. Was hatte er vor? Wohin wollte er mit mir? Warum sagte er nicht, was los war? Gerade überlegte ich, ob ich ihn nicht einfach fragen sollte, was das Ganze zu bedeuten hatte, da durchbrach er das Schweigen: »Hast du schon gegessen?«

»Wann denn?«, brummelte ich.

Marcius stoppte bei der nächstbesten Taverne, sprang aus dem Sattel und half mir beim Absteigen. Für den Bruchteil einer Sekunde hielt er mich in seinen Armen. Am liebsten hätte ich genau in diesem Moment die Zeit angehalten. Ging aber nicht. Anscheinend ließ sich die Zeit allenfalls zurückstellen und auch nur in dem Maße, wie sie es wollte.

»He, du!« Marcius rief einen verwahrlost aussehenden Jungen zu sich. »Pass auf unsere Pferde auf. Hier hast du eine Münze. Wenn du deine Sache gut machst, bekommst du nachher noch eine.«

Der Junge grinste und griff nach der Münze und den Zügeln, die Marcius ihm reichte.

Ich hielt mich einen Schritt hinter Marcius, als wir die kleine, fensterlose Taverne betraten. Im Halbdunkeln tappten wir zu einem Tisch, der nicht ganz so dreckig aussah wie die anderen.

»Dies ist kein passender Ort für ein Mädchen. Und auch nicht für mich«, sagte Marcius angewidert. »Wirt, mach hier sauber und bringe uns ein Licht, Wasser, Brot und Käse!«

Ein ausgemergelter Mann in einer verschmutzten Tunika kam herbeigeschlurft, wischte den Tisch ab und stellte eine Öllampe sowie einen Krug mit zwei Bechern vor uns hin.

»Willst du uns nicht einschenken?« Marcius' Ton wurde noch eine Spur schärfer.

»Das kann sie machen,« sagte der Mann und zeigte auf eine Frau mit strähnigen roten Haaren, die einen Teller mit Brot und Käse brachte. Die Frau stellte den Teller vor Marcius ab, füllte uns die Becher voll und verschwand, ohne eine Miene zu verziehen.

Marcius schob das Essen zu mir herüber. »Iss, Elina!«

»Willst du nichts?«

»Ich habe schon gegessen.«

»Allein mag ich nicht essen.« Ich schob den Teller mit Brot und Käse zurück in die Tischmitte.

Marcius seufzte leise. »Iss endlich! Du bist sowie schon so dünn.«

»Gibt es eigentlich auch etwas, was dir an mir gefällt?«, fragte ich eher traurig als bissig.

Marcius blinzelte mich an. »Ich habe nicht gesagt, dass mir dein Aussehen missfällt. Ich wüsste auch nicht jemals in anderer Hinsicht Missfallen geäußert zu haben.«

»Doch! Neulich in der Bibliothek und bei den Bäumen, als ich dir erzählt habe ...«

Sein Zeigefinger schnellte zu seinen Lippen. »Nicht hier«, zischte er und blickte vielsagend auf die dunklen Gestalten rechts und links neben uns an den Tischen. Ich schwieg und vergrub mein Gesicht in den Händen. Wieso war ich hier? Was wollte Marcius von mir? Sein unberechenbares Verhalten machte mich ganz fertig. Nie gab es Normalität, immer nur Ausnahmesituationen. Ich hielt das einfach nicht mehr aus!

Etwas berührte mich an meinem Arm. Es war seine Hand. »Geht es dir gut?«

Ich hob den Kopf und sah direkt in Marcius' sorgenvolle Augen. Eigentlich wollte ich nicht lächeln. Nach der vergangenen Nacht aber musste ich es. Unglaublich, dass er mir genau diese Frage stellte. Es war verrückt. Einfach nur verrückt.

»Geht es dir gut?«, fragte er nochmals.

»Ja.«

Marcius lächelte etwas schief. »Iss wenigstens eine Kleinigkeit«, bat er. Seine Hand lag noch immer auf meinem Arm.

Gehorsam steckte ich mir ein Stück Brot mit Käse in den Mund und nahm einen Schluck Wasser.

»So ist's gut«, lobte er mich wie ein kleines Kind.

Ich schüttelte innerlich den Kopf. Marcius' Verhalten war und blieb für mich rätselhaft. Doch jetzt, genau in diesem Augenblick, störte es mich ausnahmsweise nicht. Abgesehen von der Tatsache, dass er mir die ganze Zeit beim Essen zusah.

»So, jetzt kann ich wirklich nicht mehr.« Ich blies meine Wangen auf und tat so, als würde ich gleich platzen. Außer ein paar Brotkrümeln hatte ich nichts übrig gelassen.

Marcius schmunzelte und rief den Wirt. Nachdem er bei ihm bezahlt hatte, schob er mich durch die Tür ins Freie. Weder er noch ich wollten länger als unbedingt nötig in dem schmuddeligen Wirtshaus bleiben.

Der Junge stand mit Amandus und dem Grauschimmel noch genau an der Stelle, wo wir ihn zurückgelassen hatten. Marcius gab ihm die versprochene Münze und hob mich aufs Pferd. Dabei rutschte meine Tunika wieder nach oben. Als wäre es ganz selbstverständlich, zupfte er sie dieses Mal zurecht. Das Blut schoss mir in die Wangen, was er zum Glück nicht bemerkte. Er war zu sehr mit meinen Knien beschäftigt. Leise pfeifend ließ er von mir ab und sprang mit einem Satz auf den Rücken seines Grauschimmels, der erschreckt zusammenzuckte und wieherte. Marcius grinste. Ich war mir nicht sicher, ob es wirklich an der Reaktion seines Pferdes lag.

Seite an Seite bahnten wir uns im Schritt einen Weg durch das Gedränge, das noch weiter zugenommen hatte.

»Man sollte den Fuhrleuten verbieten, tagsüber durch Rom zu fahren. Das ist ja unerträglich«, knurrte Marcius, während wir auf ein Stadttor zuhielten. Wir ritten unter einem Rundbogen hindurch und überquerten unterhalb der Tiberinsel den Fluss. Die Hufe der Pferde dröhnten auf der Holzbrücke.

»Das ist der Pons Sublicius. Die älteste Brücke von Rom. Vor etwa neunzehn Jahren wurde sie von einem Hochwasser zerstört. Der Senat ließ sie umgehend wieder aufbauen«, erklärte mir Marcius nicht ohne Stolz.

Ich hätte mich jetzt vermutlich beeindruckt zeigen müssen. Doch der Gestank, der vom Tiber zu uns aufstieg, machte mir zu schaffen. Der Fluss war eine einzige stinkende braune Brühe, die träge dahinfloss. So wie es roch, wurde die Kloake von ganz Rom in den Fluss geleitet. Nicht auszudenken, was passierte, wenn Hochwasser herrschte. Wie gut, dass sich Lucius' Haus auf dem höher gelegenen Palatin befand, schoss es mir durch den Kopf.

»Können wir etwas schneller reiten?«, bat ich Marcius. Ich konnte den Gestank nicht länger aushalten.

»Ja, sobald wir von der Brücke sind.« Prüfend blickte er mich an. »Du bist ja ganz weiß im Gesicht!«

»Mhm«, machte ich und trieb mein Pferd auf dem letzten Stück der Brücke mit den Fersen an, so wie ich es mir bei Marcius abgeguckt hatte. Amandus fiel sofort in einen schnellen Trab, der mich ordentlich durchschüttelte. Es dauerte nur ein paar Sekunden und Marcius hatte mich eingeholt.

»Elina, was tust du? Ich habe gesagt, nicht solange wir auf der Brücke sind.« Er fasste mir in den Zügel und zwang Amandus, im Schritt zu gehen.

»Entschuldige, aber ich musste so schnell wie möglich von dort weg. Der Fluss stinkt widerlich. Mir wurde richtig schlecht.«

»Es wäre besser, wenn du künftig auf mich hören würdest«, sagte er ernst.

Schweigend ritten wir einen Feldweg entlang. Nur das Schnauben der Pferde war zu hören und das schmatzende Geräusch, das sie bei jedem Schritt mit ihren Hufen auf dem durchweichten Boden machten.

»Wollen wir dort hinauf?« Ich zeigte auf einen Hügel direkt vor uns.

»Ja, ich möchte dir etwas zeigen.«

»Was?«

»Das wirst du gleich sehen.«

Aus dem Augenwinkel sah ich, dass er lächelte, und war beruhigt. Es gab offenbar nichts, wovor ich Angst haben musste. Am Fuß des Hügels zügelte Marcius seinen Grauschimmel derart hart, dass er sich leicht aufbäumte. Der plötzlich auffrischende Wind zerrte an Marcius' dunklem Umhang. Ich hatte mit Erik zusammen in Rom schon einige Reiterstandbilder gesehen. Marcius' Anblick jedoch übertraf alles. Ich konnte meine Augen kaum von ihm abwenden.

»Wollen wir hinaufgaloppieren?« Er schaute mich erwartungsvoll an.

»Lieber nicht.« Ich fühlte mich auf Amandus' Rücken noch nicht so sicher, auch wenn die beiden Sattelhörner auf Höhe meiner Oberschenkel für einen gewissen Halt sorgten.

»Na gut, vielleicht ein anderes Mal.« Marcius wirkte ein wenig enttäuscht. Mein Herz aber machte einen Hüpfer. Er hatte »ein anderes Mal« gesagt, was bedeutete, dass er weitere Ausritte plante und auch künftig mit mir Zeit verbringen wollte.

Marcius wendete seinen Grauschimmel unvermittelt. Statt den gut ausgebauten Weg vor uns hinaufzureiten, wählte er einen verschlungenen Pfad etwas weiter links davon.

»Warum haben wir nicht die Straße genommen?« Ich strich ein paar Äste zur Seite, die mir ins Gesicht zu schnippen drohten.

»Mir ist gerade eingefallen, dass ich keine Lust habe, einem der Wachposten zu begegnen. Besonders einem bestimmten nicht.«

»Wachposten?«

»Bei großen öffentlichen Versammlungen, die außerhalb von Roms Stadtmauern stattfinden, halten Legionäre von dort oben nach Feinden Ausschau, um die Bürger Roms zu schützen. Einer von den Legionären ist nicht unbedingt mein Freund«, erklärte Marcius.

»Findet denn gerade eine Versammlung statt?«

»Nicht das ich wüsste. Aber sicher ist sicher!« Er schnalzte und sein Grauschimmel trabte an. Amandus folgte ihm. Etwas außer Atem erreichte ich in Marcius' Windschatten den Hügelkamm. Marcius half mir von Amandus' Rücken herunter und band ihn zusammen mit seinem Grauschimmel an einem Baum fest.

»Wo sind wir hier?«

»Auf dem Janiculum. Der Hügel ist nach Janus benannt, dem Gott mit den zwei Gesichtern.« Marcius nahm mich am Arm und führte mich über eine Wiese, die vom Regen noch feucht war. Nur wenige Zentimeter vor einem Abhang blieb er stehen. Direkt vor uns ging es steil bergab. Extrem steil sogar. Mir wurde schwindelig.

»Guck nicht runter, sondern nach vorn«, flüsterte Marcius und verstärkte seinen Griff um meinen Arm.

Ich sah erst ihn an, dann folgte ich seinem Blick. Vor uns lag Rom. Die bedeutendste Stadt der Antike. Mächtig und erhaben. Ein Mythos, der für mich zur Wirklichkeit geworden war.

GESTÄNDNISSE UND EIN VERSPRECHEN

Sieh nur, das ist Rom!« Marcius machte eine weit ausholende Armbewegung, so als würde ihm die Stadt gehören. »Dies ist mein Lieblingsplatz. Ich komme oft hierher. Wenn ich nachdenken muss oder auch einfach nur so. Ich weiß nicht, ob du das verstehen kannst, aber ich würde für Rom alles geben. Besonders jetzt, da die Republik in Gefahr ist.« Er legte mir unvermittelt die Hände auf die Schultern und sah mir tief in die Augen. »Ich muss daher unbedingt wissen, was aus Rom wird.«

Ich starrte ihn verdutzt an. Meinte er wirklich das, was ich zu verstehen glaubte?

»Sag mir, was Rom erwartet. Ich muss es wissen. Es ist wichtig für mich!« Er hatte meinen Gesichtsausdruck richtig gedeutet.

In meinem Kopf summte und brummte es. »Das würde ja bedeuten, dass du mir gl…«

»Ja, das tue ich«, unterbrach er mich mit einem Anflug von Ungeduld. »Und deshalb kannst allein du mir sagen, in welcher Gefahr Rom ist.« Er schüttelte sanft meine Schultern, die schlaff herunterhingen.

Mit allem hatte ich gerechnet, mit dieser Wendung nicht. Sie traf mich völlig unvorbereitet. Offenbar glaubte Marcius mir doch. Oder wollte er mich nur testen? Unabhängig davon war mir nicht klar, was ich ihm erzählen durfte und was nicht, ohne in den Verlauf der Geschichte einzugreifen.

»Rom wird überdauern. Ich habe dir ja erzählt, ich bin mit meinem Vater hierher gereist. Rom existiert also auch in meiner Zeit«, erwiderte ich gedehnt.

»Als Republik?« Marcius hatte den Blick wieder in die Ferne gerichtet.

»In der Zeit, aus der ich komme, ist Rom die Hauptstadt einer Republik«, sagte ich.

Marcius' Gesichtszüge entspannten sich. »Ist das wahr, Elina?«

»Ja. Wir nennen Rom übrigens die Ewige Stadt.«

»Die Ewige Stadt! Das klingt schön. Aber ich möchte, dass du mir von der nahen Zukunft erzählst.«

Ich zögerte. »Ich weiß nicht, ob das richtig wäre. Eigentlich dürfte ich gar nicht hier sein. Ich kenne auch nur die groben Zusammenhänge und ein paar Eckdaten. Über zweitausend Jahre Geschichte, … da hat man nicht alle Details im Kopf.« Ich lachte nervös.

Er schwieg. Ich war gespannt auf seine Antwort.

»Du hast recht, wir sollten die Götter nicht erzürnen.« Marcius entfernte sich ein paar Schritte von mir und atmete tief durch. Ich konnte sehen, wie sich seine Brust hob und senkte.

»Marcius?«

»Ja?«

»Weißt du, was ich nicht verstehe?«

Er kam zu mir zurück.

»Ich hatte neulich den Eindruck, du würdest mir nicht glauben. Wie kommt es, dass du jetzt auf einmal …«

Er ließ mich nicht ausreden. »Nein, das stimmt nicht«, sagte er und schüttelte den Kopf. »Ich habe dir von Anfang an geglaubt.«

»Wieso hast du dich dann so komisch benommen? Und warum hast du mich zu den Bäumen geschleppt? Auf mich wirkte das so, als wolltest du beweisen, dass ich lüge.«

Wieder schüttelte er den Kopf. »Du irrst dich. So unglaublich deine Geschichte auch klingt, ich war mir von Anfang an sicher, sie stimmt. Auch wenn ich es vielleicht nicht wahrhaben wollte, aber ich ahnte es schon lange. Deine Kleidung, dein Auftreten, deine Kenntnisse und nicht zu vergessen deine seltsamen Instrumente. Nein, Elina, ich glaube dir. Ich war nicht *komisch* oder *unfreundlich*. Seit ich dich zum ersten Mal gesehen habe, war ich einfach nur durcheinander und …« Er brach ab. Ich wartete. »Ich wollte bei den Bäumen nichts beweisen, ich wollte einfach nur mit eigenen Augen sehen, wo es passiert ist«, fuhr er fort.

»Und warum hast du mich hinterher allein gelassen? Ich meine, du bist weggegangen, ohne ein Wort zu sagen.«

»Das wundert dich?« Seine Stirn kräuselte sich. »Nicht ich habe dich der Lüge bezichtigt, sondern du mich. Du hast mich beleidigt,

Elina. Das hat mir nicht gefallen. Ganz und gar nicht. Von niemand anderem hätte ich mir das bieten lassen.«

»Oh!« Ich ging in Gedanken noch einmal unseren Streit bei den Bäumen durch. Es stimmte. Ich hatte ihm vorgeworfen, sein Versprechen gebrochen und mich angelogen zu haben. Er hatte recht. Wie dumm von mir! »Es tut mir leid, ich wollte dich nicht beleidigen. Wirklich nicht. Entschuldige bitte. Aber ich konnte ja nicht ahnen, … Ich dachte wirklich, du glaubst mir nicht, obwohl du es versprochen hattest. Entschuldige bitte.«

Ganz vorsichtig hob er nur mit der Spitze seines Zeigefingers mein Kinn an. »Du sollst wissen, ich halte meine Versprechen. Hörst du?! Immer! Komme, was wolle. Vergiss das nie.«

Ich wusste nicht, wohin ich schauen sollte; selten hatte ich mich so unbeholfen gefühlt.

»Wenn du wüsstest, Elina.«

»Was?« Mehr als ein heiseres Flüstern brachte ich nicht zustande.

Er kämpfte mit sich, bevor er antwortete. »Als du mir deine Geschichte erzählt hast, haben sich meine schlimmsten Befürchtungen bestätigt. Ich musste das erst begreifen. Deswegen war ich auch mit Verus fort. Wenn du mir gesagt hättest, du wärst in Wirklichkeit eine Göttin, hätte es mich nicht härter treffen können. Ab jenem Moment in der Bibliothek stand fest, dass du für mich unerreichbar bist.«

»Wenn du es sowieso geahnt hast, warum hast du mich ständig dazu gedrängt, dir die Wahrheit zu erzählen? Das verstehe ich nicht.«

Er schaute über meinen Kopf hinweg in die Ferne. In seinen Augen schimmerte diese rätselhafte Traurigkeit, die ich schon so oft an ihm beobachtet hatte. Was er als Nächstes sagte, war so leise, dass ich es kaum hören konnte.

»Ich wollte Gewissheit … Weil ich dich liebe.«

Er liebte mich? Hatte er wirklich gesagt, er liebte mich? Die Welt wurde klein. Sie schrumpfte mit jedem Atemzug. Es gab nur noch Marcius und mich. Mich und Marcius. Ansonsten nichts. Nur wir beide. Allein auf der Hügelkuppe.

»Du liebst mich?« Meine Frage wehte durch die Luft.

»Ja. Ich denke, ich habe es vom ersten Augenblick an getan.« Er klang ein bisschen unglücklich.

»Wieso ...?«

»Wieso was?« Er fuhr zu mir herum und durchbohrte mich mit seinen Steppenaugen.

»Wir haben uns noch nicht einmal geküsst«, stammelte ich. Mein Herz war kurz davor, zu explodieren, in meinen Ohren rauschte es und ich wusste kaum, was ich sagte. Marcius fing schallend an zu lachen. So unbeschwert und fröhlich hatte ich ihn noch nie erlebt. Ich hatte keine Ahnung, was er so lustig fand, aber ich freute mich, ihn lachen zu sehen. Es war ein schöner Anblick.

»Was hat das eine mit dem anderen zu tun?«, meinte er, als er sich einigermaßen beruhigt hatte. »Ich gebe zu, ich verstehe nicht viel von Frauen, so viel weiß ich allerdings: Man küsst kein Mädchen aus gutem Haus einfach so. Oder ist das bei euch anders?« Er beugte sein Gesicht zu mir herab, wodurch mir das Denken noch schwerer fiel.

»Ja, ist es. Zumindest bei uns in Schweden. Wir küssen uns auch, wenn wir nicht verlobt oder verheiratet sind. Das stört keinen. Es ist normal«, nuschelte ich.

»Und wenn der Mann über zweitausend Jahre älter ist?« Marcius zog seinen Kopf zurück. Er sah wieder angespannt und ernst aus.

Ich hörte den Wind in den Bäumen rauschen. Für einen kurzen Augenblick kämpfte sich ein Sonnenstrahl durch die Wolken hindurch.

»Mich stört es nicht. Und außer uns beiden weiß es niemand.« Ich lächelte zaghaft. Um Marcius' Mundwinkel zuckte es. Er stand halb abgewandt von mir und schien, über eine Antwort nachzudenken. Ganz sacht legte ich meine Hand auf seinen Arm. Abrupt drehte er sich zu mir, nahm mein Gesicht in seine Hände und zog mich mit ungeheurer Kraft an sich. Selbst wenn ich gewollt hätte, hätte ich mich nicht wehren können. Er presste seine Lippen auf meine. Wieder und wieder. Wie ein Wirbelwind, der über mich hinwegfegte.

Genauso unvermittelt, wie er begonnen hatte, hörte er auf. Schwer atmend lehnte er seine Stirn gegen meine. »Das hätte ich nicht tun dürfen.« Er klang zerknirscht.

Ich streichelte ihm vorsichtig über die Wange. »Warum nicht?«

»Es war falsch. Wir dürfen das nicht tun. Du musst zurück in deine Zeit, Elina. Du kannst hier nicht bleiben.«

»Es gibt keinen Weg zurück, wie du selbst gesehen hast!«

Seine Stirn berührte nach wie vor meine. »Du musst es versuchen. Jeden Tag mehrmals. Du musst, Elina«, sagte er beschwörend. »Du gehörst nicht hierher. Du musst fort. Insbesondere jetzt. Rom ist ein gefährlicher Ort. Das weißt du bestimmt besser als ich. Elina, ich flehe dich an. Du musst es versuchen. Und sprich mit niemandem darüber, woher du kommst. Es ist besser, wenn dein Geheimnis unter uns bleibt.«

»Ich kann es nicht ständig versuchen. Wirklich nicht. Wie stellst du dir das vor? Mein Leben würde nur noch von Angst bestimmt sein.«

»Wieso?«

»Ich hätte vor jedem Versuch Angst. Angst, dich für immer zu verlieren. Aber auch Angst, dass es nicht klappt und ich meine Eltern nie mehr wiedersehe. Kannst du das nicht verstehen? Ich kann nicht jede Sekunde meines Lebens in Angst verbringen.«

»Du hast Angst, mich zu verlieren?« Er schob mich ein wenig von sich weg, um mir besser in die Augen sehen zu können.

»Ja. Ich habe das Gefühl, ich habe die ganze Zeit nur auf dich gewartet. Sogar schon, als ich noch in Schweden war. Ich, ich …« Mir fehlten die Worte.

Ich sah, wie es in seinem Kopf arbeitete.

»Könnte ich glücklich werden in deinem Land und in deiner Zeit?«, fragte er nach einer Weile.

Ich legte den Kopf schief und dachte nach. »Nein, bestimmt nicht.«

»Warum nicht?«

»Du würdest …« Ich suchte erneut nach den richtigen Worten. »Du würdest dich fremd fühlen. Nichts käme dir vertraut vor. Unser Leben hat keine Ähnlichkeit mit eurem. Es gibt bei uns lauter Dinge, die du nicht kennst. In Rom bist du außerdem ein wichtiger Mann. Bei mir zu Hause wärst du einfach nur ein Fremder.«

»Du scheinst keine so großen Schwierigkeiten zu haben, dich in meiner Welt zurechtzufinden«, bemerkte er.

»Ich nehme an, weil ich deine Zeit aus den Geschichtsbüchern kenne. Sie ist dadurch nicht ganz so überraschend für mich.«

»Geschichtsbücher? Sind darin die gesamten zweitausend Jahre beschrieben, die uns trennen?«

»Na ja, zumindest die wichtigsten Ereignisse.«

»Eure Bibliotheken müssen sehr groß sein«, staunte er. »Wie auch immer: Ich kann Rom ohnehin nicht verlassen. Nicht jetzt. Rom braucht mich.«

Gemeinsam blickten wir auf die Stadt hinunter. Der Wind hatte die Wolkendecke endgültig auseinandergerissen. Helles und dunkles Blau sickerten durch die Luft und verteilten sich am Himmel, so als wäre ein Tuschkasten ausgelaufen, der nur aus diesen beiden Farben bestände.

»Und was machen wir nun?«, fragte ich leise.

Marcius hatte seine Hände im Nacken verschränkt. »Ich weiß es nicht. Ich muss darüber nachdenken und dafür muss ich allein sein. Wir sollten zurückreiten.«

»Vorher möchte ich noch einen Kuss«, sagte mein Mund, ohne mich vorher um Erlaubnis zu bitten.

»Nein.« Marcius bohrte mit der Fußspitze im Boden.

»Bitte!«

»Das wäre nicht richtig.«

»Aber schön.«

Er lachte kurz auf. Es klang rau. Widerstrebend nahm er mich in die Arme und küsste mich. Dieses Mal ganz zärtlich. Ich hörte zwar keine Geigen spielen, … aber die Erde: Sie fing an, sich um mich zu drehen.

NUR EIN KUSS

Das konnte doch wohl nicht wahr sein?! Das konnte er mir nicht antun! Wie konnte er mich so zappeln lassen? Seit unserem gestrigen Ausflug hatte ich ihn nicht mehr gesehen und gleich wurde es dunkel. Ich wusste genau, dass er sich irgendwo im Haus aufhielt. Aber für mich blieb er unsichtbar. Noch eine Nacht voller Ungewissheit würde ich nicht aushalten. Fortwährend musste ich an Marcius und unseren Kuss denken. Wenn ich die Augen schloss, fühlte ich wieder seine warmen Lippen auf meinem Mund. Hatte ihm der Kuss denn gar nichts bedeutet? Oder hatte er sich aus Vernunftgründen gegen mich entschieden? Er hatte ja gesagt, dass er über uns nachdenken wollte. Vielleicht war es ja das Ergebnis seiner Überlegungen, mir wieder aus dem Weg zu gehen? Aber warum sagte er mir das nicht wenigstens, statt mich so auf die Folter zu spannen? Niedergeschlagen schlich ich in Filippas Zimmer, wo meine Freundin gerade eine Tunika für mich nähte. Ich hatte sie nicht darum gebeten. Es war ihre Idee gewesen. Sie fand, dass ich unbedingt mehr Kleidung bräuchte, womit sie sicherlich auch recht hatte. Allerdings hatte ich im Moment wenig Sinn für derartige Dinge.

»Da bist du ja! Ich wollte dich schon holen lassen. Ich bin so weit fertig. Du kannst sie anprobieren. Wenn sie dir passt, werde ich dir noch zwei oder drei im selben Stil nähen, damit du was zum Wechseln hast«, empfing mich Filippa.

»Toll«, brubbelte ich und zog mir die blaue Tunika über den Kopf, die ursprünglich mal ihr gehörte hatte. Vorsichtig half mir Filippa in einen Wust von Stoff, der voller Nadeln steckte.

»Dort müsste ich noch ein bisschen was abnähen. Hier auch. Ansonsten passt sie.« Filippa ging um mich herum, musterte kritisch ihr Werk und zupfte mehrmals an der rosafarbenen Tunika, die am Halsausschnitt, den Ärmelrändern und am Rocksaum mit zarten, goldgelben Ornamenten verziert war.

»Die ist ja bestickt,« war das Einzige, was mir dazu einfiel.

»Ich hielt es für passend, da du ja jetzt in den vornehmen Kreisen verkehrst«, meinte Filippa mit einem eigenartigen Lächeln.

»Sehr witzig!«

»Wo seid ihr gestern zusammen hingeritten?«, fragte sie unvermittelt, ohne auf meinen Einwurf einzugehen.

Ich trippelte unruhig auf der Stelle. Ihre Frage brachte mich in Verlegenheit. Es gab keine vernünftige Erklärung für unseren Ausritt außer der Wahrheit und die mochte ich ihr nicht erzählen. Auch Marcius fand, dass es besser sei, wenn ich mit niemandem über meine Herkunft sprach.

»Er wollte mir einfach nur Rom zeigen«, erwiderte ich so harmlos wie möglich.

»Einfach nur so?«

»Ja.«

»Glaub ich nicht«, sagte Filippa und piekste mich dabei versehentlich mit einer Nadel.

»Auaa!«

»Was ist?« Filippa hielt mit dem Abstecken inne und sah mich an.

»Du hast mich gestochen!«

»Du hast mich auch schon häufiger verletzt«, bemerkte sie spitz.

Verblüfft registrierte ich die ärgerlichen Fältchen, die sich um ihre Augen und ihren Mund herum gebildet hatten. So böse hatte ich Filippa noch nie erlebt. Mir fiel mein Gespräch mit Kleon wieder ein, in dem er gesagt hatte, dass sich Filippa durch den Umgang mit mir verändert hätte. Womöglich hatte er recht. Komisch, dass es mir erst jetzt auffiel. Ich war wohl zu sehr mit mir selbst beschäftigt gewesen.

»Tut mir leid, Filippa, wenn ich in letzter Zeit oft gereizt war. Es ist nicht leicht für mich, weißt du?! So viele Dinge stürzen täglich auf mich herein. Alles ist mir fremd und außer dir habe ich keine Freunde. Manchmal weiß ich gar nicht, wie es weitergehen soll«, versuchte ich, ihr mein Verhalten zu erklären. »Wirklich, es tut mir leid!« Die Entschuldigung war längst überfällig.

»Du betrachtest mich als Freundin?« Die Fältchen um Augen und Mund verschwanden und in ihrem Gesicht flackerte Freude auf.

»Ja, natürlich tue ich das!« Ich nahm sie so fest ich konnte in den Arm.

»Auaa!«

»Was?« Ich ließ sie augenblicklich los.

»Jetzt habe *ICH* mich an einer der Nadeln gepiekst!« Sie steckte sich den Zeigefinger in den Mund und leckte einen Blutstropfen ab, der sich auf ihrer Fingerkuppe gebildet hatte. Wir sahen uns an und brachen in Gelächter aus.

»Weißt du, was ich eigentlich genauso dringend brauche, wie eine neue Tunika?«, prustete ich, als ich wieder einigermaßen Luft bekam.

»Nein, was?«

»Einen dicken Umhang für draußen. Es ist inzwischen zu kalt, um so vor die Tür zu gehen.«

»Du hast recht«, stimmte mir Filippa glucksend zu. »Am besten du gehst gleich zu Silvia. Sie ist eigentlich unsere Schneiderin. Bestimmt hat sie ein Stück Stoff für uns. Und wenn nicht, dann soll sie auf dem Markt welchen besorgen.«

Ich schlüpfte aus der rosafarbenen Tunika und zog meine alte blaue an. Unterdessen beschrieb Filippa mir den Weg zu Silivias Nähzimmer, wo ich noch nie zuvor gewesen war.

»Danke, dass du für mich nähst«, sagte ich und band mir den Ledergürtel um.

»Ich opfere mich gern auf«, grinste Filippa und hielt mir ihren noch immer blutenden Zeigefinger unter die Nase.

»Du bist und bleibst eben ein Schatz!« Ich warf ihr eine Kusshand zu und huschte aus dem Raum. Zügig lief ich die langen Gänge entlang, die kreuz und quer durch das Haus führten und die einzelnen Gebäudeteile wie ein Straßennetz miteinander verbanden. Ich war froh, mich wieder ein wenig bewegen zu können, denn meine innere Unruhe war nach wie vor vorhanden.

Und wenn ich Filippa doch ins Vertrauen ziehe?, überlegte ich, während ich in einen Gang links von mir abbog. Wenigstens was Marcius und mich betraf. Sie ahnte ja sowieso schon was. Sie würde sich bestimmt über den Vertrauensbeweis freuen und mir würde es guttun, endlich mit jemandem über Marcius zu sprechen. Die Vorstellung, dass er sich gegen mich beziehungsweise *uns* entschieden haben könnte, machte mich ganz fertig. Eigentlich konnte und wollte ich das nicht glauben. Schließlich hatte er gesagt, dass er mich liebte. Aber das hatte Harry auch gesagt. Ich wusste nur zu gut, dass es im Zweifelsfall nichts bedeutete. Nachdenklich blickte ich auf die hellen Fliesen, über die meine Füße wanderten. Eine Fliese und noch eine, und noch eine, und noch eine. Klare, geordnete Strukturen. Hier gab es kein Durcheinander. Ich seufzte halblaut.

»Elina!«

Beim Klang meines Namens durchzuckte mich ein heißer Blitz. Marcius trat hinter einer bronzenen Statue hervor, die in dem langen Gang stand, der die beiden begrünten Innenhöfe miteinander verband. Er sah ernst aus. Kein Lächeln. Nichts. Mir war sofort klar, was das zu bedeuten hatte. Von einer Sekunde zur anderen wurde mir eiskalt. Alles in mir versteifte sich, um gewappnet zu sein für das, was jetzt kam.

»Ich muss unbedingt mit dir reden.« Er blickte prüfend nach rechts und links, bevor er mich in eine nahe gelegene dunkle Nische zog.

»Marcius ...«, versuchte ich, ihm zuvorzukommen.

»Pssst!« Er legte mir seinen Zeigefinger auf die Lippen.

Jetzt hörte auch ich das Lachen der Sklavinnen. Das harte Klatschen ihrer Sandalen auf dem Fußboden wurde immer lauter. Marcius zog mich tiefer nach hinten in die Nische und presste mich dabei an sich, so nah, dass seine Wärme unter meine Haut kroch. Unsere Herzen schlugen gegeneinander in immer wilderen Galoppsprüngen. Ich hielt die Luft an. Die Sklavinnen gingen an uns vorüber, ohne uns zu entdecken. Selbst als sie schon lange verschwunden waren, rührten wir uns nicht von der Stelle. Wortlos hielt mich Marcius in der Nische im Arm.

»Du wolltest mir etwas sagen?« Ich konnte die Spannung zwischen uns nicht mehr ertragen. Ich wollte endlich Gewissheit. Er sollte endlich sagen, was er zu sagen hatte, auch wenn ich den Inhalt seiner Worte schon kannte.

Marcius schaute mich mit einem Blick an, den ich wie so oft nicht deuten konnte.

»Ich, ich ...«, nahm er Anlauf. Schließlich küsste er mich.

Ein Ameisenheer kribbelte von oben nach unten über meinen Rücken und wieder zurück. Alle meine Sorgen und Bedenken lösten sich in wohliges Nichts auf. Es gab nur noch seine Lippen auf meinen.

Als Marcius zwischen zwei Küssen kurz Luft holte, konnte ich es mir trotzdem nicht verkneifen, etwas atemlos erneut zu fragen: »Ich dachte, du wolltest mir etwas sagen?«

»Hmm.«

»Was heißt ›hmm‹?«

»Du schmeckst so unglaublich süß!«

»*Das* wolltest du mir sagen?« Ich legte den Kopf schief und lächelte ihn an.

Er lächelte zurück, nickte und fuhr mit seinem Finger ganz langsam meine Lippen nach. Es war ein Versprechen ohne Worte.

DIE LETZTE ROSE

Das Leben war wie ein Rausch. Ich war berauscht. Heimliche Treffen im Dämmerlicht, meine Hand in seiner, hastige Küsse hinter einer Säule, Steppenaugen, in denen ich für immer eintauchen wollte. Mein Magen hörte überhaupt nicht mehr auf zu kribbeln. Wann immer Marcius' Verpflichtungen es zuließen, trafen wir uns möglichst unauffällig in einem der Gärten oder beim Pferdestall. Manchmal ritten wir auch ganz offiziell miteinander aus. Wie Marcius das Lucius gegenüber rechtfertigte, der von UNS besser nichts wissen sollte, sagte er mir nicht. Jedes Mal wenn ich ihn darauf ansprach oder fragte, worin seine zahlreichen Verpflichtungen genau beständen, brummelte er nur etwas Unverständliches und wechselte das Thema.

Auf unseren Ausritten zeigte mir Marcius nach und nach *sein Rom.* Schon bald kannte ich jeden noch so entlegenen Winkel der Stadt, und auch Marcius wurde mir immer vertrauter.

Es war bereits Nachmittag, als wir über den Palatin ritten, vorbei an prachtvollen Villen und hochherrschaftlichen Parkanlagen. Irgendwo in der Nähe bellte ein Hund. Ein anderer antwortete ihm. Kurz darauf ertönte von allen Seiten ohrenbetäubendes Gekläffe und Gejaule. Marcius ritt auf seinem Grauschimmel neben mir und schien die Hunde gar nicht zu bemerken. Wie üblich fragte er mir Löcher in den Bauch. Er wollte alles über das Leben in meiner Zeit wissen, jedes noch so kleine Detail. Besonders die neuzeitlichen Errungenschaften faszinierten ihn.

»Diese Maschinen – wie heißen sie doch gleich – sind so stark wie sechzig Pferde, sagst du?« Jede Faser seines Körper drückte Erstaunen aus.

»Ja, häufig sogar noch stärker. Die Maschine heißt *Auto.*« Wir trabten mittlerweile eine staubige Straße entlang, die nach Norden führte. Da es im Lateinischen keinen Ausdruck für Auto gab, benutzte ich den Englischen. Ich hätte auch den Schwedischen nehmen können; Englisch erschien mir aber irgendwie angemessener, weil es internationaler war.

»Ihr braucht also keine Pferde mehr?«

Ich nickte.

»Wie schnell ist ein Auto?«

Ich antwortete nicht gleich. Mir kam es nicht richtig vor, Marcius von Dingen zu erzählen, die erst in rund zweitausend Jahren erfunden werden würden. Doch er ließ nicht locker. »Elina, ich habe dich was gefragt?!«

»Wie schnell Autos sind? Ähm, schnell. Schneller als Pferde«, erwiderte ich zerstreut. Wieso hatte ich mich bloß darauf eingelassen, ihm zu erklären, auf welche Art wir uns fortbewegten.

»Wie viel schneller?«, wollte Marcius wissen.

»Keine Ahnung. Vielleicht sechsmal so schnell?!«

»Und mit dem Auto kann man auch durch die Luft fliegen?«

»Nein, das sind andere Maschinen.«

»Wie heißen diese Maschinen?«

»Können wir nicht über etwas anderes reden?« Schmollend schob ich die Unterlippe vor. Marcius lenkte seinen Grauschimmel näher an Amandus heran, beugte sich zu mir herunter und küsste mich.

»Bitte«, flüsterte er und versenkte seinen Blick in meinen. Er wusste genau, was er tun musste, um mich umzustimmen.

»Flugzeug«, seufzte ich, »man nennt die Maschine *Flugzeug*.« Ich konnte ihm einfach nichts abschlagen.

»Ist ein Flugzeug auch so schnell wie ein Auto?«

»Nein, viel schneller.«

»Wie lange braucht man mit ihm von deiner Heimat bis nach Rom?«

»Etwa fünf Stunden, mit einer Unterbrechung in Germanien.«

»Nur fünf Stunden???« Marcius brachte seinen Grauschimmel zum Stehen. »Unfassbar! Das ist unmöglich.«

»Ich habe den Eindruck, du interessierst dich mehr für Autos und Flugzeuge als für mich«, beschwerte ich mich halb im Spaß, halb im Ernst und gab Amandus mit der flachen Hand einen Klaps auf die Flanke. Sofort galoppierte er an. Mittlerweile fühlte ich mich durch unsere Ausritte so sicher im Sattel, dass ich mich sogar kurz zu Marcius umdrehte und rief: »Hol mich doch ein, wenn du kannst!«

Er ließ es sich nicht zweimal sagen.

Es dämmerte bereits, als wir wieder das Anwesen seines Vaters erreichten. Wir brachten die Pferde in den Stall und schlenderten im Schutz hoher Hecken zum Haus.

»Ich habe noch mal über diese Flugzeuge nachgedacht. Wie kommt es, dass sie nicht vom Himmel fallen?«, nahm Marcius das Thema von vorhin auf.

»Eigentlich wollte ich dich auch gern mal was fragen!« Ich war stehengeblieben und sah ihn gespielt vorwurfsvoll an.

»Da bin ich aber gespannt.« Er schmunzelte.

»Ich frage mich schon die ganze Zeit, wieso Verus ...«

»Ah, es geht um Verus! Hast du es dir anders überlegt? Willst du ihn doch heiraten?«, neckte mich Marcius. Ich stieß ihm zur Strafe meinen Ellbogen in die Rippen. »Aua«, beschwerte er sich und gab mir einen Kuss auf die Stirn. »Was ist mit Verus?«

»Nichts Besonderes. Ich wollte nur wissen, wieso ausgerechnet er dein bester Freund ist.«

»Warum?«

»Nur so. Ich wundere mich einfach darüber. Er ist so anders als du.«

»Ja, der Gute ist manchmal etwas wild. Das stimmt schon«, grinste Marcius. »Das liegt wohl an seinem gallischen Blut.«

»Er ist Gallier? Kein Römer?«

»Ja und nein.«

»Könntest du bitte etwas deutlicher werden?!« Ich zupfte ärgerlich an seiner Tunika.

»Verus ist der Sohn eines gallischen Stammesführers. Eigentlich heißt er gar nicht Verus, sondern Vertorix. Egal, wir nennen ihn alle Verus. Wie auch immer: Auf Befehl von Cäsar, du weißt ja, dass er Statthalter in Gallien ist, musste sein Vater ihn nach Rom schicken. Das war vor knapp acht Jahren. Verus war damals fast noch ein Kind.«

Ich war einigermaßen überrascht. Damit hätte ich im Leben nicht gerechnet. Andererseits erklärte das einiges. Verus' Aussehen zum

Beispiel, und sein Auftreten. Möglicherweise auch seine Liebe zu einer Sklavin, die er sogar zu heiraten bereit war.

»Wieso hat Cäsar Verus nach Rom bringen lassen?«

»Es ist durchaus üblich, die Söhne von Stammesführern nach Rom zu schicken. Zum einen dienen sie als Geiseln, um sicherzustellen, dass sich die Stämme nicht gegen uns erheben. Zum anderen sollen die zukünftigen Häuptlinge die römische Lebensart kennenlernen, um sie besser zu verstehen.«

»Du meinst, sie sollen zu Römern gemacht werden, damit sie, wenn sie zu ihrem Volk zurückkehren, dieses auch romanisieren«, stellte ich pikiert fest.

»Ja, das meine ich wohl«, erwiderte er gepresst.

»Ich finde das nicht in Ordnung, kleine Jungs in eine fremde Stadt zu verschleppen.« Zum ersten Mal verspürte ich so etwas wie Mitleid mit Verus.

»Mhmmm«, war Marcius' einzige Reaktion.

»Und wie habt ihr euch kennengelernt?«

»Verus hat eine Weile bei uns gelebt, als er und ich noch Kinder waren. Damals wurden wir Freunde und sind es bis heute geblieben. Er ist fast so etwas wie ein Bruder für mich. Inzwischen lebt er mit ein paar anderen *gallischen Prinzen* in einer Villa nicht weit von hier.«

»Wann darf er zurück in seine Heimat?«

»Jederzeit. Er ist ein freier Mann. Die römischen Bürgerrechte wurden ihm schon vor geraumer Zeit verliehen. Allerdings gibt es nicht viel, was ihn nach Hause zieht«, Marcius stockte. Es dauerte eine Weile, bis er weitererzählte. »Verus' gesamte Familie ist tot. Von seinem Dorf ist auch nicht viel übrig geblieben. Cäsar hat dort ganze Arbeit geleistet. Vor etwa einem Jahr gab es einen Aufstand, den Cäsar brutal niederschlagen ließ. Den Galliern, die überlebten, ließ er die Hände abschlagen. Verus' Vater ist verblutet und sein Bruder ist, soweit ich gehört habe, am Wundfieber gestorben.« Marcius verzog sein Gesicht, als ob er Schmerzen hätte.

Ich legte mir die Hand auf den Mund, um nicht laut aufzuschreien. Von den Gräueltaten zu Hause in Schweden zu lesen, war bereits schlimm genug gewesen. Davon in dieser Umgebung und von Marcius höchstpersönlich zu hören, war kaum auszuhalten. Auf einmal rückte alles so nah an mich heran und wurde beängstigend real.

»Wie furchtbar«, murmelte ich in meine Hand. »Er muss Cäsar abgrundtief hassen!«

»Ja, das tut er«, bestätigte Marcius grimmig.

»Und du?«

Marcius verzog seinen Mund. »Wir sollten über etwas Erfreulicheres sprechen. Warte, ich habe eine bessere Idee.« Er nahm mein Gesicht zwischen seine Hände und küsste mich noch liebevoller als sonst. Ich ließ es nur zu gern geschehen. Wenn Marcius mich küsste, vergaß ich immer alles um mich herum. Ich konnte von seinem Mund nie genug bekommen.

»Es ist schon verrückt!« Marcius hatte seine Lippen von meinen gelöst, was mir gar nicht gefiel.

»Was?«, fragte ich.

»Erinnerst du dich noch an den Abend, an dem du mein Bein genäht hast?«

»Natürlich, wie könnte ich das vergessen?!«

»Du hast damals ein ziemliches Kauderwelsch gesprochen. So eine Mischung aus Latein und deiner Sprache. Hinterher habe ich Verus gefragt, ob er sie kennen würde. Ich hielt es für möglich, weil du ja allem Anschein nach aus dem Norden kamst. Verus versicherte mir jedoch hoch und heilig, dass er kein Wort von dir verstanden hätte. Heute weiß ich, warum.«

Jetzt machte ich nur »Mhmm« und hielt ihm erneut meinen Mund hin. Marcius küsste mich flüchtig.

»Sieh nur!« Er zeigte auf eine einsame Rose, die sich gegen den nahenden Winter tapfer zur Wehr setzte. Die äußeren Ränder ihrer roten Blütenblätter waren bereits bräunlich gelb verfärbt und wellten sich. Der Hauch von Vergänglichkeit, der an ihr haftete, machte sie besonders schön. Marcius ging zu ihr hin, pflückte sie und überreichte sie mir mit einem Lächeln.

»Eine letzte Rose für die schönste Blume des Nordens und Roms.« Er küsste mich erneut. Dieses Mal sanft aufs Haar. Ich ahnte, was das zu bedeuten hatte.

»Es wird Zeit, Elina. Wir müssen zurück ins Haus. Gute Nacht und träume schön«, sagte er, genau wie ich es befürchtet hatte. Ohne meine Antwort abzuwarten, drückte Marcius meine Hand und entschwand in die hereinbrechende Dunkelheit. So schnell, dass man hätte meinen können, er würde vor mir fliehen. Mittlerweile kannte ich ihn gut genug, um zu wissen, dass er nicht vor mir, sondern vor dem Abschied davonrannte. Das Auseinandergehen fiel uns jeden Abend aufs Neue schwer, auch wenn wir uns immer nur für wenige Stunden trennen mussten. Allein die Vorstellung unter demselben Dach zu schlafen, aber nicht ins Zimmer des anderen zu dürfen, war grausam. Marcius litt darunter noch mehr als ich.

Ich roch an der Rose in meiner Hand und folgte ihm mit einigem Abstand.

NUR GEDULDET

So sehr Marcius und ich uns auch bemühten, uns möglichst unauffällig zu verhalten, Filippa und Verus kamen uns schon bald auf die Schliche. Bei Filippa störte mich das nicht. Im Gegenteil. Sie hatte es nicht verdient, dass ich noch mehr Geheimnisse vor ihr hatte als ohnehin schon. Außerdem verhielt sie sich wie üblich sehr diskret. Verus hingegen nervte mich ziemlich. Bei jeder passenden oder unpassenden Gelegenheit zwinkerte er mir zu oder grinste anzüglich, wofür ich ihn am liebsten geboxt hätte. Richtig böse konnte ich trotzdem nicht auf ihn sein. Dafür tat er mir zu sehr leid. Wie furchtbar musste es für ihn gewesen sein, seine Familie, sein Volk und vor wenigen Wochen auch noch Cornelia zu verlieren?! Nach ihrem Tod hatte Verus sich zunächst nur selten auf dem Palatin blicken lassen. Jetzt besuchte er Marcius wieder öfter. Der Grund dafür gefiel mir nicht.

Seit Kurzem trainierten die beiden zusammen mit anderen jungen Männern, von denen ich die meisten vom Sehen kannte, regelmäßig auf einer kleinen Wiese hinter Lucius' Haus. Nur mit kurzen, groben Leinenhemden bekleidet, attackierten sie sich gegenseitig mit Kurzschwertern und Speeren, die normalerweise aus Holz waren. Gerade übten sie den Kampf vom Sattel aus mit echten Waffen. Sie galoppierten scharf an, kamen abrupt zum Stehen, ließen die Pferde auf der Hinterhand wenden und ritten einen erneuten Angriff. Schon bald dampften die Pferde und hatten Schaum vorm Maul. Auch Marcius und Verus schwitzten. Ihre nackten Arme glänzten trotz der Kälte. Hätte ich es nicht besser gewusst, hätte ich sie für Todfeinde gehalten. Sie stachen und hieben so fest aufeinander ein, dass mir allein vom Zusehen schlecht wurde. Lediglich ihre Schilder und ihre Geschicklichkeit bewahrten sie vor üblen Verletzungen. Was ich sah war kein Spiel und kein gewöhnliches Training. Marcius und die anderen bereiteten sich aufs Töten vor. Diese Erkenntnis ließ mich frösteln.

»Ich kann dich gut verstehen«, wisperte Filippa, die mir gefolgt war und mit mir hinter einem Stapel Feuerholz stand, von wo aus wir die Männer heimlich beobachten konnten. »Wie schön und stark er ist!«

»Ja, das ist er. Aber was er macht, mag ich nicht.«

»Er ist eben ein Mann.« Bewundernd starrte Filippa Marcius an, der geschmeidig wie eine Katze einem Schwerthieb von Verus auswich.

»Ich weiß. In solchen Momenten wäre mir lieber, wenn er nicht so männlich wäre.«

Sie kicherte. »Du bist verrückt, Elina!«

»Hmm, vor Sorge.«

Sie zog mich von meinem Beobachtungsposten fort. »Lass uns spazieren gehen. Du musst es dir ja nicht mit ansehen«, schlug sie nicht ganz uneigennützig vor. In letzter Zeit hatte ich sie wegen Marcius ziemlich vernachlässigt. Genauso wie meine Arbeit in der Bibliothek.

Filippa und ich drehten eine Runde ums Haus. Das Laub raschelte unter unseren Füßen.

»Wissen die anderen eigentlich auch von Marcius und mir?« Nachdenklich riss ich ein welkes Blatt von einem Strauch und zerkrümelte es zwischen den Fingern.

»Ich denke schon.«

»Und was sagen sie?«

»Nichts. Zumindest nicht zu mir.«

»Kleon hat doch bestimmt etwas gesagt?!«

Filippa zuckte mit den Schultern.

»Hat er dir gesagt, was Lucius darüber denkt?«, bohrte ich weiter.

»Ach, Elina, solltest du irgendwann keine Fragen mehr stellen, werde ich mir wirklich Sorgen um dich machen!«

»Nun sag schon!« Ich zog spielerisch an ihren Haaren. Ebenfalls spielerisch haute sie mir auf die Finger. Jedoch ohne zu lächeln.

»Lucius duldet es.«

»Was bedeutet das?«

»Das bedeutet, er heißt es nicht gut, akzeptiert es aber, solange ihr euch diskret verhaltet.« Schnell fügte sie hinzu: »Was ihr ja auch macht.«

»Wieso heißt er es nicht gut?« Ich versuchte, mir nicht anmerken zu lassen, wie verletzt ich war.

Filippa holte tief Luft. »Du bist eine Fremde und damit auch unter politischen Gesichtspunkten nicht das, was man unter einer *guten Partie* versteht. Andererseits wirkt Marcius endlich glücklich. Lucius hat daher beschlossen, nicht einzugreifen, sondern zu warten.«

»Worauf?«, fragte ich und kniff die Augen zusammen.

»Guck nicht so! Davon bekommst du nur Falten, und dann mag dich Marcius nicht mehr leiden«, wies sie mich zurecht.

Ich schnaubte verächtlich und fragte erneut: »Worauf wartet Lucius?«

»Darauf, dass es sich mit der Zeit von allein erledigt.« Sie machte ein zerknirschtes Gesicht. »Bitte, sei mir nicht böse!«

»Warum sollte ich? Du kannst ja nichts dafür«, antwortete ich. Das sagte mir auch mein Verstand. Mein Herz aber grollte. Dabei war Filippa nur die Überbringerin einer Nachricht gewesen, die erwartungsgemäß ausgefallen war.

VERSTECKSPIELE

Filippas Worte nagten noch lange an mir. Immer wieder musste ich über sie nachdenken. Ob sich unsere Liebe wirklich von allein erledigen würde? Das konnte ich mir beim besten Willen nicht vorstellen. Andererseits: Nichts währte ewig. Das wusste ich aus eigener Erfahrung nur zu gut.

»Mach dich nicht verrückt und lass dir nichts einreden«, schimpfte ich halblaut mit mir selbst.

»Mit wem sprichst du?« Marcius trat aus dem Schatten eines mächtigen, thronartigen Sessels hervor, wo er mir aufgelauert hatte. Er wusste, dass ich um diese Zeit meist auf dem Weg zur Küche war.

»Nur mit mir selbst, dann widerspricht mir wenigstens niemand«, grinste ich leicht verlegen.

»Aha!« Er grinste ebenfalls. Sein Kopf kam meinem näher und näher. Ein klapperndes Geräusch, das aus der Küche stammte, ließ uns auseinanderfahren.

»Komm, wir verschwinden!« Marcius guckte prüfend in alle Richtungen, nahm mich an die Hand und eilte los.

»Wohin? In den kleinen Garten?«

»Nein, in mein Zimmer«, sagte er mit einem Anflug von Trotz.

»Ich dachte, wir wollten vorsichtig sein. Wir sollten deinen Vater nicht provozieren. In deinem Zimmer sehen sie bestimmt zuerst nach, wenn dich einer sucht«, gab ich zu bedenken.

»Stimmt. Dann irgendein anderes Zimmer. Es muss doch in diesem verdammten Haus einen Ort geben, wo wir mal ungestört sind.« Er bog kurz entschlossen in den Gang ab, der zur Bibliothek führte. Hinter jedem Mauervorsprung und jeder Säule, an der wir vorbeikamen, gingen wir für einen Moment in Deckung.

»Willst du zur Bibliothek?«, flüsterte ich.

»Ja.«

»Aber das Arbeitszimmer deines Vaters liegt gleich daneben.«

»Hast du eine bessere Idee?« Er klang etwas gereizt.

»Nein.«

»Na also.«

Wir huschten weiter zur nächsten dunklen Nische. Kurz vor Lucius' Arbeitszimmer, das wir passieren mussten, blieben wir stehen. Marcius lauschte angestrengt, dann wisperte er: »Jetzt!«

Mit einem Pochen in der Brust schlich ich am Eingang von Lucius' Zimmer vorbei, in dem ein Licht brannte. Meine Hand, die Marcius noch immer festhielt, fühlte sich feucht an. Am liebsten hätte ich sie mir an meiner Tunika abgewischt, aber dafür hätte ich mich aus Marcius' festem Griff befreien müssen, und ich wollte unbedingt jede unnötige Bewegung und jedes Geräusch vermeiden.

Ich unterdrückte ein nervöses Kichern, als wir endlich die Bibliothek erreichten. Geschafft! Marcius ließ meine Hand eine Spur zu abrupt los. Erst jetzt bemerkte ich Kleon, der sich im Halbdunkeln über den Tisch mit meiner angefangenen Abschrift beugte.

Sämtliches Blut rauschte aus meinem Kopf in meine Füße. Bei Marcius war es anscheinend genau umgekehrt. Er räusperte sich vernehmlich, und auf sein eben noch glühendes Gesicht trat der kühle Ausdruck von *Ich-bin-ein-Senatorensohn.*

Kleon richtete sich langsam auf. »Die Tinte geht zur Neige. Ich werde veranlassen, dass neue gebracht wird«, sagte er derart gelassen, dass ich mir sicher war, dass er uns hatte kommen hören.

»Sehr gut! Und du Elina, kommst jetzt hoffentlich allein zurecht. Wenn du Fragen hast oder dich mal wieder verläufst, wende dich jederzeit an mich. – Oder an Kleon. Er hilft dir gern.« Marcius blickte Kleon herausfordernd an. Im Hinausgehen, sodass Kleon es nicht sehen konnte, zwinkerte Marcius mir zu. Bedauernd, aber auch ein bisschen spitzbübisch.

DER FLUCH DER BÄUME

Voller Vorfreude lief ich zum Pferdestall, wo ich mit Marcius zur blauen Stunde verabredet war. Das war die Zeit kurz bevor das Tageslicht gänzlich verschwand und die Welt in bläuliche Farbe getunkt wurde. Hoffentlich kam uns nicht wieder jemand in die Quere! Neulich war es Kleon gewesen und gestern Neilos. An manchen Tagen war es wirklich wie verhext.

Ehe ich das schummerige Gebäude betrat, sah ich mich mehrmals um. Niemand schien mich zu beobachten. Schnell huschte ich durch die Stalltür und steuerte auf Amandus' Box zu. Ich kam nicht weit. Zwei kräftige Arme packten mich von hinten.

»Elina!« Es klang wie ein unterdrückter Aufschrei. Er zog mich an sich und presste seinen Mund auf meinen. Sein Kuss schmeckte eigenartig. Ein bisschen nach Salz. Und noch etwas war anders als sonst, ich wusste nur nicht, was. Bevor ich es herausfinden konnte, löste er seine Arme von meiner Taille: »Komm!«

»Wohin?«

»Zu den Bäumen.«

»Warum?« Ich stellte mich auf die Zehenspitzen und hielt ihm meinen Mund entgegen, damit er mich noch einmal küsste. Doch er schob mich ein Stück von sich weg.

»Du weißt warum!«

»Und du weißt, ich will das nicht!«

»Elina, sei vernünftig!« Er zog mich am Handgelenk die Stallgasse entlang.

»Marcius, lass das!« Mit ganzer Kraft stemmte ich mich gegen ihn und versuchte, mich aus seinem Griff zu befreien. Als wir im Freien waren, ließ er mich tatsächlich los, vermutlich um kein Aufsehen zu erregen. Traurig sah er mich an. Mein Ärger verflog von einer Sekunde zur nächsten. Ich streckte die Hand aus und wollte ihm durch seine Haare streichen, da schnappte er mich und warf mich über seine Schulter, wie einen Sack, der nichts wog.

»Lass mich sofort runter!« Ich trommelte mit meinen Händen auf seinen Rücken und strampelte mit den Beinen in der Luft.

»Nur wenn du mit mir zu den Bäumen gehst!«

»Nein!«

»Dann bleibst du, wo du bist.« Er lief einfach weiter.

»Marcius«, rief ich und trommelte wieder auf seinen Rücken, ohne dass er reagierte.

Inzwischen kannte er die Stelle, an der er den Sandweg verlassen musste, genau. Vorsichtig trug er mich durch das Gebüsch zu der Baumgruppe und setzte mich dort ab. Danach ging alles ganz schnell. Mit einer ruckartigen Bewegung zog er mich an sich, küsste mich und drückte mich dann ganz fest mit meinem Rücken an den Stamm der nächstbesten Platane. Ich hatte überhaupt keine Chance, mich zu wehren oder etwas zu sagen. Der entschlossene Zug um Marcius' Mund und sein gequälter Blick machten mich zusätzlich stumm. Also starrte ich ihn nur an. Die Zeit verstrich, ohne dass etwas geschah.

»Jetzt der nächste Baum!«

»Bitte nicht!« Ich hätte genauso gut einen Stein anflehen können. Marcius tat so, als hätte er mich nicht gehört, und trug mich nach und nach von einem Baum zum nächsten, da ich nicht bereit war, nur einen einzigen Schritt zu machen. Nachdem ich an jedem Stamm, den es im Umkreis von acht Metern gab, mehrere Sekunden gelehnt hatte, ohne dass irgendetwas passierte, gab Marcius auf. Erschöpft gingen wir beide in die Knie. Wir hockten uns einander gegenüber, jeder an einem Baum gelehnt.

»Warum hast du das getan?«, fragte ich nach einer Weile. Eigentlich wollte ich wütend auf ihn sein, aber es gelang mir nicht. Er sah so verzweifelt aus.

»Weil es das Richtige ist!«

»Mar-ci-us!« Drei Silben voller Vorwurf.

»Was erwartest du?! Ich habe dir schon neulich auf dem Janiculum gesagt, dass wir es regelmäßig probieren müssen. Es wird Zeit, endlich damit anzufangen. Du kannst hier nicht bleiben. Du musst zurück in deine Welt und zu deinen Eltern. Ich weiß, du vermisst sie.« Er stand auf und wischte sich die Hände an seiner Tunika ab.

»Und ich habe dir auf dem Janiculum gesagt, ich kann das nicht jeden Tag machen. Ich halte das einfach nicht aus.«

»Ich weiß, du hast das gesagt, und ich habe viel zu lange darauf Rücksicht genommen. Das geht jetzt nicht mehr.« Er nahm mich an die Hand und führte mich zurück auf den Sandweg.

»Wieso, was ist passiert?«

»Ich darf nicht darüber sprechen. Aber was soll's. Du weißt es vermutlich sowieso. Der Senat hat Julius Cäsar vor Kurzem dazu aufgefordert, sein Amt in Gallien niederzulegen und seine Truppen aufzulösen ...«

»Und er hat sich geweigert«, beendete ich Marcius' Satz.

»So ist es. Gestern hat ein Bote dem Senat die Nachricht überbracht.«

»Was nun?«

»Sag du es mir!« Er blieb stehen und schaute mich eindringlich an.

Ich senkte den Blick und kaute auf meiner Unterlippe. An sich gab es keinen Grund dafür, dennoch fühlte ich mich wie eine Verräterin.

»Verstehst du jetzt, warum wir es wieder und wieder probieren müssen? Es wird Krieg geben. Du kannst hier unmöglich bleiben«, sagte er mehr zu sich selbst, als zu mir.

»Ich will das aber nicht!«

Marcius schwieg und blickte zum Himmel. Der Mond war gerade aufgegangen. Dick und rund hing er über dem Palatin. Nicht nur deshalb drohte mir eine unruhige Nacht.

FLÜCHTIGER GESELLE

Marcius machte seine Drohung wahr. Jeden Tag schleppte er mich zu den Bäumen. Zu den unterschiedlichsten Zeiten. Anfangs nahm ich es ihm übel. Irgendwann hatte ich keine Kraft mehr dazu, zumal ich sah, dass er genauso litt wie ich. Ständig nahmen wir aufs Neue voneinander Abschied, und nach jedem gescheiterten Versuch umarmten wir uns. Bei den ersten Malen noch wie zwei Ertrinkende, später mit einer seltsamen Distanziertheit, die immer mehr zunahm und von Marcius ausging. Das Gefühl, ständig unter der Beobachtung von Lucius, Kleon und seinen Spitzeln zu stehen, machte es uns auch nicht gerade leichter. Je mehr ich mich bemühte, Marcius festzuhalten, desto mehr schien er mir zu entgleiten. Ich war ratlos und voller Sorge.

»Nie sind wir mal längere Zeit allein. Wenn wir öfter für uns wären, würde bestimmt wieder alles gut«, überlegte ich laut. Filippa lag in ihrem Bett neben mir und schwieg. »Ich glaube, Marcius leidet darunter noch mehr als ich. Wir brauchen unbedingt so eine Art Rückzugsort«, sprach ich weiter.

»Mhhhmm.«

»Ist das alles, was du dazu zu sagen hast?«, fragte ich gereizt.

»Das Glück ist ein flüchtiger Geselle. Es lässt sich nicht lange festhalten«, seufzte Filippa.

Ich drehte unwillig den Kopf in ihre Richtung. Doch ich konnte sie im Dunkeln nicht sehen. Sie war Lichtjahre von mir entfernt.

KÄLTEEINBRUCH

Schon möglich, dass ich Gespenster sah. Genau genommen, sah ich nur ein Gespenst, und das trug den Namen Trennung. Ich war ein gebranntes Kind und kannte die Vorzeichen. Sie bekamen immer schärfere Konturen. Marcius wirkte täglich reservierter, manchmal fast schon so abweisend wie früher. Sein Gesicht sah hart aus in dem kalten Licht der Wintersonne. Die Treffen mit mir schienen für ihn nur noch Pflichttermine zu sein. Ein Teil von mir wollte sich das nicht eingestehen. Der andere Teil beschloss, den Stier bei den Hörnern zu packen.

»Marcius, was ist los mit dir?«

Wir lehnten an einem Weinspalier, das vom Haus aus nicht zu sehen war.

»Was soll mit mir los sein?« Er blinzelte träge in die Sonne.

»Du bist so komisch in letzter Zeit!« Es fiel mir schwer weder vorwurfsvoll noch weinerlich zu klingen. Erwachsen zu sein oder wenigstens so zu tun, war eine ziemliche Herausforderung.

»Komisch? Unsinn, ich bin so wie immer!«

Leidenschaftlicher Widerspruch klang für meine Begriffe anders.

»Bist du nicht«, widersprach ich. »Du bist so … so … Ich habe das Gefühl, du bist nicht mehr gern mit mir zusammen. Wenn das so ist, dann sag es mir lieber gleich.«

Täuschte ich mich oder guckte er mich wirklich völlig entgeistert an?

»Elina, du denkst zu viel nach.« Er hob den Kopf wie ein Tier, das Gefahr witterte. »Psst, ich glaube, da kommt jemand. Ich verschwinde lieber. Bis später.« Einem Dieb gleich, schlich er sich davon.

Das Versteckspielen hatte komplett seinen Reiz verloren. Es war nur noch unwürdig und erniedrigend.

VERUS' HILFE

Bist du fertig, Elina? Schnell, komm!«

»Wir waren doch gestern Abend erst bei den Bäumen. Nicht schon wieder«, wehrte ich ab. Ich kam gerade aus der Bibliothek, wo ich ein paar Strophen abgeschrieben hatte.

»Nein, nein, ich habe etwas anderes mit dir vor. Eine Überraschung.« Er strahlte mich an wie ein kleiner Junge. Sofort fühlte ich mich besser.

Vor dem Haus standen sein Grauschimmel und Amandus bereits fertig aufgezäumt und gesattelt. Elias, ein Sklave, hielt sie am Zügel, während Marcius mir aufs Pferd half. Wie meistens rutschte meine Tunika dabei etwas hoch. Marcius zupfte sie in aller Ruhe zurecht, wobei er mein Bein öfter als unbedingt notwendig berührte, was ich als gutes Zeichen wertete. Vielleicht stand es doch nicht so schlimm um uns, wie ich dachte.

»Wenn du so weitermachst, kommen wir heute nicht mehr weg«, neckte ich ihn wie in alten Zeiten. Er grinste und schwang sich auf seinen Grauschimmel. Pfeifend ritt er an meiner Seite den Palatin hinunter. Kaum waren wir außer Sichtweite, beugte er sich zu mir hinüber und küsste mich.

»Wohin reiten wir?«, fragte ich, als ich wieder zu Atem gekommen war.

»Wart's ab!« Er lächelte. Es war schön, ihn wieder fröhlich zu sehen.

»Reiten wir auf den Janiculum?« Wir hatten die Stadtmauer hinter uns gelassen, und ich platzte fast vor Neugier.

Marcius machte ein geheimnisvolles Gesicht. »Nein, heute nicht.« Er beugte sich zu mir hinüber und küsste mich erneut. Seine Lippen waren heiß, trotz der Kälte. Erst als sein Pferd wieherte und einen kleinen Hüpfer zur Seite machte, trennten sich unsere Münder. Ich konnte gerade noch sehen, wie Amandus mit gefletschten Zähnen und angelegten Ohren sein Maul vom Hals des Grauschimmels zurückzog. Der kleine zottelige Kerl schüttelte seinen Kopf und schnaubte zufrieden. Er hatte unsere Unaufmerksamkeit genutzt und seinen Artgenossen gebissen. Marcius lachte und brachte sein Pferd abermals an meine Seite. Ich dagegen schimpfte mit Amandus, mehr im Spaß als im Ernst. Inzwischen hatte ich das Pferdchen richtig ins Herz geschlossen. Selbst wenn wir nicht ausritten, huschte ich öfter zu ihm in den Stall, um ihn zu streicheln oder mit Brot zu füttern, das ich aus der Küche stibitzt hatte.

Nach etwa drei Kilometern verließen Marcius und ich die Straße, die nach Süden führte und ritten über ein Feld. Hinter einer bewaldeten Anhöhe lag ein Häuschen aus Feldsteinen, das bewohnt zu sein schien. Aus dem Schornstein stieg eine Rauchsäule empor.

»Wer wohnt dort?«, fragte ich.

Marcius schmunzelte nur und trieb sein Pferd an. Im Galopp erreichten wir das Haus. Ohne ein Wort zu sagen, stieg Marcius ab, half mir aus dem Sattel und band unsere Pferde an einem Zaun fest. Anschließend nahm er mich auf den Arm.

»Was tust du da?«, kicherte ich. Er sagte noch immer nichts, sondern ging zu der Haustür, die er mit einem Fußtritt öffnete. Feierlich trug er mich über die Schwelle. Das Häuschen bestand nur aus einem einzigen Raum, in dessen Mitte ein Tisch, eine Bank und ein Schemel standen. An der Wand gleich neben der Feuerstelle befand sich ein Bett. Marcius setzte mich unmittelbar daneben ab.

»Was hat das zu bedeuten? Wem gehört das Haus?«

»Keine Ahnung. Verus hat es vor einiger Zeit entdeckt. Es war verlassen. Er hat es wieder auf Vordermann gebracht und mir den Vorschlag gemacht, es zu nutzen. Heute war er schon früh morgens hier, um für uns Feuer zu machen, damit wir es nicht so kalt haben, wenn wir ankommen. Na, wie gefällt es dir?« Marcius sah mich gespannt an.

»Hat sich Verus hier mit Cornelia getroffen?« Mein Blick wanderte von dem Bett zu Marcius und von ihm zurück zu dem Bett. Er begriff sofort, was ich dachte.

»Elina, wie kannst du bloß annehmen … Was glaubst du denn, wer ich bin?! Ich meine, ich würde doch niemals – herrje, ich bin nicht so wie Verus. Das müsstest du doch wissen!«

Stumm standen wir uns gegenüber. Die ausgelassene Stimmung hatten wir draußen bei den Pferden gelassen. Ich fühlte mich in dem Raum seltsam deplaziert und fremd, obwohl Marcius bei mir war.

Der Wind pfiff ums Haus. Trotz des Feuers war mir kalt. Fröstelnd zog ich die Decke, die ich mitgenommen hatte, enger um meine Schultern. Marcius, der mit der Fußspitze Kreise auf den staubigen Fußboden gemalt hatte, sah es und nahm mich vorsichtig in die Arme. Er legte seine Wange an meine und flüsterte: »Verzeih, Elina. Wie konnte ich nur so dumm sein. Du hast recht. Es war falsch, hierherzukommen. Was musst du bloß von mir denken?! Am besten reiten wir sofort zurück.« Er küsste mich aufs Haar und griff nach meiner Hand.

Ich spürte, wie mein Herz allmählich auftaute. »Wenn wir schon hier sind, können wir uns wenigstens aufwärmen«, schlug ich schüchtern vor und setzte mich auf die Bank.

»Wie du möchtest«, murmelte er und nahm neben mir Platz. »Elina, du sollst nicht denken, dass ich dich in dieses Haus gebracht habe, um ...«

»Nein, das tue ich nicht. Bestimmt nicht«, fiel ich ihm ins Wort. Ich wollte jetzt nicht mit ihm darüber sprechen. Nicht bevor mein Herz wieder seinen Normalzustand erlangt hatte. Ich legte meinen Kopf an seine Schulter und schaute ins Feuer, in der Hoffnung, den Schmelzvorgang in mir zu beschleunigen. Mir war selbst nicht ganz klar, warum ich so empfindlich reagierte. Schließlich hatte Marcius mich hergebracht. Mein Marcius. Und nicht Verus. Irgendwie war in letzter Zeit bei uns der Wurm drin – egal, was wir machten.

»Weißt du, ich konnte es langsam nicht mehr aushalten. Immer diese Heimlichtuerei zu Hause. Ich wollte endlich einmal mit dir allein sein und dich küssen können, ohne immer befürchten zu müssen, dass gleich jemand um die Ecke kommt und es sieht«, sagte er leise.

»Dann tue es doch«, forderte ich ihn nach kurzem Zögern auf.

Er streichelte meine Wange, küsste meine Hand und schließlich meinen Mund. Ganz vorsichtig und zärtlich, als wäre es das erste Mal. Eng umschlungen saßen wir auf der Bank und näherten uns wieder an. Niemand störte uns. Wir waren allein. Nur er und ich.

Erst als das Feuer fast heruntergebrannt war, verließ Marcius seinen Platz neben mir. »Warum hast du eigentlich keine Geschwister?«, fragte er, während er Holz auf das Feuer nachlegte.

»Keine Ahnung. Da müsste ich meine Mutter fragen.«

»Ich kann meine leider gar nichts mehr fragen.«

»Ich weiß.« Ich streichelte seine Schulter. »Es tut mir leid.«

»Ja, mir auch«, sagte er mehr zu sich selbst, als zu mir. »Ich habe meine Mutter als hübsche Frau in Erinnerung, die gern und viel gelacht hat. Als sie starb, verschwand mit ihr das Lachen aus unserem Haus. Mein Vater ist ein ernster Mann. Das hast du wahrscheinlich selbst schon gemerkt. Für ihn gibt's nichts außer Pflicht und Arbeit. Und die Ehre der Familie. Es war mit ihm häufig sehr, wie soll ich sagen – bedrückend.«

Ich küsste ihn auf die Wange und fuhr ihm mit den Händen durch die frisch geschnittenen Haare.

»Das hat meine Mutter auch immer gemacht«, lächelte Marcius. Er nahm meine Hände und hielt sie fest. »Aber jetzt bin ich ein erwachsener Mann.«

»Ja, das bist du. Und dein Vater ist sehr stolz auf dich.«

»Meinst du?« Sein Blick ruhte auf mir. Langsam ahnte ich den Grund für die versteckte Traurigkeit in seinen Augen.

»Das meine ich nicht nur, das weiß ich. Das habe ich sofort gemerkt. Schon am allerersten Abend. Dein Vater hört auf dich, wenn du etwas sagst. Deine Meinung ist ihm wichtig.«

»Das ist mir noch gar nicht aufgefallen.«

»Das sollte es aber, so offensichtlich wie es ist!«

»Hmm.« Er unterdrückte ein Gähnen.

»Bist du müde?«

»Ein wenig. Tut mir leid. Ich war heute schon früh unterwegs.« Er machte ein schuldbewusstes Gesicht.

»Noch bevor wir losgeritten sind?«, wunderte ich mich.

»Mhm.«

»Wo warst du?«

»Gespräche führen. Dinge organisieren.«

»Was für Gespräche und Dinge?«

Marcius seufzte. »Der Widerstand gegen Cäsar formiert sich. Pompeius wurde mit der Verteidigung von Rom beauftragt, für den Fall, dass Cäsar angreift. Es heißt, dieser Ehrgeizling habe bereits seine Truppen in Gallien in Bewegung gesetzt.«

»Du bist gegen Cäsar, oder?«

»Was glaubst du denn? Ich dachte, das wäre klar. Du darfst aber mit niemandem darüber sprechen, hörst du?!«

»Nein, werde ich nicht. Natürlich nicht. – Was hast du mit dem Widerstand genau zu tun?« Eigentlich wollte ich die Antwort gar nicht hören, doch ich hatte gefragt. Nun war es zu spät.

»Ich stehe in Kontakt mit Pompeius und seinen Männern und werde mich ihnen gegebenenfalls anschließen. Zusammen mit Verus und den anderen.« Marcius gähnte nun hemmungslos. Deshalb merkte er nicht, wie sehr ich erschrak. Er wollte sich also, wie ich befürchtet hatte, Pompeius anschließen! Er hatte keine Ahnung, auf was er sich da einließ! Ich wusste es dafür ziemlich genau und konnte nichts dagegen unternehmen. Oder etwa doch? Um Zeit zu gewinnen und in Ruhe nachdenken zu können, schlug ich vor: »Leg dich doch ein bisschen hin und ruh dich aus, bevor wir zurückreiten.«

»Du hättest nichts dagegen?«

»Nein.«

»Wirklich nicht?«

»Wirklich nicht!«

Er ließ sich nicht länger bitten, humpelte zum Bett hinüber und streckte sich, so wie er war, darauf aus. Es dauerte nicht lange und ich hörte ihn gleichmäßig atmen. Er musste sehr müde gewesen sein. Ich betrachtete ihn. Er sah auf einmal sehr jung aus. Seine Gesichtszüge waren völlig entspannt. Ich kam mir vor wie damals, als er mit Fieber krank im Bett gelegen und ich ihn heimlich beobachtet hatte. Nur zu gut erinnerte ich mich an die ersten Nächte, in denen ich Angst gehabt hatte, ihn zu verlieren. Würde sich das denn nie ändern?! Marcius' Ankündigung, sich Pompeius anzuschließen ... Nein, ich wollte lieber nicht darüber nachdenken! Nicht jetzt! Wir hatten ohnehin so wenig Zeit für uns. Ich erhob mich von der Bank und legte ein paar Holzscheite aufs Feuer, von denen offenbar einige feucht waren. Funken stoben, es zischte und prasselte.

Besorgt drehte ich mich zu Marcius um. Ich wollte ihn auf keinen Fall beim Schlafen stören. Aber er rührte sich nicht. Nicht einmal seine Augenlider flatterten. Auf Zehenspitzen schlich ich mich zu ihm hinüber und setzte mich auf die Bettkante. Keine Reaktion. Er schlief tief und fest. Im Zeitlupentempo legte ich mich neben ihn und breitete meine Decke über uns aus. Ich lauschte. Seine Atemzüge klangen weiterhin regelmäßig. Ich schloss beruhigt die Augen und genoss die Wärme, die er ausstrahlte. Es war schön, so nah bei ihm zu sein und ihn zu fühlen. Am liebsten hätte ich mich eng an ihn gekuschelt. Während ich noch darüber nachdachte, ob er wohl aufwachen würde, wenn ich näher an ihn heranrutschte, schob sich behutsam ein Arm unter meinen Nacken. Ein weiterer Arm legte sich sacht über meine Brust.

»Ich liebe dich«, flüsterte er.

»Ich liebe dich auch«, antwortete ich. Mein Lächeln konnte er nicht sehen. Er hatte sein Gesicht in meinem Haar vergraben.

DAS AMULETT

Sooft wir konnten, ritten wir zu dem Häuschen, das für uns zu einem zweiten Zuhause geworden war. Endlich hatten wir einen Ort für uns allein. Wir waren glücklich, obwohl wir wussten, dass die anderen es nicht gern sahen, wenn wir ständig fortritten. Während sich Lucius vor allem Sorgen zu machen schien, fühlten sich Verus und Filippa von uns vernachlässigt. Ich konnte das verstehen. Mein schlechtes Gewissen war jedoch viel zu träge, um daran etwas zu ändern. Außerdem machte es mir Filippa leicht. Sie beschwerte sich mit keinem Wort, sondern warf mir nur traurige Blicke zu, sobald ich mit Marcius aufbrach. Verus indessen wurde deutlicher. Als ich von meinem Versteck aus die Männer beim Training beobachtete, wurde ich ungewollt Zeugin eines Streits.

»Bleib hier! Du kannst jetzt nicht schon abhauen!« Verus packte Marcius an der Schulter, der Anstalten machte, seine Sachen einzusammeln.

»Mir reicht's für heute. Ich habe noch etwas vor«, antwortete Marcius ruhig und schüttelte Verus' Hand ab.

»Ich kann mir schon denken, was. Aber glaubst du nicht, es ist wichtiger, uns vorzubereiten als mit der Kleinen im Bett ...«

»Wage nicht, so über sie zu sprechen!« Marcius ging einen Schritt auf Verus zu. Seine Schultern strafften sich. »Ich habe ihre Ehre nicht angetastet und gedenke auch nicht, es zu tun. Ich bin nicht wie du, Verus«, zischte er.

»Wie meinst du das?«, brüllte Verus. Sein Kopf wurde feuerrot. Die anderen Männer sahen betreten zur Seite. Einige fingen halbherzig wieder an zu üben.

»Du weißt genau, wie ich es meine!«

»Nein, weiß ich nicht«, schrie Verus und fuchtelte mit seinem Schwert in der Luft herum. »Ich habe Cornelia geliebt, und ich hätte sie geheiratet.«

»Und ich liebe Elina!« Marcius sprach jetzt erneut mit ruhiger Stimme. »Eigentlich müsstest du es besser als jeder andere verstehen, dass ich viel Zeit mit ihr verbringen möchte – solange es noch möglich ist.« Er wandte Verus den Rücken zu und ging mit seinen Waffen zum Pferdestall. Ich sah, wie er sich bemühte, nicht zu humpeln. Verus warf ärgerlich sein Schwert auf den Boden.

Als wir später eng aneinandergekuschelt auf dem Bett in unserem Häuschen lagen, konnte ich nicht länger an mich halten.

»Marcius?«

»Ja?«

»Ich habe vorhin zufällig deinen Streit mit Verus mitbekommen.«

»Zufällig?« Er zog die Augenbrauen hoch.

»Ja. Also fast. Is' ja auch egal. Du hast gesagt, du willst viel Zeit mit mir verbringen, solange es noch möglich ist. Was heißt das? Reitest du bald fort?«

»Das könnte schon sein.« Er rollte sich auf die Seite, stützte seinen Kopf auf seine Hand und betrachtete mich mit seinen Steppenaugen. »Wer weiß, vielleicht bist du ja auch bald fort!«

»Wie meinst du das?«

»Je länger ich darüber nachdenke, desto weniger glaube ich, dass die Baumgruppe, die du mir gezeigt hast, die richtige Stelle ist. Sie war es vielleicht einmal. Jetzt ist die Stelle vermutlich woanders. Und morgen ist sie möglicherweise wieder an einem anderen Ort. Nach allem, was du mir über die gekrümmte Zeit erzählt hast, erscheint mir das am wahrscheinlichsten.« Er machte eine Pause und streichelte mir übers Haar. »Im Grunde müssen wir damit rechnen, dass du an jedem beliebigen Ort und zu jedem beliebigen Zeitpunkt verschwinden könntest.

»Das ist nicht dein Ernst?!« Ich drehte mich ebenfalls auf die Seite, um ihn besser ansehen zu können. »Wenn das so wäre, wäre ich nicht schon bald ein Vierteljahr hier. Ich glaube eher, es gibt keinen Weg zurück.«

»Und ich glaube, es könnte jederzeit geschehen. Besonders dann, wenn wir nicht damit rechnen. Es sähe den Göttern ähnlich.«

Mir war aufgefallen, dass Marcius in den vergangenen Tagen nur noch selten mit mir zu den Bäumen gegangen war. Ich hatte mich darüber zwar gewundert, ihn aber nicht zu fragen gewagt, woran es lag, da es ganz in meinem Sinn war. Nun kannte ich den Grund, der bestimmt auch Marcius' fast schon ritterliche Zurückhaltung erklärte, wenn wir zusammen im Bett lagen.

»Willst du deshalb auch nicht mit mir … ähm … na, du weißt schon, was ich meine …?« Ich spürte, wie mir das Blut in die Wangen schoss. Hörte das denn nie auf?!

Er lächelte und gab mir einen Kuss auf die Stirn. »Ja. Aber nicht nur. Ein Mädchen, das mir sagt, es sei mit siebzehn Jahren zu jung für Wein, scheint mir auch zu jung für das andere zu sein.« Er küsste mich erneut. Dieses Mal auf die Nasenspitze. »Nebenbei gesagt, gehört es sich auch nicht, oder?«

Ich war mir nicht sicher, ob er sich über mich lustig machte, daher zuckte ich nur mit den Achseln.

»Du findest es nicht unsittlich? Immerhin bist du ein Mädchen aus gutem Hause und wir sind nicht verheiratet.« Er hatte es wirklich ernst gemeint und sah mir prüfend in die Augen.

»Bei uns denkt man anders darüber«, erwiderte ich.

»Inwiefern anders?«

»Na ja, es nicht unbedingt notwendig, vorher zu heiraten.«

»Ist es nicht?« Er schien mehr verwundert als entsetzt zu sein. Ich kratzte mich an der Nase, obwohl sie gar nicht juckte. Das Thema war mir peinlich, dabei hatte ich es selbst angeschnitten. Marcius dachte nach. Ich konnte es an den feinen Linien auf seiner Stirn sehen. »Möchtest du denn gern?«, platzte es aus ihm heraus.

»Ich weiß nicht.«

»Du weißt es nicht?!« Er klang irritiert. »Hast du … ich meine … haben du und dieser Harry … habt ihr …?«

»Nein!«

Er stieß erleichtert die Luft aus. Außer seinem Atemgeräusch war nur das Knistern des Feuers zu hören. »Warum habt ihr nicht, wenn es doch nicht gegen die Moral verstößt?«

Ich überlegte einen Moment. »Ich nehme an, wir waren zu jung. Ich jedenfalls.«

Marcius lachte leise und küsste mich auf den Mund. »Natürlich! Was auch sonst?! – Ich habe übrigens etwas für dich!« Er sprang aus dem Bett und kramte ein Päckchen aus seiner Satteltasche hervor. »Hier, für dich!« Er setzte sich auf die Bettkante und überreichte es mir.

»Was ist das?«

»Ein Geschenk!«

»Ein Geschenk? Wieso?«

»Hast du nicht gesagt, ihr feiert bei euch zu Hause um diese Zeit ein religiöses Fest, bei dem sich alle etwas schenken?«

»Schon, ich habe allerdings nicht damit gerechnet, dass du daran denkst. Nun habe ich gar nichts für dich.«

»Das macht nichts!« Gespannt sah er zu, wie ich das Geschenk auspackte, das in dünnen Stoff gewickelt war.

Vor einiger Zeit hatte ich ihm von Weihnachten erzählt und von der Sitte, mit der Familie fröhlich zu feiern, viel zu essen und sich gegenseitig Geschenke zu machen. Marcius hatte es nicht vergessen! Ich war so gerührt, dass ich mit den Tränen kämpfen musste. Hinzu kam, dass es mein erstes Weihnachtsfest ohne meine Eltern war. Heimlich wischte ich mir eine Träne aus dem Augenwinkel. Marcius sollte sie nicht sehen, es hätte ihn nur traurig gemacht. Im Grunde war es verrückt überhaupt an Weihnachten zu denken, in einer Zeit, in der Jesus noch nicht einmal geboren war.

»Und? Gefällt es dir?« Marcius rutschte auf dem Bett voller Erwartung hin und her.

»Ja, es ist wunderschön! Vielen Dank!« Ich hielt ein bronzenes Amulett in den Händen, das an einem braunen Lederbändchen hing.

»Es gehörte meiner Mutter«, erklärte Marcius. »Die dazugehörige Kette ist leider kaputt. Ich habe stattdessen ein Lederband genommen. Ich hoffe, es stört dich nicht. Das Amulett soll dich vor Unheil bewahren und dich an mich erinnern, wenn ich schon lange nicht mehr bin.«

»Nicht! Bitte sei still. Bitte.« Ich legte meine Hand auf seinen Mund.

Er nahm sie behutsam weg. »Aber so ist es! Wir dürfen die Augen nicht vor der Wahrheit verschließen. Eines Tages wirst du in deine Zeit zurückkehren und leben, wenn ich schon lange tot bin.«

»Ich will das nicht hören.« Ich schüttelte nachdrücklich den Kopf.

Er lächelte und fragte: »Soll ich dir das Amulett umbinden?«

»Ja, bitte.« Ich drehte ihm den Rücken zu, damit er das Lederband in meinem Nacken verknoten konnte. »Und wie sieht es aus?« Ich präsentierte ihm meinen Halsausschnitt mit dem Amulett.

»Du siehst wunderschön aus«, sagte er mit schelmischem Blick auf mein Dekolleté.

»Und vor allem bin ich immer noch da. So schnell wirst du mich nicht los!« Ich gab ihm einen Kuss.

»Führe die Götter nicht in Versuchung, Elina. Sie hören immer mit«, warnte mich Marcius.

KRIEGSSORGEN

Marcius hatte sich geirrt. Die Götter liebten uns und gönnten uns weiterhin unser Glück. Es war Frühling mitten im Winter. Wenn wir nicht zusammen sein konnten, träumte ich unablässig von seinem Mund, von seiner Wange an meinem Hals und von seinen Händen, die mich wärmten. Ein unbestimmtes, aber herrlich prickelndes Verlangen hatte von mir Besitz ergriffen. Ich sehnte mich nach Marcius' Nähe. Jede Minute ohne ihn kam mir vor wie verschenkte, nicht gelebte Zeit. Umso mehr fürchtete ich den Augenblick, an dem er fortreiten würde.

»Geht es dir gut?«, fragte Marcius. Ohne es zu merken, hatte ich geseufzt. Ich lag neben ihm, mein Kopf auf seiner Schulter.

»Jaaa.«

»Aber?« Vorsichtig drehte er sich auf die Seite und suchte meinen Blick.

»Nichts.«

»Nun sag schon!«

»Habe ich dir eigentlich schon erzählt, dass ich diese Situation bereits früher erlebt habe?«

»Welche?«

»Dass ich in deinem Arm liege und du mich fragst, ob es mir gut geht?«

»Das erlebst du ständig.« Er schnitt eine Grimasse, die ihn jungenhafter aussehen ließ.

»Ja, ich weiß. Ich meine, früher. Als wir noch nicht zusammen waren.«

»Wie soll das möglich sein?«

»Keine Ahnung. Aber ich lag in Filippas Zimmer und spürte auf einmal einen Arm unter meinem Nacken und dann fragte mich jemand, ob es mir gut gehe. Das war an dem Abend, bevor wir das erste Mal auf den Janiculum geritten sind. Inzwischen bin ich mir sicher, es waren dein Arm und deine Stimme. Etwas Ähnliches habe ich auch erlebt, als ich noch in Schweden war.«

»Das ist in der Tat merkwürdig. Ich bin mir wiederum sicher, dass ich weder in Filippas Zimmer noch in Schweden bei dir im Bett gelegen habe. Daran würde ich mich erinnern«, neckte Marcius mich. Ich knuffte ihn in die Seite, woraufhin er sich halb auf mich rollte und meine Hände festhielt. »Aber das wolltest du mir doch gar nicht sagen, oder?« Er ließ mich los und strich mir eine Strähne aus dem Gesicht. Dabei sah er mich auf eine Weise an, die mir fast das Herz brach. Ich liebte ihn so sehr, dass es wehtat. Wie konnte es bloß sein, dass ich glücklich war und gleichzeitig einen so unglaublichen Schmerz verspürte?

»Ich weiß nicht mehr, was ich sagen wollte«, log ich.

»Das weißt du sehr wohl!«

»Na gut, wenn du es unbedingt wissen willst: Ich verstehe nicht, warum du an Pompeius' Seite kämpfen willst.«

Sofort wurde Marcius ernst. »Das habe ich dir doch gesagt. Ich kann nicht tatenlos zusehen, wenn die Republik in Gefahr ist.« Er legte sich wieder neben mich. Sein Gesicht war verschlossen, der jungenhafte Ausdruck verschwunden.

»Aber du kannst ja etwas tun. Du sollst nur nicht kämpfen«, beschwor ich ihn.

»Soll ich Rom, wenn es so weit ist, durch schöne Reden verteidigen?«

»Nein, aber durch Verhandlungen, durch Gespräche – was weiß ich.«

»Das macht mein Vater schon. Gerade erst hat der Senat den Staatsnotstand ausgerufen. Wegen oder gegen Cäsar – wie immer du es gern hättest.« Marcius setzte sich im Bett auf und verschränkte die Arme vor der Brust.

»Marcius, bitte! Mir zuliebe!«

»Du bittest mich, mich wie ein Feigling zu benehmen?«

»Nein, ich bitte dich, nicht in den Krieg zu ziehen.« Unwillkürlich griff ich nach dem Amulett an meinem Hals.

»Noch ist es ja nicht so weit. Vielleicht lenkt Cäsar in letzter Minute ein. Er soll auch nicht auf einen Bürgerkrieg erpicht sein, heißt es«, meinte Marcius besänftigend.

»Und wenn er nicht einlenkt?«

»Man muss sich im Leben entscheiden, Elina, und für seine Überzeugungen einstehen. Wenn es so weit ist, werde ich genau das tun.«

»Aber ...«

»Ich will nicht mehr mit dir darüber sprechen.« Er stand auf und fing an, im Haus auf und ab zu gehen. Ich lag allein unter der Decke und fror. Wir waren gerade erst angekommen und das Feuer hatte den Raum noch nicht aufgeheizt. Für römische Verhältnisse war es bitterkalt. Auf dem Weg hierher hatte es sogar leicht geschneit. Vereinzelte Flocken waren vom Januarhimmel heruntergetanzt. Weiße, glitzernde Kristalle, die auf meiner Zunge geschmolzen waren, als ich versucht hatte, sie damit aufzufangen. Dasselbe Schicksal hatte die übrigen Flocken beim Auftreffen auf die Erde ereilt.

Ich fing an, mit den Zähnen zu klappern.

»Meine Güte, du frierst ja!« Marcius schlüpfte zu mir unter die Decke und presste seinen Körper an meinen. Mir ging es auf der Stelle besser. »Elina, wird es zum Kampf kommen?«, fragte er unvermittelt und drückte mich noch fester an sich. »Wird Pompeius verlieren?«

Ich wusste nicht, was ich antworten sollte und war froh, dass er mein Gesicht nicht sehen konnte. Ich lag auf der Seite mit dem Rücken zu ihm und atmete schwer. Seine Hand glitt unter den Ärmel meiner neuen Tunika und streichelte meinen Arm. Ein Schauer rieselte über meinen Rücken.

»Keine Sorge, ich frage nie wieder«, sagte er leise.

DER WÜRFEL IST GEFALLEN

Wir brachen zeitig auf, um den Palatin noch im Hellen zu erreichen. Zeitgleich mit uns traf Senator Quintus ein. Bei seinem Anblick schnürte sich augenblicklich mein Magen zusammen. Sofern Lucius über Quintus' Besuch überrascht war, ließ er es sich nicht anmerken. Trotz des schlechten Wetters war er nach draußen gekommen, um ihn zu begrüßen.

»Welch eine Freude! Was führt dich zu mir, Senator?«

»Ich will nicht lange bleiben, lieber Lucius. Mein Weg führte mich nur zufällig vorbei. Ich komme eben von meinem Landgut, wo ich mich, wie du weißt, für eine Weile von der Politik ausgeruht habe. In meinem Alter ist das hin und wieder notwendig. Aber jetzt fühle ich mich wieder frisch genug, um mich erneut mit voller Kraft in den Dienst von Rom zu stellen.« Quintus' Lippen verzogen sich zu einem unschönen Lächeln.

»Schon bevor der Senat Cäsar zum Staatsfeind erklärt hat, hat sein Freund Quintus, dieser Fettsack, sich vor Angst fast in die Hose gemacht und zusammen mit vielen anderen fluchtartig die Stadt verlassen. Wenn er jetzt zurückkommt, ist das kein gutes Zeichen«, raunte Marcius mir beim Absitzen zu.

Eine dunkle, krächzende Wolke rauschte über uns hinweg. Ich legte den Kopf in den Nacken: Rabenvögel!

»Willst du dich nicht hineinbegeben und dich ein wenig erfrischen?« Lucius machte eine einladende Geste. Seine Miene war von undurchdringlicher Höflichkeit.

»Danke, das ist zu liebenswürdig«, lehnte Quintus ab, der noch immer in seiner Sänfte saß. »Ich bin ein wenig in Eile. Da dein Haus jedoch, wie schon gesagt, auf meinem Weg liegt, wollte ich nicht grußlos daran vorüberziehen.« Er klatschte in die Hände, woraufhin vier kräftige Sklaven seine Sänfte anhoben.

»Er lügt«, knurrte Marcius.

»Ach übrigens«, die Sänfte schaukelte leicht, als sich Quintus zu Lucius hinunterbeugte, »Cäsar hat mit seinen Truppen den Rubicon überquert. Eventuell solltest du ebenfalls für eine Weile auf dein Landgut fahren. Oder noch weiter weg auf eine schöne, sonnige Insel. Ich mache mir Sorgen um dich. Du siehst angegriffen und blass aus. – Am besten nimmst du deinen Sohn gleich mit.« Er klatschte nochmals in die Hände. Die vier Sklaven setzten sich im Gleichschritt in Bewegung. »Bis bald, mein Lieber!« Quintus winkte Lucius nachlässig zu und zog die Vorhänge seiner Sänfte vor. Mit versteinerten Gesichtern blickten Marcius und sein Vater ihm hinterher. Erst als die Sänfte hinter einer Wegbiegung verschwand, kam Leben in sie.

»Kleon, trommle Verus und die anderen aus der Ritterschaft zusammen! Sag ihnen, wir reiten in einer Stunde«, rief Marcius.

»Sehr wohl!«

»Filippa, wo steckst du?« Lucius lief ins Haus. Marcius und ich folgten ihm. »Filippa!«

Sie kam einen Gang entlanggehastet. »Ja, Herr?«

»Stelle ausreichend Essen und Wasser für meinen Sohn bereit. Er hat einen weiten Weg vor sich«, befahl Lucius. Filippa nickte und verschwand.

»Ich muss meine Sachen packen«, verkündete Marcius und eilte zu seinem Zimmer.

Von rechts und links kamen Sklaven herbeigelaufen, um von Lucius Aufträge entgegenzunehmen und danach wieder nach links und rechts auszuschwärmen. Es war ein einziges Durcheinander. Mittendrin stand ich. Ohne Aufgabe und ohne richtig zu begreifen, was um mich herum geschah, obwohl ich seit Langem wusste, dass es geschehen würde. Es war so weit: Cäsar hatte den Rubicon überquert, den Grenzfluss zwischen Gallien und Italien, was eine Kriegserklärung an den Senat war. Ich konnte mich daran erinnern, es im Internet gelesen zu haben. Auch daran, dass Cäsar bei der Überquerung angeblich gesagt hatte: *Alea iacta est!* – wörtlich übersetzt *Der Würfel ist geworfen worden!* Cäsar hatte genau gewusst, was er tat und den Bürgerkrieg billigend in Kauf genommen. *Alea iacta est. – Der Würfel ist gefallen.*

Ich folgte Marcius in sein Zimmer, in dem ich seit seiner Krankheit nicht mehr gewesen war. »Marcius!«

»Nicht jetzt, Elina.« Er stopfte eine Tunika und eine Decke in seine Satteltasche.

»Geh nicht!«

Mit einem Seufzer sah er auf. »Ich muss, Elina.«

»Keiner zwingt dich dazu. Lass uns zusammen mit deinem Vater und den anderen Rom verlassen und uns in Sicherheit bringen.«

»Wir hatten das Thema doch schon. Meine Meinung hat sich nicht geändert.« Er winkte müde ab.

Von draußen drang Hufgetrappel zu uns herein, Männerstimmen und Waffenklirren waren zu hören. Marcius lief in großen Schritten zum Fenster und schaute hinaus.

»Verus ist da. Ich muss los, Elina. Leb wohl.« Er zog mich an sich und küsste mich kurz.

»Marcius ...«

»Mach dir keine Sorgen, Elina. Ich komme wieder. Danach bleiben wir für immer zusammen. Ich werde mit meinem Vater sprechen. Keine Halbheiten mehr. Ich verspreche es dir. Ich komme wieder!«

»Bitte bleib!«

»Ich komme wieder!« Er küsste mich noch einmal und lief mit seiner Satteltasche davon. Wie betäubt blieb ich in seinem Zimmer stehen. Ich komme wieder, ich komme wieder, ich komme wieder, hallte es in meinen Ohren nach. Meine Beine bewegten sich langsam zum Fenster. Ich sah Marcius auf seinen Grauschimmel springen und mit Verus und den anderen Männern davonjagen. Ich komme wieder, ich komme wieder, ich komme wieder!

Ich setzte mich auf sein Bett, legte die Hände vors Gesicht und rang nach Luft. Eine Hand berührte vorsichtig meine Schulter. Es war Lucius.

»Du solltest jetzt besser in dein Zimmer gehen!«

»Was soll ich bloß machen?« Ich hob den Kopf und sah zu ihm hinauf.

Lucius überlegte einen Augenblick. »Du könntest an der Abschrift weiterarbeiten. Wenn ich mich nicht täusche, bist du in den vergangenen Wochen nicht allzu oft dazu gekommen. Ich würde mich freuen, wenn du sie beenden könntest.«

Das war es nicht, was ich hören wollte. »Glaubt Ihr, Marcius kommt zurück?«, schniefte ich.

»Bestimmt bevor du mit der Abschrift fertig wirst, was bedeutet, dass es sich in jedem Fall noch endlos in die Länge zieht.« Lucius lächelte schief und nahm seine Hand von meiner Schulter. Filippa erschien neben ihm. Auf ein Zeichen von ihm brachte sie mich in unser Zimmer und versuchte mich, so gut es ging, zu trösten.

»Sei nicht traurig. Er wird schon bald wiederkommen«, sagte sie.

»Meinst du?«

»Ganz sicher. Warum sollte es anders sein als sonst?! Marcius ist oft für längere Zeit fortgeritten und immer zurückgekehrt.«

»Ja, das stimmt«, gab ich zu. »Aber jetzt ist er nicht zu Verhandlungen geritten, sondern in den Krieg!«

Filippa wusste nichts darauf zu erwidern.

Wir legten uns schlafen. Was hätten wir auch sonst machen können? Im Haus war es still. Ich schloss die Augen und versuchte, Marcius herbeizudenken. Ich wollte ihn neben mir spüren, seinen Arm, wie er sich langsam unter meinen Nacken schob. So wie damals in Schweden oder im Flugzeug. Oder in der Nacht, bevor wir das erste Mal zum Janiculum geritten waren. Es gelang mir nicht. Sosehr ich mich auch bemühte, mein Bett blieb leer. Ich konnte ihn nicht fühlen, nur hören. Ich komme wieder, ich komme wieder, ich komme wieder! Seine Stimme wurde immer leiser.

STAUB ZU STAUB

Ich befolgte Lucius' Ratschlag und arbeitete wieder regelmäßig in der Bibliothek. Tag für Tag. Ab und zu drangen von der Front Nachrichten zu uns. Cäsar nahm eine Stadt nach der anderen ein und rückte immer weiter vor. Pompeius, dem es nicht gelungen war, größere Truppenverbände auszuheben, floh mit seinen Soldaten und zahlreichen Senatoren vor Cäsar in Richtung Süditalien. Ständig fragte ich mich, wo Marcius wohl gerade war und ob es ihm gutging. Aber wir hörten nichts von ihm.

Lucius weigerte sich, Rom zu verlassen. Kleon hatte mehrfach versucht, ihn zur Abreise zu bewegen. »Wenn du bleibst, werden alle glauben, du hättest dich auf Cäsars Seite geschlagen«, warnte er.

Lucius hatte nur sein Kinn nach vorn gereckt und gesagt: »Lächerlich! Ich werde doch nicht Rom verlassen, nur wegen Cäsar. Wer bin ich denn?!«

Also blieben wir.

Mit meiner Arbeit kam ich gut voran. Inzwischen hatte ich schon die ersten einundzwanzig Gesänge kopiert und den zweiundzwanzigsten fast fertig. Nach wie vor begriff ich vieles nicht von dem, was in der *Ilias* stand. Doch die Grausamkeit der Verse war unübersehbar.

Schwenkt' in der rechten Hand, wutvoll dem göttlichen Hektor,
Spähend den schönen Leib, wo die Wund' am leichtesten hafte.
Rings zwar sonst umhüllt' ihm den Leib die eherne Rüstung,
Blank und schön, die er raubte, die Kraft des Patroklos ermordend;
Nur wo das Schlüsselbein den Hals begrenzt und die Achsel,
Schien die Kehl' ihm entblößt, die gefährlichste Stelle des Lebens:
Dort mit dem Speer anstürmend durchstach ihn der edle Achilleus,
Dass ihm hindurch aus dem zarten Genick die Spitze hervordrang.
Doch nicht gänzlich den Schlund durchschnitt der eherne Speer ihm,
Dass er noch zu reden vermocht' im Wechselgespräche;

Mit Widerwillen schrieb ich weiter an der Passage, in der Hektor tödlich getroffen vor Achilles zu Boden ging:

Und er entsank in den Staub; da rief frohlockend Achilleus:

Hektor, du glaubtest gewiss, da Patrokleus' Wehr du geraubet,
Sicher zu sein, und achtetest nicht des entfernten Achilleus.
Törichter! Jenem entfernt war ein weit machtvollerer Rächer
Bei den gebogenen Schiffen, ich selbst, zurück ihm geblieben,
Der dir die Kniee gelöst! Dich zerren nun Hund' und Gevögel,
Schmählich entstellt; ihn aber bestatten mit Ruhm die Achaier.

Wieder begann schwachatmend der helmumflatterte Hektor:
Dich beschwör' ich beim Leben, bei deinen Knien, und den Eltern,
Laß mich nicht an den Schiffen der Danaer Hunde zerreißen;

Ich hörte ein Geräusch und schaute auf. Lucius hatte die Bibliothek betreten. Er kam zu mir ans Stehpult und schaute mir über die Schulter. »Nun, wie geht es voran?«

»Bis auf zwei Gesänge bin ich fast fertig.«

»Sehr schön, sehr schön.« Lucius blickte auf meinen Hals. Sofort griff ich nach dem Amulett. »Marcius hat dir also das Amulett seiner Mutter gegeben«, stellte Lucius fest.

»Geschenkt«, korrigierte ich ihn.

»Er muss dich sehr gern haben. Seitdem du in diesem Haus lebst, ist er so fröhlich, wie seit dem Tod seiner Mutter nicht mehr.«

Ich legte die Rohrfeder beiseite und wartete.

»Die Zeit nach Julias Tod war schwierig. Marcius war verschlossen und abweisend. Sosehr ich mich auch bemühte, ich bekam keinen Zugang zu ihm. Ich hatte das Gefühl, er würde mich für Julias Tod verantwortlich machen. Manchmal dachte ich schon, ich hätte auch ihn endgültig verloren«, fuhr er fort. Ich kannte Marcius' Sicht der Dinge und wunderte mich über Lucius' Worte. Wie es schien, hatte auch er sich all die Jahre unverstanden und abgelehnt gefühlt. Oder behauptete er das nur, um vor mir besser dazustehen? Dafür hatte er allerdings keine Veranlassung, überlegte ich.

»Woran ist Eure Frau gestorben?«, fragte ich vorsichtig.

»An einem Fieber. Der Medicus konnte nichts für sie tun. Es war ein schwerer Verlust. Nicht nur für Marcius. Ich habe Julia sehr geliebt.« Lucius setzte sich auf die Truhe, in denen die ausgeliehenen Papyrusrollen aufbewahrt wurden. »Du tust ihm gut, Elina. So wie Julia mir damals guttat. Selbst die Geschichte mit Artemisia hat sie mir verziehen. Ich nehme jedenfalls an, dass sie es gewusst hat, auch wenn wir nie darüber gesprochen haben.« Er hielt inne und zog die Stirn kraus. »Merkwürdig, ausgerechnet mit dir spreche ich darüber. Es liegt wohl an den Umständen.«

»Glaubt Ihr, Marcius kommt zurück?«, platzte es unvermittelt aus mir heraus. Im Grunde war es die einzige Frage, die mich wirklich beschäftigte.

Lucius stand auf. Seine Mundwinkel zuckten, als er sagte: »Das liegt allein in den Händen der Götter. – Und in der Hand Cäsars.«

»Kennt Ihr ihn eigentlich persönlich?« Eher instinktiv ergriff ich die einmalige Chance, mich bei einem Zeitzeugen nach dem legendären Feldherrn und Politiker zu erkundigen.

»Wen? Cäsar? Selbstverständlich! Von früher aus dem Senat.«

»Und wie ist er so?«

»Überheblich.« Lucius spie das Wort fast aus.

»Ist das alles?«

»Was willst du hören?! Cäsar ist ein gerissener Fuchs. Ein brillanter und ehrgeiziger Stratege. Vermutlich ist er der ehrgeizigste Mensch unter der Sonne. Er ist eine seltsame Mischung aus eisernem Soldat und charmantem Weiberheld.« Lucius redete sich zunehmend in Rage. An seinen Händen, die er ununterbrochen knetete, traten bereits die Knöchel weiß hervor. »Wenn Cäsars Absichten nicht so widerlich wären, wenn er nicht die Republik abschaffen und eine Diktatur anstreben würde, könnte ich ihn vielleicht für sein Genie bewundern. Aber so ...?!« Lucius blieb einen Moment unschlüssig vor mir stehen, dann verließ er mit durchgedrückten Schultern abrupt den Raum. Ich blieb nachdenklich zurück. Cäsar ein Weiberheld? In diesem Licht hatte ich ihn noch nicht betrachtet. Dabei wusste ich, dass er mehrmals verheiratet gewesen war und mit Brutus' Mutter ein Verhältnis gehabt hatte. Außerdem hatte ich in Schweden einen Film über seine Affäre mit der ägyptischen Königin Kleopatra gesehen und hinterher einiges darüber im Internet nachgelesen. Wenn ich mich nicht irrte, würde sich Cäsar erst in mehr als einem Jahr in Kleopatra verlieben. Ich musste automatisch an Marcius und unsere Liebe denken. Und daran, dass er gerade gegen Cäsar zu kämpfen versuchte. Traurig packte ich meine Sachen zusammen und ging kurz nach Lucius aus der Bibliothek. Ich war nicht in der Stimmung, den sterbenden Hektor zu zeichnen. Morgen war auch noch ein Tag. Genauso wie übermorgen. Und überübermorgen.

SPURLOS VERSCHWUNDEN

Ich drehte eine Runde ums Haus, um auf andere Gedanken zu kommen und um meine Finger auszuruhen, die vom vielen Schreiben wehtaten. Heute hatte ich mit dem vierundzwanzigsten und damit letzten Gesang begonnen, der aus rund achthundert Verszeilen bestand. Vor mir lag noch einiges an Arbeit.

Ich sog die inzwischen wieder wärmer gewordene, frühlingshafte Luft ein, reckte und streckte mich und massierte im Gehen meine Finger. In der Nähe der Haustür blieb ich stehen und lauschte. Ich konnte sie nicht sehen, nur hören. Filippa und ihr Ziehvater klangen aufgebracht. Etwas Wichtiges musste vorgefallen sein. Was, wenn es Marcius betraf?! Mein Puls beschleunigte sich.

»Seit wann ist sie verschwunden?« Das war Kleons Stimme.

»Ich weiß es nicht. Gestern Abend habe ich sie zuletzt gesehen«, antwortete Filippa.

Ich lief so rasch es ging um mehrere Hecken herum, die labyrinthartig angelegt waren, bis ich schließlich zu ihnen stieß. Filippa und Kleon waren nicht allein. Sämtliche Sklaven hatten sich versammelt und tuschelten miteinander.

»Neilos, du und die anderen Sklaven, ihr werdet den Hügel absuchen. Strich für Strich. Schaut hinter jeden Busch und jeden Baum. Fragt auch die Nachbarn. Filippa, Elias und ich werden uns die Gärten und das Haus vornehmen. – Beeilt euch«, befahl Kleon.

Neilos neigte höflich den Kopf und teilte die etwa vierzig anwesenden Männer und Frauen in kleinere Gruppen auf und ließ sie in alle vier Himmelsrichtungen ausschwärmen.

»Kann ich helfen?« Ich ging auf Kleon, Elias und Filippa zu.

Kleon fuhr herum. Er hatte mit dem Rücken zu mir gestanden. »Das ist nicht nötig«, blaffte er mich an.

»Was ist passiert?« Ich tat so, als hätte ich seine Antwort überhört. Filippa wechselte einen raschen Blick mit Kleon, der nur kurz nickte.

»Artemisia, Cornelias Mutter, ist verschwunden«, sagte sie.
»Seit wann?«
»Das wissen wir nicht genau. Gestern Abend war sie noch da.«
»Dann kann sie nicht so lange fort sein«, meinte ich.
»Sklaven dürfen sich nicht unerlaubt entfernen. Egal wie lange«, belehrte mich Kleon.
»Vielleicht hat sie Cornelias Grab besucht«, überlegte ich.
»So weit ist es nicht entfernt. Sie wäre schon zurück.« Kleon schüttelte den Kopf.
»Und wenn ihr etwas passiert ist?«, gab ich zu bedenken.
»Wir werden sehen«, brummte er und ließ mich stehen, um zusammen mit Filippa und Elias das Areal rund ums Haus zu durchkämmen.
Kleon hatte meine Hilfe zwar abgelehnt, aber das hielt mich nicht davon ab, mich trotzdem auf die Suche zu machen. Ich ging zum Pferdestall, wo ich mich durch meine Ausritte mit Marcius gut auskannte und wo ich vor einigen Wochen immerhin schon Cornelia aufgestöbert hatte. Ich war mir ziemlich sicher, dass sich ihre Mutter ebenfalls zwischen den Boxen verkrochen hatte. Im Vorbeigehen streichelte ich Amandus' Nase. Er schnaubte.
»Weißt du, wo sie ist?«, fragte ich ihn.
Er schnaubte erneut und schnupperte an meiner Hand, in der er ausnahmsweise kein Brot fand. Enttäuscht wandte er sich ab und drehte mir sein Hinterteil zu. Statt über sein Verhalten zu grinsen, ärgerte es mich. Amandus kam mir plötzlich berechnend und undankbar vor. Wenn ich das Marcius erzählen würde, würde er bestimmt über mich lachen und sagen: Was erwartest du? Amandus ist ein Tier!
Ach, Marcius! Ich schnäuzte mir die Nase und begann mit der Suche.
Quadratzentimeter für Quadratzentimeter durchwühlte ich das Heu, ich blickte hinter jede Kiste und jeden Sack, aber ohne Erfolg. Ich konnte Artemisia nirgends entdecken. Nach kurzem Nachdenken verließ ich den Stall und blickte mich um. Der Stall war von hohen Farnen umgeben. Vielleicht hatte sich Cornelias Mutter ja etwas angetan und lag irgendwo zwischen den Farnen? Mir schau-

derte bei dem Gedanken, dann gab ich mir jedoch einen Ruck und bog die ersten Farnwedel auseinander. Mit zusammengebissenen Zähnen kämpfte ich mich nach und nach durch das feuchte Grün und sogar durch angrenzende Büsche. Vor einem gewaltigen Dornengestrüpp machte ich schließlich Halt. Hier weiterzusuchen dürfte relativ sinnlos sein. Hinter den bedrohlich aussehenden Ranken verbarg sich allenfalls Dornröschen. Ich wollte mich gerade abwenden, da meinte ich zwischen den entlaubten Zweigen eine Steinplatte durchschimmern zu sehen. Wenn ich sie genauer unter die Lupe nehmen wollte, drohten mir allerdings einige Kratzer. Meine Neugier war letztlich stärker als mein Respekt vor den Dornen. Vorsichtig zwängte ich mich durch die Zweige, die immer wieder versuchten, mich festzuhalten. Wenige Minuten später und um ein paar Schrammen reicher stand ich vor einer Steinplatte, die so aussah als würde sie hier eigentlich nicht hingehören. Was nun? Um sie zur Seite zu schieben, war ich nicht stark genug. Ratlos sah ich mich um. In Reichweite von mir lag ein armdicker Ast auf dem Boden, mit dem ich vielleicht die Steinplatte weghebeln konnte. Ich schnappte mir den Ast und bemühte mich, ihn seitlich hinter die Platte zu schieben, was aber nicht funktionierte, weil der Ast zu dick war. Nach mehreren erfolglosen Versuchen, just in dem Moment als ich aufgeben wollte, verkantete ein Stück des Astes hinter der oberen linken Ecke der Platte. Ehe ich mich versah, fiel sie mir fast auf die Füße. In letzter Sekunde unterdrückte ich einen Schrei, nicht nur vor Schreck, sondern auch vor Erstaunen. Dort, wo eben noch der Stein gestanden hatte, gähnte jetzt ein schwarzes Loch. Ohne lange nachzudenken ließ ich mich durch das Loch hinunter in eine Höhle, die so groß war, dass ich darin stehen konnte. Es dauerte einen Augenblick, bis sich meine Augen an die schummerigen Lichtverhältnisse gewöhnt hatten. Schräg rechts von mir schien ein Tunnel von der Höhle wegzuführen, in den ich mich aber nicht hineinwagte, weil ich keine Fackel bei mir trug. Was das wohl für eine Höhle war, und wohin mochte der Tunnel führen? Mein Blick blieb an der hinteren Höhlenwand hängen. Wenn ich mich nicht täuschte, befand sich dort eine Nische, hinter der etwas hervorlugte. Vorsichtig näherte ich mich dem Felsvorsprung und spähte dahinter. Zu meiner Verwunderung entdeckte ich ein paar Fackeln, Krüge mit Wasser, gedörrtes Fleisch und bereits leicht schimmeliges Brot. Irgendjemand hatte sich hier einen Vorrat angelegt, doch wofür?

Ich merkte, wie es plötzlich in der Höhle dunkler wurde. In der Erwartung, Artemisia vor dem Höhleneingang stehen zu sehen, wirbelte ich herum.

»Was machst du hier?«, knurrte mich stattdessen Neilos an. Er hatte einen blutigen Kratzer im Gesicht und zerzaustes Haar.

»Ich suche nach Artemisia«, stotterte ich.

»Das glaube ich dir nicht!« Neilos kam langsam auf mich zu und musterte mich düster.

»Doch, wirklich. Ich habe erst im Pferdestall nachgeguckt und dann die Gegend drumherum abgesucht. Dabei bin ich auf diese Höhle gestoßen«, erwiderte ich wahrheitsgemäß.

»Du lügst! Du spionierst mir hinterher, gib es zu!«

»Tue ich nicht. Und was machst du hier?«

»Mein Geheimnis beschützen«, presste Neilos zwischen seinen Zähnen hervor.

»Dein Geheimnis? Wie meinst du das? Was ist das für eine Höhle und was sollen die Vorräte da hinten?« Ich zeigte mit dem Daumen über meine Schulter in Richtung Nische.

»Wonach sieht es denn aus?«, höhnte er.

Allmählich dämmerte es mir. »Du hast Artemisia hier versteckt; sie ist durch den Tunnel geflüchtet«, hauchte ich.

»Ich habe hier niemanden versteckt. Niemand weiß von dieser Höhle, außer dir und ...«, er biss sich auf die Lippen.

»Und Verus«, ergänzte ich langsam. »Damit hat er dich also erpresst. Jetzt verstehe ich. Aber wieso hat er dich nicht an Lucius verraten?«

»Ich nehme an, als Gallier hat er ein gewisses Verständnis für versklavte Menschen mit Wunsch nach Freiheit.« In Neilos' Augen trat ein beunruhigendes Funkeln.

»Das habe ich auch. Und nun geh zur Seite, damit ich hier endlich raus kann. Mir wird kalt«, sagte ich möglichst selbstbewusst und schlang dabei meine Arme eng um mich.

»Woher weiß ich, dass ich dir trauen kann?«

»Du musst mir trauen! Du hast keine andere Wahl. Filippa weiß, dass ich hier die Umgebung absuche. Ich habe es ihr vorher gesagt. Wenn ich nicht bald zurück bin, werden sie und Kleon nach mir schauen und dann war's das mit deinem Geheimnis!« Keine Ahnung, woher ich so schnell diese Wort nahm, auf alle Fälle schienen sie zu fruchten.

»Na gut, aber ich schwöre dir, wenn du mich verrätst, stirbst du noch bevor ich sterbe«, zischte er und gab den Höhlenausgang frei.

So schnell ich konnte lief ich nach draußen. Ohne mich noch einmal umzublicken rannte ich, als wäre der Teufel höchstpersönlich hinter mir her, auf direktem Weg zum Haus. Das war ja gerade noch mal gut gegangen!

Abends beim Baden, ich hatte mich noch immer nicht ganz von der Begegnung mit Neilos erholt, erfuhr ich, dass Artemisia nach wie vor verschwunden war. Niemand hatte sie oder auch nur eine Spur von ihr entdeckt.

»Hoffentlich wird sie nie gefunden,« flüsterte Filippa und schüttete einen Krug warmes Wasser über meinen Rücken.

»Du denkst, sie ist geflüchtet?« Ich wusste sofort, was sie mit ihrer Bemerkung gemeint hatte.

»Was sonst?!«

Ich dachte kurz an die Höhle, durch die Artemisia laut Neilos nicht geflüchtet war und schlug halbherzig vor: »Sie könnte doch auch zum Beispiel entführt worden sein.«

»Sei nicht albern, niemand entführt eine Sklavin«, wies mich Filippa zurecht. »Nein, sie ist geflüchtet, daran besteht kein Zweifel mehr.«

»Welche Strafe erwartet geflohene Sklaven?« Ich stierte auf ein Wandmosaik, auf dem Löwen und Leoparden bei der Jagd zu sehen waren und dachte an Neilos und Verus. Marcius' Freund war doch immer wieder für eine Überraschung gut – oft für eine positive.

»Frag lieber nicht«, antwortete Filippa.

»Würde Lucius bei Artemisia nicht eine Ausnahme machen? Immerhin hatte er mal ein Verhältnis mit ihr.«

»Nein, würde er nicht. Niemals. Das kann er nicht. Die Strafe dient auch zur Abschreckung, damit wir anderen Sklaven uns kein Beispiel an Artemisia nehmen. Kleon sagt, Lucius befürchte bereits, dass noch weitere von uns die politisch instabile Lage ausnutzen und flüchten könnten. Angeblich überlegt er, vorsorglich einen von uns auspeitschen zu lassen. – Zur Warnung.« Filippa kaute auf ihren Fingernägeln, was sie sonst nie tat.

Meine Gedanken wanderten erneut zu Neilos. Auch wenn sein Geheimnis schwer auf mir lastete, würde ich es niemals preisgeben. Vor meinem inneren Auge sah ich eine Peitsche durch die Luft zischen. Entsetzt sagte ich: »Das kann Lucius doch nicht machen! Was können die anderen für Artemisias Verschwinden?! Das ist Willkür!«

»Glaub mir, er kann, wenn er will«, raunte Filippa.

Mit einem Mal hielt ich es nicht länger im warmen Wasser aus. Ich hatte das Gefühl, gleich zu kollabieren. Ich hievte mich aus dem Becken, wickelte mich in ein Tuch und setzte mich auf eine helle Marmorbank. Still ging ich sämtliche Möglichkeiten durch, die Artemisias Verschwinden erklären könnten.

»Und wenn sie sich etwas angetan hat?«, meinte ich nach einer längeren Pause.

»Das sähe ihr nicht ähnlich.«

»Hat sie nicht zu irgendjemandem etwas gesagt, ob und was sie vorhat?«

Filippa plätscherte mit den Füßen im Wasser. »Nicht soweit ich weiß. Lea sagte nur, dass Artemisia verbittert und voller Hass auf Verus, Marcius, Lucius und dich gewesen sei.«

»Auf Verus und Lucius könnte ich noch verstehen. Aber wieso auf Marcius und mich? Sie muss doch gewusst haben, dass Verus und ich niemals geheiratet hätten. Verus wollte Cornelia. Und ich liebe Marcius. Wie kann sie uns da hassen?«, wandte ich ein.

»Vielleicht hat sie euch euer Glück missgönnt. Wer weiß?! Lucius hat immer so getan, als wäre Marcius sein einziges Kind. Seitdem Cornelia tot ist, nimmt sie das Marcius und Lucius besonders übel. Und nun scheint Lucius auch noch sein Herz für dich zu entdecken. Frag mich nicht, Elina, wer kennt sich schon in den Menschen aus?! Hoffentlich kommt Artemisia nie zurück. Und hoffentlich bestraft Lucius nicht einen von uns an ihrer Stelle!«

»So gesehen wäre es vermutlich doch besser, wenn man sie finden würde«, murmelte ich. Im selben Augenblick hoffte ich, dass der Wasserdampf meine Worte verschluckt und Filippa sie nicht gehört hatte.

HEKTORS TOD

Aber nachdem zum zehnten die leuchtende Eos emporstieg;
Jetzo trugen sie weinend hinaus den mutigen Hektor,
Legten ihn hoch auf der Scheiter Gerüst, und entflammten das Feuer.

Als aufdämmernd nun Eos mit Rosenfingern emporstieg,
Kam das versammelte Volk um den Brand des gepriesenen Hektors.
Diese löschten den glimmenden Schutt mit rötlichem Weine,
Überall, wo die Glut hinwütete; drauf in der Asche
Lasen das weiße Gebein die Brüder zugleich und Genossen,
Wehmutsvoll, ihr Antlitz mit häufigen Tränen benetzend.
Jetzo legeten sie die Gebein' in ein goldenes Kästlein,
Und umhüllten es wohl mit purpurnen weichen Gewanden;
Senkten sodann es hinab in die hohle Gruft; und darüber
Häuften sie dichtgeordnet gewaltige Steine des Feldes;
Schütteten eilend das Mal, und ringsum stellten sie Späher,
Daß nicht zuvor anstürmten die hellumschienten Achaier.
Als sie das Mal geschüttet, enteilten sie. Jetzo von neuem
Kamen sie nach dem Gebrauch, und feierten stattlichen Festschmaus
Dort in Priamos' Hause, des gottbeseligten Herrschers.
Also bestatteten jene den Leib des reisigen Hektors.

Fertig. Ich hatte die letzten Verse der *Ilias* abgeschrieben. Hektor war tot. Unwiderruflich tot. So wie ich es befürchtet und in Erinnerung gehabt hatte. Achilles, der als nahezu unverwundbar galt, hatte ihn im Kampf besiegt, seine Leiche entwaffnet und sie unter den Augen von Hektors Eltern voller Zorn an einen Wagen gebunden und sie ans Meer zu den Schiffen geschleift, mit denen Achilles und die übrigen griechischen Truppen nach Troja gekommen waren. Hektors Vater, Priamos, war daraufhin nichts anderes übrig geblieben als zu Achilles' Zelt zu schleichen und ihn um die Herausgabe der Leiche zu bitten. Tatsächlich lieferte Achilles schließlich Hektors sterbliche Überreste aus und vereinbarte mit Priamos sogar für die Zeit der Bestattungsfeierlichkeiten Waffenruhe. Und so konnten die Trojaner Hektor doch noch die letzte Ehre erweisen. Ein ziemlich schwacher Trost, wie ich fand.

Ich legte die Rohrfeder beiseite und vergrub mein Gesicht in den Händen. Meine Arbeit war beendet. Es gab nichts mehr zu tun. Tausende von Verszeilen hatte ich in unzähligen Stunden zu Papier gebracht. Ich hatte Zeichnungen angefertigt und Buchstaben verschnörkelt. Was nun? Wie sollte es jetzt bloß weitergehen? Marcius und Verus waren noch immer fort, genauso wie Artemisia. Zum Glück hatte Neilos seine Fluchtpläne bislang nicht in die Realität umgesetzt. Nicht dass ich besonders an ihm hing, aber die Anspannung im Haus war auch so schon groß genug, und einer intensiven Befragung durch Kleon hätte ich mich derzeit nicht gewachsen gefühlt.

Mit einem tiefen Seufzer rollte ich nach einer Weile die beschriebenen Papyrusbögen zusammen, knotete ein dünnes Lederbändchen darum und brachte sie zu Lucius. Ohne ein Wort legte ich sie in seine Hände.

FEUER UND SCHWERT

Jemand hämmerte zum dritten Mal laut gegen die Tür. Es klang ungeduldig. Ich hörte, wie Kleon Neilos losschickte, um nachzusehen, wer so spät abends noch etwas vom Senator wollte. Heimlich und mit klopfendem Herzen folgte ich dem Feuerschein seiner Fackel. Vielleicht war ja Marcius zurückgekehrt? Vielleicht hatte er eingesehen, dass er und die anderen gegen Cäsar nichts ausrichten konnten? Je länger ich darüber nachdachte, desto sicherer war ich mir. Ja, so musste es sein! Wer sonst außer Marcius und Verus würden um diese Zeit so einen Krach machen? Doch weder Marcius noch Verus standen in der Eingangshalle, sondern Senator Gaius Quintus und mehrere bewaffnete Männer, die wie Legionäre aussahen. Neilos lag neben der Tür in einer Ecke und hielt sich den Kopf. Quintus' Leute hatten offenbar nicht lange um Einlass gebeten.

»Wo ist Senator Lucius Sulla?«, quäkte Quintus und fuhr sich mit seinem Tunikaärmel über die verschwitzte Stirn.

»Der Senator hat sich bereits in seine Gemächer zurückgezogen«, antwortete Kleon. Er schritt an mir vorbei und drängte mich dabei unauffällig in eine dunkle Nische.

»Geh ihn wecken«, verlangte Quintus.

»Tut mir leid. Der Senator hat mich gebeten, ihn heute nicht mehr zu stören«, sagte Kleon. Ich sah ihm an, dass er log.

»Wenn das so ist, werden ihn eben meine Männer höchstpersönlich stören.« Quintus' Knopfaugen funkelten tückisch.

»Das wird nicht nötig sein!« Lucius betrat die Halle. Er trug seine Toga mit dem rot eingefassten Saum, die er sonst nur zu offiziellen oder feierlichen Anlässen anlegte. »Was kann ich für dich tun, Senator Gaius Quintus?« Ruhig stand er da, das Kinn leicht angehoben.

»Du bist verhaftet, Senator Lucius Sulla«, triumphierte Quintus.

»Wer sagt das?«

»Ich sage das!« Quintus' Augen funkelten noch stärker.

»Das ist lächerlich. Dazu hast du keine Befugnis!« Lucius' Mund war zu einem schmalen Strich geworden.

»Die habe ich sehr wohl. Im Namen von Julius Gaius Cäsar: Du bist verhaftet, Lucius Sulla!«

»Cäsar hat dazu ebenfalls keine Befugnis.«

»Und ob er sie hat. Sieger verfügen über alle Rechte«, geiferte Quintus.

»Und mit welcher Begründung lässt er mich verhaften?«

»Wegen Beihilfe zur Verschwörung. Dein Sohn kämpft an der Seite von Pompeius gegen Cäsar.«

»Wer behauptet das?« Lucius ließ sich nicht aus der Fassung bringen.

»Das hat mir ein Vögelchen ins Ohr gezwitschert!«

Artemisia, schoss es mir durch den Kopf. Sie musste Marcius und seinen Vater verraten haben. Mein Gott, wie konnte sie nur?!

»Genug geredet! Ergreift ihn, Männer!« Quintus gab seinen Legionären ein Zeichen. Zwei von ihnen stürzten sich augenblicklich auf Lucius und packten ihn am Arm.

Irgendwo in dem Durcheinander entdeckte ich Filippa. Sie stand im Schutz einer Säule und hielt sich entsetzt die Hand vor den Mund. Kleon dagegen machte Anstalten, Lucius zur Hilfe zu eilen. Er kam nicht weit. Quintus' Männer hielten ihn und die anderen Sklaven mit Schwertern und Speeren in Schach.

»Abmarsch«, kommandierte Senator Gaius Quintus. Die Männer verließen mit Lucius in ihrer Mitte das Haus. Ab da nahm ich alles nur noch wie in Trance wahr. Von mehreren Seiten kamen plötzlich dunkle Schatten herbeigelaufen. Ein Pferd wieherte. Ich hörte jemanden rufen und kurz darauf Waffen klirren. Quintus' Männer wurden vorm Haus angegriffen. Von wem, konnte ich nicht sehen. Die wenigen brennenden Fackeln, die die Legionäre bei sich trugen, spendeten nicht genügend Licht. Die Rufe wurden immer lauter. Zunehmend mischten sich Schmerzensschreie darunter. Schwerter krachten auf Schilder, Klingen kreuzten sich und Gegenstände fielen dumpf zu Boden. Ich kannte die Geräusche. Sie waren mir nur allzu vertraut. Von dem Training hinter dem Haus, das ich so oft beobachtet hatte. Nach wenigen Minuten war der Spuk vorbei.

Quintus' Stimme erklang: »Schafft die Leichen ins Haus und brennt es nieder!«

Ich merkte, wie mich Filippa von der Haustür wegzog, zu der ich bei Ausbruch des Gefechts gerannt war. Sie zerrte mich in einen finsteren Gang, während Kleon wie angewurzelt in der Tür stehen blieb. Quintus' Soldaten schubsten ihn grob zur Seite und schleiften nacheinander vier schlaffe Körper in die Eingangshalle.

»An deiner Stelle würde ich das Haus verlassen«, knurrte einer der Legionäre Kleon an, bevor er mit seiner Fackel die Vorhänge anzündete. Kleon reagierte nicht, selbst als die ersten Flammen um ihn herumtanzten.

Endlich verschwand Quintus mit seinem Gefolge und Filippa ließ mich los. Schwankend lief ich zu den Männern, die nur wenige Meter von mir entfernt auf der Erde lagen. Einer von ihnen war Marcius. Ich hatte ihn sofort erkannt. Entsetzt kniete ich mich neben ihn. Er lebte noch. Seine Brust, aus der unaufhörlich Blut strömte, hob und senkte sich.

»Ist er tot?«, fragte mich Kleon mit brüchiger Stimme. Er und Filippa standen hinter mir, genauso erschüttert wie ich. Ich schüttelte den Kopf und sah verzweifelt zu Filippa hoch. Was sollte ich bloß tun? Was?

Du kannst nichts mehr für ihn tun, sagten ihre Augen. Sie beugte sich zu mir herunter, küsste mich aufs Haar und wankte zu Neilos und den anderen Sklaven, um ihnen beim Löschen des Feuers zu helfen. Der Rauch im Haus biss in meine Augen und legte sich auf meine Lunge. Ich hustete.

»Wir sollten ihn hinaustragen«, krächzte jemand. Völlig unerwartet tauchte Verus vor uns auf. Wie ein Gespenst.

»Nein, er würde nur noch mehr Blut verlieren«, widersprach ich und hustete erneut.

»Verdammt! Ich wünschte es hätte mich an seiner Stelle erwischt!« Verus hockte sich schwer atmend zwischen Kleon und mich.

»Wo hast du gesteckt?«, hörte ich eine Stimme fragen. War es meine?

»Als feststand, dass wir verloren hatten, habe ich mich in die Büsche geschlagen und dort gewartet bis Quintus' Leute fort waren.

Sie haben zwar die Gegend abgesucht, aber ich hatte Glück. Es war sehr dunkel.« Verus sprach stockend. Er wirkte verwirrt. »Bin ich der Einzige, der unverletzt ist?«, fragte er plötzlich. Niemand antwortete ihm. Verus' Blick irrte über die toten Männer rechts und links neben uns. Er wurde blass.

»Weshalb seid ihr zurückgekommen? Wieso gerade jetzt?« Kleon schien mit den Tränen zu kämpfen. Möglicherweise lag es aber auch am Rauch.

»Das war Zufall. Marcius wollte seinen Vater überreden, Rom zu verlassen. Wir hatten gegen Cäsar keine Chance. Wir sind mit Pompeius bis ganz in den Süden geflohen. Pompeius will jetzt mit seinen Männern nach Griechenland, um von dort aus den Widerstand gegen Cäsar zu organisieren. Marcius und ich waren uns einig, dass wir mit ihm segeln würden. Vorher wollte Marcius aber unbedingt seinen Vater und Elina in Sicherheit wissen.« Verus brach ab und senkte den Kopf. »Die Götter sind gegen mich. Sie haben zugelassen, dass dieser räudige Hund von Cäsar mir alles nimmt. Meine Familie, meinen Stamm und jetzt auch noch Marcius«, flüsterte er zornig.

Vielleicht hatte er seinen Namen gehört. Vielleicht war es auch ein letztes Aufbäumen. Marcius öffnete die Augen. Sein Blick fiel erst auf Verus, dann auf mich. Ganz langsam verzog er sein Gesicht. Er versuchte zu lächeln. Es zerriss mir das Herz. Seines hörte im selben Augenblick auf zu schlagen.

ALLES VERLOREN

Hände griffen nach mir. Ich schüttelte sie ab. Blind vor Tränen rannte ich den Sandweg hinunter. In der Ferne vor mir sah ich leuchtende Punkte. Wahrscheinlich die Fackeln von Quintus' Männern. Ohne genau zu wissen wohin, lief ich und lief ich. In die Dunkelheit. Hinter mir loderte das Feuer. Rauch hing in der Luft. Ich stolperte, fiel hin, raffte mich auf, lief, stolperte erneut und fiel nochmals hin. Ich blieb liegen. Ich hatte keine Kraft mehr, aufzustehen. Marcius war tot.

Ich komme wieder, ich komme wieder, ich komme wieder!

Er hatte Wort gehalten. Doch jetzt war er tot. Ich hatte mich geirrt. Die Götter hatten uns nicht geliebt. Sie hatten nur mit uns gespielt. Ein schlimmes Spiel. Ein grausames. Marcius hatte es geahnt. Fordere sie nicht heraus, sie hören immer mit, hatte er mich gewarnt. Es waren bösartige Götter, die uns belauscht und uns unser Glück missgönnt hatten. Und mein Gott, was war mit ihm? Er schwieg. Um ihn jetzt noch anzuflehen, war es zu spät. Für alles war es zu spät. Ich weinte und grub meine Hände in die feuchte Erde. Ich konnte nicht mehr. Ich wollte nicht mehr.

Lange Zeit lag ich so da. Durch die geschlossenen Augen merkte ich, wie es um mich herum langsam heller wurde. Das Feuer musste sich ausgebreitet haben. Sogar die Erde in meinen Händen trocknete, wurde warm und staubig. Es war mir gleichgültig. Alles war mir gleichgültig. Ich wollte nur noch sterben.

»Hallo!« Eine Hand berührte sacht meine Schulter. »Hallo?!«

Wieso ließen sie mich nicht in Ruhe? Sollte ich ihnen beim Löschen helfen? Widerwillig öffnete ich meine Augen. Ein Mann und eine junge Frau beugten sich zu mir herunter und guckten mich besorgt an.

»Sie sieht seltsam aus«, wisperte der Mann.

»Wahrscheinlich gehört sie zu dieser Gruppe, die sich wie Römer verkleidet. Du weißt schon, wie die Legionäre da unten beim Kolosseum«, flüsterte die junge Frau zurück.

Verständnislos sah ich die beiden an. Es dauerte eine Weile, bis ich begriff, dass sie sich auf Englisch unterhielten. Englisch? Wieso Englisch? Mir fiel auf, dass sie Jeans, T-Shirts und Rucksäcke trugen. In meinem Gehirn fing es an zu arbeiten. Immer schneller und schneller. Ich drehte in Gedanken die Zeit zurück. Weiter und weiter. Ich hatte die beiden schon mal gesehen. Vor Monaten. Im Juni, als ich mich vor dem italienischen Jungen versteckt hatte. Kurz bevor Kleon mich fand. Es waren die beiden Touristen, die in einiger Entfernung an mir vorbeigelaufen waren. Ich erkannte sie an ihren roten Rucksäcken. Wie war das möglich?

Ich schaute mich vorsichtig um. Hinter mir befanden sich ein paar alte Mauerreste, eine Grünfläche und Büsche. Lucius' Haus war verschwunden. Ich griff an meinen Hals. Das Amulett, es war ebenfalls fort. Hatte ich etwa alles nur geträumt? Wieso rochen meine Haare dann nach Rauch? Das bildete ich mir doch nicht ein! Ich blickte an mir hinab und stellte halbwegs beruhigt fest, dass ich die blaue Tunika von Filippa trug. Das Amulett aber war weg. Bestimmt hatte ich es beim Laufen verloren. Mein Glücksbringer! Mein Andenken an Marcius!

»Ist alles okay mit dir?«, fragte mich die junge Frau. Ich musste wie eine Irre auf sie wirken. Statt zu antworten, suchte ich den Boden um mich herum mit den Augen ab. Vergeblich. Ich konnte das Amulett nirgendwo entdecken.

»Wie heißt du?« Die junge Frau lächelte mich an.

»Elina«, schluchzte ich.

»Warum weinst du?«

Ich wischte die Tränen mit meinem Handrücken fort und gab mir Mühe, mich zusammenzureißen. Es kostete mich übermenschliche Kraft, doch es musste sein. Sonst würde ich die beiden so schnell nicht mehr loswerden. Und ich wollte unbedingt allein sein. Ich konnte jetzt keine Gesellschaft ertragen und vor allem keine Fragen.

»So ein italienischer Typ hat mich verfolgt. Als ich vor ihm weglief, bin ich gestolpert und hingefallen. Dabei habe ich mir, glaube ich, den Fuß verletzt und meinen Anhänger verloren«, sagte ich auf Englisch.

»Welcher Fuß ist es denn?«, wollte der Mann wissen.

»Der rechte.«

»Lass mal sehen.« Er tastete meinen Knöchel ab. »Gebrochen scheint er nicht zu sein. Er ist vermutlich nur ein wenig verstaucht.«

»Danke für die Hilfe. Ich denke, ich komme jetzt allein zurecht.« Ich stand auf und wischte mir die Hände an der Tunika ab.

»Bist du sicher?« Die junge Frau sah mich skeptisch an.

»Ja, danke.« Ich verabschiedete mich eilig und ging in die Richtung, in der ich das Forum Romanum vermutete. Ein anderes Ziel fiel mir so schnell nicht ein. Für den Fall, dass die beiden mir nachschauten, zog ich das rechte Bein ein wenig nach.

Schritt für Schritt schleppte ich mich vorwärts. Immer wieder griff ich mir an den Hals, in der Hoffnung, das Amulett wäre wie durch ein Wunder wieder an seinem Platz. Aber das war es nicht. Meine Kehle brannte, ich hatte Durst, ansonsten fühlte ich nichts. Ich war wie betäubt.

Völlig durcheinander erblickte ich plötzlich das Kolosseum, das gestern noch nicht dort gestanden hatte. Sein ungewohnter Anblick verwirrte mich erst recht. Links daneben erstreckte sich das Forum Romanum, beziehungsweise das, was davon übrig geblieben war. Vor wenigen Stunden noch hatte ich seine prachtvollen Bauten bewundert und mich über das Gedränge auf dem Markt aufgeregt; nun war es nichts weiter als eine traurige Ansammlung von Ruinen. Keine Frage, ich befand mich wieder in der Gegenwart! Marcius, Filippa, Verus, Kleon, Lucius und all die anderen waren jetzt bereits seit einer Ewigkeit tot. Sofern sie überhaupt jemals gelebt hatten. Bis auf meine Tunika und die Ruinen vor mir erinnerte nichts mehr an sie. Ich begann, an meinem Verstand zu zweifeln.

WAS NUN?

Ich musste verrückt geworden sein! Eine andere Erklärung fiel mir nicht ein. Womöglich litt ich unter einer Erbkrankheit oder ich hatte hohes Fieber, das Halluzinationen hervorrief. Was sollte ich jetzt tun? Zum Arzt gehen? Mir fiel ein, dass mein Vater Arzt war. Für einen kurzen Augenblick verspürte ich so etwas wie Hoffnung. Mein Vater! Mit ein bisschen Glück saß er im Hotel und wartete auf mich. Ich musste nur versuchen, das Hotel zu finden. Es konnte nicht weit entfernt sein.

Taumelnd machte ich mich auf den Weg. Ich merkte, wie mich die Menschen auf der Straße musterten – einige mitleidig, andere neugierig. Ihre Blicke wanderten von meiner dreckigen Tunika hoch zu meinem verweinten Gesicht. Es war mir gleichgültig. Ich wollte nur noch zum Hotel. Zu Erik. Zu meinem Vater. Zu meinen Eltern.

Nach etwa fünfzehn Minuten erreichte ich das mehrstöckige Gebäude, in dem sich unsere Pension befand. Zu meinem eigenen Erstaunen hatte ich es nicht lange suchen müssen. Der Rezeptionist erschrak, als er mich sah.

»Signorina, was ist passiert?«, fragte er in gebrochenem Englisch. Er schien mich zu kennen, was ein gutes Zeichen war.

»Nicht so schlimm. Könnte ich bitte meinen Schlüssel haben?« Ich gab mir Mühe, so normal wie möglich zu klingen. Doch was war schon normal?

»Selbstverständlich, Signorina! Numero zweiundzwanzig, richtig?«

»Mhmm«, sagte ich. In Wirklichkeit konnte ich mich nicht mehr genau an die Zimmernummer erinnern. Ich nahm den Schlüssel entgegen und ging die Treppe hinauf. Auf der vierten Stufe blieb ich stehen. »Ist mein Vater eigentlich da?«, erkundigte ich mich.

»Nein, Signorina, ich habe ihn seit heute morgen nicht gesehen. Sein Schlüssel hängt hier nach wie vor.«

Langsam stieg ich die Stufen hoch bis ins zweite Obergeschoss und schloss mit zittrigen Fingern die Tür zu meinem Hotelzimmer auf. Es sah genauso aus, wie ich es verlassen hatte. Wenigstens bildete ich mir das ein. Ein paar Klamotten von mir hingen unordentlich über der Stuhllehne, meine Schuhe lagen kreuz und quer auf dem Boden neben dem Schrank, und auf dem Nachttisch entdeckte ich mein Handy. Laut Displayanzeige war es der 4. Juni 2011, 14.52 Uhr. Ich dachte nach. Immer und immer wieder ging ich im Kopf alles durch. Wenn die Anzeige stimmte, war ich nicht fünf Monate fort gewesen, sondern nur ein paar Stunden. Völlig unerwartet fing mein Handy an zu piepen. Vor Schreck hätte ich es beinahe fallen lassen. Ich hatte eine SMS erhalten. Von Hedda. Die erste Nachricht von meiner Mutter nach Monaten! Oder nach nur einem Tag? Ich konnte es nicht mit Sicherheit sagen.

Habt Ihr Spaß? Liebe Grüße, Deine Mutti, schrieb Hedda.

Ich schluckte. Was sollte ich darauf antworten? Nein, habe ich nicht? Ich verliere gerade meinen Verstand? Oder: Vor etwa zweitausend Jahren ist die Liebe meines Lebens getötet worden?

Ich tippte stattdessen *Ich freue mich schon wahnsinnig darauf, dich wiederzusehen. GLG Deine Elina* und drückte auf *Senden*. Anschließend ging ich ins Bad und zog das blaue, schlichte Kleid aus, von dem ich immerhin mit Gewissheit sagen konnte, dass ich es nicht nach Rom mitgebracht hatte. Als ich es über den Kopf zog, fiel etwas mit leisem Klirren auf die grauen Fliesen. Ich bückte mich und wagte kaum, meinen Augen zu trauen: Es war das Amulett von Marcius. Ich hatte also nicht geträumt und mir alles nur eingebildet! Meine Zeit in Lucius' Haus war real gewesen. Ich wusste nicht, ob ich vor Erleichterung lachen oder weinen sollte. Marcius' Amulett, ich hatte es wieder. Ich musste mir keine Sorgen mehr um meinen Geisteszustand machen. Beinahe andächtig legte ich das Amulett auf die Konsole über dem Waschbecken und streichelte mit den Fingerspitzen darüber. Der Knoten des Lederbändchens musste sich gelöst haben und das Amulett in meinen Ausschnitt gefallen sein, wo es sich wahrscheinlich in einer Tunikafalte verfangen hatte. Anders konnte ich mir sein Verschwinden und sein plötzliches Wiederauftauchen nicht erklären. Ich streichelte nochmals über den Anhänger, dann stieg ich in die Dusche, drehte den Hahn auf und ließ das Wasser auf mich niederprasseln. Wohlige Wärme umfing mich. Für einen

Moment vergaß ich alles um mich herum bis mich mit kalter Wucht erneut die Erkenntnis traf, dass Marcius tot war und ich ihn niemals wiedersehen würde! Ich sank in mich zusammen, kauerte mich in die Duschwanne und hielt mein Gesicht in den Wasserstrahl, der aus dem fest montierten Duschkopf über mir kam. Bestimmt eine halbe Stunde saß ich so da und ließ meine Tränen fortspülen. Bis ich keine mehr hatte.

»Elina, duschst du? Nicht erschrecken, ich bin schon zurück. Ein Vortrag ist ausgefallen – und der Rest hat mich nicht interessiert.« Eriks Stimme jagte mich hoch. Sie klang vertraut und fremd zugleich. Ich hatte sie seit einer Ewigkeit nicht gehört. Schnell stellte ich den Wasserhahn ab, wickelte mir ein Handtuch um den Körper und sprang aus der Dusche. In meinem Zimmer stand wirklich und wahrhaftig Erik. Mein Vater. Er sah noch genauso aus wie damals. Dieselbe Jeans, dasselbe Hemd, die Brille leicht auf seiner Nase verrutscht. Erst jetzt wurde mir so richtig klar, wie sehr ich ihn vermisst hatte. Ich fiel ihm um den Hals.

»Meine Güte, was ist das für ein stürmischer Empfang?«

Ich antwortete nicht, sondern atmete den vertrauten Geruch von Moschus ein.

»Hast du etwas? Geht es dir nicht gut?« Er streichelte mir über den Rücken. Es hatte etwas unendlich Tröstendes.

»Ich habe deine Arzttasche verloren«, schniefte ich. Eine bessere Ausrede fiel mir nicht ein.

»Ach, dir ist also aufgefallen, dass ich sie vorhin im Café vergessen habe? Ich saß schon im Bus, als ich es merkte. Ich habe dich gleich auf dem Handy angerufen, aber du bist nicht rangegangen.«

»Ich hatte es nicht dabei. Es lag im Zimmer«, nuschelte ich an seiner Schulter. Wie eigenartig: Ich musste nicht einmal lügen!

»Kein Problem. Mach dir wegen der Tasche keine Sorgen. Ich kauf mir halt eine neue, wenn wir wieder zu Hause sind. Soweit ich weiß, waren in der alten keine verschreibungspflichtigen Medikamente. Für alle Fälle werde ich den Verlust aber der Polizei melden. – Wie sieht's aus, wollen wir jetzt erst mal was essen gehen? Du könntest mir erzählen, was du in meiner Abwesenheit erlebt hast.«

»Ich hab keinen Hunger. Außerdem bin ich völlig k. o. vom Rumlaufen. Ich würde lieber im Hotel bleiben«, wehrte ich ab. Die Vorstellung, mich unter Menschen begeben zu müssen, bereitete mir Bauchschmerzen. Außerdem hatte ich keine Ahnung, was ich Erik erzählen sollte. Ich brauchte unbedingt Ruhe. Es gab so vieles, was ich erst noch begreifen musste.

»Ist irgendetwas passiert?« Erik klang auf einmal misstrauisch.

»Nein, ich fühle mich nur nicht so gut. Ich glaube, ich bekomme meine Regel.« Auch das war nicht gelogen.

Erik blieb noch eine Weile in meinem Zimmer und unterhielt sich mit mir. Genau genommen sprach nur er. Ich lauschte lediglich seiner Stimme. Es war schön, sie wieder zu hören und Erik um mich zu haben. Trotzdem war ich froh, als er aufstand und mich allein ließ. Ich legte mich auf mein Bett und versuchte, meine durcheinanderwirbelnden Gedanken einzufangen und zu ordnen. Es gelang mir nicht. Marcius, Filippa, Verus, Quintus, Lucius, Kleon, Artemisia. Sie alle gingen mir durch den Kopf, verbunden mit einer Frage: Hätte Marcius' Tod verhindert werden können? War es wirklich Artemisia gewesen, die Marcius an Quintus verraten hatte und wenn ja, hätte sie es nicht getan, wenn Lucius sie besser behandelt hätte? Wie hätte sie sich wohl verhalten, wenn Verus Cornelia geheiratet hätte? Ich seufzte. Warum nur hatte Kleon Artemisia nicht besser überwacht?! Im Bespitzeln war er doch sonst immer so gut gewesen. Und Filippa? Hatte ich sie zu sehr mit meinen Problemen in Beschlag genommen, sodass sie gar nicht mitbekommen konnte, was in Artemisia vor sich ging? Vermutlich war sowieso alles einzig und allein meine Schuld. Marcius war meinetwegen zurückgekehrt, weil ich es mir von ihm hatte versprechen lassen und weil er sich Sorgen um mich und Lucius gemacht hatte.

Erik riss mich aus meiner Grübelei. Er steckte seine Nase durch die Verbindungstür: »Elina, kann ich dich wenigstens zu einer Pizza auf die Faust überreden?«

»Nein, ich möchte wirklich nichts«, antwortete ich und schloss die Augen. Als ich sie wieder öffnete, war es dunkel. Ich musste vorübergehend eingeschlafen sein. Ich blickte auf mein Handy: Es war 22.30 Uhr. Über die Zimmerdecke wanderten die Lichter der vorbeifahrenden Autos. Straßenlärm drang von draußen herein, die Rufe von Menschen, Pfiffe, Motorenröhren und das Quäken von Hupen. Lauter ungewohnte Geräusche.

Unruhig wälzte ich mich unter meiner Bettdecke hin und her. Sosehr ich mich auch bemühte, ich konnte nicht wieder einschlafen. Ich vermisste Filippa, ihre Atemgeräusche und ihr leises Gemurmel, wenn sie träumte. Mir fiel ein, dass ich sie nie gefragt hatte, ob ihr Herz auch jemandem gehörte. Ich hatte sie so vieles gefragt, warum nicht das? Nun war es zu spät. Jetzt konnte ich sie nichts mehr fragen.

Vor meinem inneren Auge tauchte unvermittelt ein Bild auf: Eine glücklich lachende Filippa, die sich auffallend lange vor einem Gemüsestand aufgehalten hatte. Der Händler, ein junger Mann mit dunklem, krausem Haar, hatte ihr beim Überreichen der Waren etwas zugeraunt. Was, hatte ich nicht verstanden. Aber Filippas Wangen hatten sich daraufhin mit einer zarten Röte überzogen. Ob sie wohl in den Gemüsehändler verliebt gewesen war? Wieso hatte sie mir das dann nicht erzählt?

Ich beobachtete erneut die Lichter an der Decke. Meine Hand umklammerte das Amulett an meinem Hals, das mich zwar beschützt, mir aber kein Glück gebracht hatte. Außer ihm waren mir nur Filippas Tunika und Marcius' Stimme geblieben. Wenn ich die Augen schloss konnte ich sie hören: *Ich komme wieder, ich komme wieder, ich komme wieder!*

Übermorgen würde ich nach Hause fliegen und die Stadt verlassen, die ihm so viel bedeutet hatte. Und dann? Es gab kein *dann*!

DIE EWIGE STADT

Kann ich dich wirklich allein lassen?« Erik musterte beim Frühstück meine Augen, die noch immer verquollen aussahen, obwohl ich mir viel kaltes Wasser ins Gesicht gespritzt hatte. Ich wich seinem Blick aus und nickte.

»Du siehst schlecht aus«, stellte er fest.

»Das liegt an meiner Regel. Fahr ruhig zu deinem Kongress. Ich komme allein zurecht!«

»Wie du meinst. Ich hoffe, heute wird's interessanter. Kommst du mit zum Bus oder willst du noch weiter frühstücken?« Er nahm einen letzten Schluck Kaffee und stand auf.

»Ich muss noch mal zurück ins Zimmer, was anderes anziehen. Es ist wärmer, als ich dachte.« Gefühlt war für mich noch Frühling.

»Okay, bis nachher also. Pass auf dich auf und lass dich von niemandem ansprechen!«

»Ciao, Paps.«

»Seit wann nennst du mich Paps?«

»Seit heute.« Ich zuckte mit den Achseln.

Erik gab mir einen Kuss auf die Stirn und eilte mit langen Schritten davon. Ich schlich wie eine alte Frau die Treppe hoch und ging mich umziehen. Es fiel mir unglaublich schwer. Ich hatte wenig geschlafen, und auch sonst fühlte ich mich kraftlos und leer. Ich schmiss meine Jeans und mein Shirt auf den Stuhl, auf dem noch Filippas Tunika lag, und schlüpfte in ein geblümtes Sommerkleid mit Spaghettiträgern. Kritisch betrachtete ich mich von allen Seiten im Spiegel, der neben dem Schrank hing. Ich fühlte mich fremd in dem Kleid. Ich zog es aus und dafür Filippas Tunika an. Erneut musterte ich mich im Spiegel. So also hatte ich darin ausgesehen! So kannte mich Marcius. In einem schlichten, blauen Kleid, das momentan allerdings ein wenig verdreckt war. Am liebsten hätte ich es anbehalten. Traurig streifte ich mir die Tunika über den Kopf, legte sie ordentlich zusammen, so wie es Filippa gemacht hätte, und packte sie ganz zuunterst in meinen Koffer. Wenig später verließ ich in dem geblümten Spaghettiträgerkleid das Hotel, um noch einmal durch die Ewige Stadt zu streifen, die für fünf Monate meine Heimat gewesen war. Ich hatte keine Ahnung, was ich mit dem Tag anstellen sollte. Ich wusste nur, dass ich irgendwie Abschied nehmen wollte, bevor ich wieder nach Hause flog. Nach Hause! Wie das klang! Trotz der Wärme fröstelte es mich.

Ziellos schlenderte ich durch Straßen, die mir nichts sagten. Erst als ich am Tiber stand und vor mir die Tiberinsel sah, war mir klar, wohin ich zu gehen hatte. Zum Janiculum! Es war der perfekte Ort, um mich von Rom und Marcius zu verabschieden! An den Janiculum hatte ich nur gute Erinnerungen. Anders als an den Palatin.

Ich lief über die Tiberbrücke oberhalb der Insel und hielt mich dann rechts. Obwohl ich mit Marcius oft zum Janiculum geritten war und er mir beigebracht hatte, wie man sich am Stand der Sonne orientierte, verlief ich mich schon bald hoffnungslos in dem engen Straßengewirr Roms. Zum Glück traf ich auf eine Gruppe von Frauen, die einen Stadtplan bei sich trug.

»Entschuldigung, könnten Sie mir sagen, wie ich zum Janiculum komme?«, fragte ich sie auf Englisch.

Eine der Frauen drehte sich zu mir um und lächelte mich an.

»Janiculum? What is that?«

Die Frau hatte einen starken schwedischen Akzent. Da ich jedoch keine Lust hatte, in einen Small Talk verstrickt zu werden, gab ich mich nicht als Landsfrau zu erkennen und blieb bei Englisch.

»Ein Hügel. Von dort kann man über ganz Rom gucken.«

»Ah, du meinst bestimmt den Gianicolo. Du hast Glück, wir kommen da gerade her«, bereitwillig erklärte sie mir den Weg.

Wie sich herausstellte, befand ich mich schon ganz in der Nähe des Janiculums, der auch laut Karte jetzt offenbar Gianicolo hieß. Ich musste nur noch einmal links abbiegen, mich dann geradeaus halten und der übernächsten Straße, die nach rechts abzweigte, folgen.

Ich bedankte mich und marschierte los. Etwas außer Atem kam ich nach einer Weile tatsächlich oben auf dem Hügel an, wo ich auf ein Reiterstandbild stieß.

Ratlos wanderte ich umher. Unsere Wiese, wo genau mochte sie wohl gewesen sein? Der Hügel wimmelte nur so von Touristen. Überall standen und gingen sie herum – in kurzen Hosen, mit Rucksäcken und Wasserflaschen oder Reiseführern in der Hand. Sie bewunderten den Ausblick, fotografierten sich und die Stadt zu ihren Füßen.

Eine Welle der Enttäuschung schlug über mir zusammen. Den ganzen Weg war ich hier hochgelaufen, nur um festzustellen, dass dies nicht mehr mein Hügel war. Nicht mehr mein Rom. Wie dumm von mir! Was hatte ich erwartet? Mehr als zweitausend Jahre waren vergangen. Der Hügel gehörte nicht mehr Marcius und mir, sondern diesen Trägern von kurzen Hosen und Wasserflaschen.

Die Sonne stand inzwischen hoch am Himmel. Es war Mittagszeit und sengend heiß. Ich ging zu einer Brüstung und blickte nach unten in die Tiefe. Mir fiel ein, dass ich übermorgen wieder zur Schule musste. Ein absurder Gedanke. Ich konnte mir beim besten Willen nicht vorstellen, vor Ole, Dennis, Malte und Linn ein Referat zu halten.

Verzweifelt sah ich mich erneut um. Der Janiculum hatte sich etwas geleert. Die meisten Touristen waren vor der Mittagshitze in schattige Restaurants geflüchtet. Langsam lehnte ich mich über die Brüstung. Mein Herz fühlte sich kalt und schwer an. Ich schloss die Augen. Was wohl aus Filippa, Verus und Kleon geworden war? Ob sie das Feuer hatten löschen können? Hoffentlich war es ihnen gelungen, und hoffentlich hatte Cäsar Lucius begnadigt. Aber was spielte das noch für eine Rolle? Sie waren alle seit einer Ewigkeit tot. Marcius hatte es kommen sehen. Deshalb hatte er mir das Amulett geschenkt, damit es mich an ihn erinnerte, wenn er schon lange nicht mehr lebte. Ich griff nach dem Amulett an meinem Hals und lehnte mich noch weiter über die Brüstung.

»Das ist gefährlich, was du machst!« Eine Hand riss mich von der Mauer weg. Ich drehte mich um und blickte in zwei besorgte Augen. Sie waren gelblich braun mit grünen Sprenkeln darin. »Geht es dir gut?« Sanft fuhr der Wind durch die Gräser.

Ich brauchte eine Weile, bis ich antworten konnte. »Ja«, stammelte ich, dann gaben meine Knie nach. Sofort griff er mir unter die Arme.

»Ehrlich gesagt, siehst du nicht so aus!« Er führte mich zu einer schattigen Bank. »Du solltest in der Mittagszeit nicht so lange in der Sonne stehen. Es ist zu heiß. – Hast du was zum Trinken dabei?«

Ich schüttelte den Kopf.

»Soll ich eine Flasche für dich kaufen?« Er zeigte auf einen kleinen Verkaufsstand in der Nähe.

Wieder schüttelte ich nur den Kopf. Er sah verändert aus. Er trug eine Jeans, ein weißes Hemd sowie einen modischen kurzen Bart. Seine haselnussbraunen Haare waren länger als sonst und wellten sich leicht. Es stand ihm. Er sah gut aus. So gut, dass es wehtat. Ich begriff überhaupt nichts mehr. Wieder einmal. Marcius war tot, gestorben vor mehr als zweitausend Jahren! Wieso stand er jetzt vor mir und erkannte mich nicht?!

»Wollen wir zusammen in ein Café gehen? Ich stelle gerade fest, ich müsste auch unbedingt was trinken.« Er sprach Englisch mit italienischer Färbung. Sein Mund und seine Augen lächelten. »Was ist? Warum siehst du mich so an?«

Ich komme wieder, ich komme wieder, ich komme wieder!

Wir sind wie Blätter im Sturm, dachte ich, die kreuz und quer in alle Himmelsrichtungen gewirbelt werden. Willkürlich. Einfach so. Ohne Sinn und Verstand durch Zeit und Raum. Ohne uns wehren zu können. Unvermindert starrte ich Marcius an, während ich in meinem Körper umhertaumelte.

»Kennen wir uns?« Er legte seinen Kopf schief und runzelte leicht die Stirn.

»Ich weiß nicht. Vielleicht ...«

Er lachte fröhlich auf. »Du weißt es nicht? Na, wenn du es nicht weißt, weiß ich es auch nicht. – Wie heißt du?«

»Elina.«

»Hallo Elina, ich bin Mario!« Er streckte mir seine Hand entgegen.

Ich ergriff sie und fühlte, wie etwas von ihm zu mir und von mir zurück zu ihm strömte. Er schien es ebenfalls gespürt zu haben. Diesen Bruchteil einer Sekunde, in dem sich unsere Hände erkannten. Er sah mich suchend an. Seine Steppenaugen waren jetzt ganz ernst. Er nickte unmerklich.

»Du hast einen schönen Anhänger«, sagte er mit Blick auf das Amulett.

»Danke. Er bedeutet mir sehr viel«, erwiderte ich leise.

»Nichts zu danken. Und nun werde ich zu dem Stand dort drüben gehen und uns etwas zu trinken holen. Nicht weggehen, ja?! Du wartest hier auf mich, versprochen?« Er hielt noch immer meine Hand fest.

»Versprochen«, antwortete ich. Mein Herz schlug wie verrückt.

»Ich komme gleich wieder!« Er ließ meine Hand los, drehte sich um und humpelte davon.

LEISE MELODIE

Fertig. Ich klicke auf Speichern und blättere noch einmal in Elinas Tagebuch, das neben mir auf dem Schreibtisch liegt und das ich für sie in gewisser Hinsicht weitergeführt habe. Dabei ist Schreiben eigentlich nicht meine Sache. Ich bin Ärztin und keine Schriftstellerin. Trotzdem habe ich es versucht.

Seit ihrem Referatsthema hatte Elina ein Faible für das alte Rom. Sie war regelrecht besessen davon. Ständig las sie historische Romane oder schaute sich alte Sandalenfilme wie *Ben Hur*, *Cleopatra* oder *Gladiator* an. Deshalb habe ich sie eine Zeitreise machen lassen und ihr Leben auf diese Weise fortgeschrieben. Im Nachhinein befürchte ich allerdings, dass die Geschichte viel zu dramatisch und grausam geworden ist. Ich hätte Elina besser beschützen müssen. Auch bei ihrer Zeitreise. Was habe ich mir bloß dabei gedacht? Was bin ich bloß für eine Mutter? Es lag und liegt wohl an meiner Stimmung. Im Grunde wollte ich nichts weiter als Elina durch das Schreiben nahe sein. Und ich wollte ihr eine Liebe schenken, die Raum und Zeit überwindet. Vielleicht war es falsch von mir, unerlaubt in ihrem Tagebuch zu stöbern. Doch ich suchte nach Anhaltspunkten.

Seit zehn Monaten ist Elina spurlos verschwunden. Nach einem Streit mit Dennis auf dem Schulhof ist sie nicht mehr nach Hause zurückgekehrt. Ihre Schulkameradin Agnes hat uns von der Auseinandersetzung berichtet. Jonas, der unsere Heizung repariert hat, war zu jenem Zeitpunkt nicht in der Schule, um Elina zu helfen. Das habe ich erfunden. Ab hier habe ich ungefragt in ihr Schicksal eingegriffen.

Elina gilt offiziell als vermisst. Die Polizei konnte Dennis und seiner Clique nichts nachweisen. Bei Harry in Kenia ist Elina auch nicht aufgetaucht. Das haben wir überprüft. Erik und ich befürchten das Schlimmste. Wann immer wir uns in den vergangenen Wochen und Tagen in die Augen schauten, sahen wir nur eines: unser Versagen. Schließlich konnten wir es nicht länger ertragen. Wir haben uns getrennt. Jetzt lebe nur noch ich in unserem Haus, das für mich allein viel zu groß ist. Das Beste wäre es wohl, es mit Eriks Einverständnis zu verkaufen.

Ich lege Elinas Tagebuch beiseite und lese noch einmal das letzte Kapitel, das ich geschrieben habe. Wo immer Elina sein mag, ich hoffe, sie ist endlich glücklich. Eine leise Melodie ertönt, als ich den Computer herunterfahre. Aus dem Augenwinkel meine ich, einen Schatten am Fenster vorbeihuschen zu sehen.

NACHWORT

An dieser Stelle möchte ich gern darauf hinweisen, auch wenn es vermutlich offensichtlich ist, dass Tempus ein Roman ist und kein Sachbuch und auch keine Biografie. Mit Ausnahme von Cäsar, Pompeius, Brutus, Kleopatra und Labienus sind alle Personen frei erfunden. Etwaige Ähnlichkeiten der Protagonisten mit noch lebenden Menschen sind zufällig und nicht beabsichtigt.

Da es sich, wie gesagt, um einen Roman handelt, mögen mir Experten kleinere oder größere Abweichungen von historischen Fakten nachsehen. So hat beispielsweise Elina zwar den Brief an Titus ausschließlich in Großbuchstaben und ohne Satzzeichen geschrieben, wie es damals üblich war, allerdings gab es seinerzeit keine Zwischenräume zwischen den einzelnen Wörtern. Damit der Brief leichter zu lesen ist, habe ich mich für Zwischenräume entschieden. Ein weiteres Beispiel ist die hier verwendete Übersetzung von Homers *Ilias* aus dem Altgriechischen, die von Johann Heinrich Voß aus dem Jahr 1793 stammt und entsprechend in dieser Form nicht im vorchristlichen Rom vorgelegen hat. Ich bitte um Nachsicht, dass ich sie dennoch von Elina habe kopieren lassen. Zur besseren Lesbarkeit in Groß- und Kleinbuchstaben, mit Zwischenräumen sowie Satzzeichen.